겨울밤의 평양

북한의 시

겨울밤의 평양

북한의 시

김종회 편

국학자료원

■ 일러두기

1. 각 글의 말미에 처음 발표했던 지면과 연도를 밝혀두었다.
2. 인용문의 표기는 원전의 방식을 따랐으나 띄어쓰기는 현행 원칙을
따랐다.
3. 본문에서 사용한 약호는 다음과 같다.
 - 장편소설, 책 :『 』
 - 논문, 평론, 시, 단편소설 :「 」
 - 신문, 잡지 : ≪ ≫
 - 연극, 영화, 음악, 미술 작품 : < >
 - 대화, 인용 : " "
 - 강조, 소제목 : ' '

남북한 문화통합, 한민족 문화권 문학사의 조망

– 북한문학 연구자료총서 전4권을 발간하면서

격세지감이나 상전벽해란 말은, 과거 냉전 시대의 기억을 보유하고 있는 이들에게 오늘의 남북 관계를 설명할 때 어김없이 떠오르는 표현 방식이다. 이제 한반도와 관련된 모든 연구와 논의 체계에서 북한 문제를 도외시 하고서는 포괄적 설득력을 얻기 어렵게 되었다. 이를테면 북한이라고 하는 테마는 정치, 경제, 군사, 인적 교류 등 모든 분야에 있어 더 이상 '변수(變數)'가 아닌 '상수(常數)'의 지위에 이르렀다.

문학에 있어서도 마찬가지이다. 지금껏 우리 문학사는 북한문학을 별도로 설정된 하나의 장으로 다루어 오는 것이 고작이었으나, 이제는 남북한 문화통합의 전망이란 큰 그림 아래에서 시기별로 비교 대조하면서 그 공통점과 차이점을 찾아보려는 시도가 빈번해졌다. 북한문학에 있어서도 1980년대 이래 점진적인 궤도 수정이 이루어져서, 과거 그토록 비판하던 친일경력의 이광수나 최남선을 문예지에 수록하는가 하면, 남북 관계에 대해서도 이념적 색채를 강요하지 않는 작품들이 확대되는 등 다각적인 태도 변화를 이어오고 있다.

물론 남북한은 군사적 차원에서 아직도 휴전협정을 평화협정으로 변경하지 아니한 임시 휴전의 상태가 지속되고 있는 형편이며, 동해에 유람선이 오가는 동안 서해에 무력 충돌이 발생하는, 매우 불안정하고 아이러니컬한 상관관계에 있는 것이 사실이다. 우리와 유사한 사정에 있던 독일,

베트남, 예멘 등은 모두 통일을 이루었고 중국의 양안관계도 거의 무제한 적인 교류와 내왕을 허용하고 있는데, 유독 우리 남북한은 여전히 이산된 가족들의 생사소식을 알 수 있는 엽서 한 장 주고받지 못한다.

이 극심한 대척적 상황, 한쪽에서는 인도적 차원에서 조건없는 경제적 지원이 이루어지고 다른 한쪽에서는 과거의 냉전적 관행을 완강한 그루터 기로 끌어안고 있는 민감하고 다루기 어려운 상황을 넘어설 길은 여전히 멀고 험하기만 한 것인가? 바로 이 대목에서 우리는, 오랜 세월을 두고 축 적된 민족적 삶의 원형이요 그것이 의식화된 실체로서 문학과 문화의 효 용성을 내세울 수 있다.

남북간의 진정한 화해 협력, 그리고 합일된 민족의 미래를 도출하는 힘 이 군사정권의 권력처럼 총구로부터 나올 것인가? 진정한 민족의 통합은 국토의 통합이 아니며, 정치나 경제와 같은 즉자적인 힘이 아니라 문학과 문화의 공통된 저변을 확보하는 일에서부터 시작하는 것이 마땅하다. 그 러기에 '북한문학'인 것이다. 더욱이 북한에 있어서 문학은 인민 대중을 교양하는 수단이요 당의 정강정책을 인민의 현실 생활에 반영하는 훈련된 통로에 해당한다. 그러한 까닭으로 오늘의 북한문학은 단순히 문학으로 그치지 않으며, 남북 관계의 변화의 발전을 유도하고 측정하는 하나의 바 로미터로 기능한다.

사정이 그러할 때 문학을 매개로 한 남북한 문화통합의 당위적 성격은, 귀납적으로는 그것이 양 체제의 통합이 완성되어야 한다는 사실의 징표인 동시에, 연역적으로는 여러 난관을 넘어 그 통합을 촉진하는 실제적 에너 지가 된다는 사실의 예단이다. 이와같은 이유로 남북한의 문학과 문화를 비교 연구하고 문화이질화 현상의 구체적 실례를 적시(摘示)하여 구명하 는 것은 매우 중요한 과제가 된다. 이러한 성격의 일, 곧 길이 없는 곳에 길 을 내면서 가는 일은, 결코 말로만 하는 구두선(口頭禪)에 그쳐서는 진척 이 없다.

이번에 상재하는 북한문학 연구자료총서 Ⅰ·Ⅱ·Ⅲ·Ⅳ권은, 바로 그와 같은 인식의 소산이며 문학을 통한 남북한 공통의 연구와 새로운 길의 전개에 대한 소망으로부터 말미암았다. 여기서 새로운 길이란, 앞서 언급한 바와 같이 남북한 문학에 대한 전향적 인식의 연구를 포함하면서, 동시에 그 양자 간의 좁은 울타리를 넘어 세계에 펼쳐져 있는 한민족 문화권의 문학을 하나의 꿰미로 엮는 전방위적이고 전민족적인 연구에까지 이르는 학술적 미래를 지향한다. 이는 미주 한인문학, 일본 조선인문학, 중국 조선족문학, 중앙아시아 고려인문학 등 한민족 문학의 전체적인 구도 속에 놓이는 남북한 문학의 좌표 모색을 뜻한다.

이 한민족 문화권의 논리와 그 의미망 가운데로, 해방 이래 한국문학과 궤(軌)를 달리해 올 수 밖에 없었던 북한문학을 초치하는 일은 여러 국면의 의미를 가진다. 실제적이고 물리적인 남북관계에 있어서도 그러하거니와, 더욱이 문학에 있어서 북한문학에 남북한 대결구도의 인식으로 접근해서는 양자 간 문학의 접점이나 문화통합의 전망을 마련하는 일이 거의 불가능하다. 우리는 지금까지 수도 없이 많은 구체적 경험을 통해 이를 보아 왔다. 그렇다면 어떤 방안이 있느냐는 반문이 당장 뒤따를 것이다. 그에 대한 대답으로 지금 논거한 한민족 문화권의 개념을 제시할 수 있을 터이다.

요약하여 말하자면 이 연구자료총서는 남북한 문화통합과 한민족 문학의 정돈된 연구, 곧 한민족 문화권 문학사의 기술을 전제하고, 그 전환적 사고와 의욕을 동반하고 있는 북한문학 자료의 선별과 집약이라 할 수 있겠다. 제Ⅰ권은 남한의 연구자들이 수행한 북한문학에 대한 연구의 대표적 성과들을, 그리고 제Ⅱ·Ⅲ·Ⅳ권은 북한문학사 시기 구분에 따른 북한문학 시·소설·비평의 대표적 작품들을 한데 모았다. 책마다 따로 선별된 작품을 통시적 흐름에 따라 잘 이해할 수 있도록 해설을 붙였다. 각기의 책에 수록될 수 있는 분량의 한계로 인하여, 더 많은 작품을 싣지 못한 것은 여전히 큰 아쉬움으로 남아 있다.

이 네 권의 연구자료총서가 발간되기까지 엮은이와 함께 애쓰고 수고한 많은 손길들이 있다. 여기 일일이 그 이름을 적지 못하지만, 차선일·권채린·이훈·양정애 선생을 비롯한 경희대학교 대학원의 현대문학 연구자들에게 마음으로부터 감사의 말씀을 드린다. 아울러 이처럼 좋은 모양의 책으로 꾸며준 국학자료원에도 깊이 감사드린다.

2012년 6월
엮은이 김종회

북한 시의 전개와 향방

주지하듯이 최근까지도 북한에서의 문학작품이란 당의 공식적 지배 이데올로기를 반영하고 재생산하는 교조적인 선전 수단에 가깝다. "당이 결심하면 우리는 한다"는 구호가 말해주듯, 당의 정책 지침은 곧바로 문예 정책에 반영된다. 문학의 자율성과 개성이 철저히 훼손된 채 창작될 수밖에 없는 것이 북한 문학의 치명적인 맹점이라면, 역설적으로 문학만큼 당대 북한의 정치적·사회적 현실과 시대적 인식을 잘 파악할 수 있는 매체는 드물다. 때문에 북한 문학에 다가서는 작업은 체제 종속적 성격을 확인하는 데에 그쳐서는 안된다. 긍정적인 의미에서 그것은 객관적인 연구의 차원을 넘어서 북한의 현실 인식과 대응 양상을 가늠해 볼 수 있는 바로미터가 된다. 북한의 실상에 대한 이해의 발판을 마련하고 이를 바탕으로 민족적 동질성과 연대의식을 회복해 나가려는 노력의 과정이, 바로 우리가 지금 여기서 북한문학 작품을 살펴보는 궁극적인 이유라 할 수 있다.

결국 통일 시대를 향한 민족 통합에 작은 발걸음을 보태는 일은, 그들의 목소리에 귀를 기울이는 작지만 의미있는 작업을 통해서 가능할 수 있다. 본 자료집은 북한의 시 문학 작품들을 시기별로 총 여섯 장을 나누어 싣는다. 북한 시의 역사적 전개와 동향을 대략적이나마 용이하게 파악할 수 있는 기회를 마련하고, 유사한 것의 반복 속에서도 미세하지만 분명하게 감지되는 변화 징후에 유의하고자 한다. 그럴 때 북한 문학은 닫힌 체제의 소산이 아니라 현재 진행형의 열린 세계로 우리에게 다가올 수 있을 것이다.

1장 '평화적 민주건설 시기'는 해방 직후 사회주의 체제의 나라 만들기에 복무하는 내용들이 중심이 된다. 해방의 감격을 노래하거나 토지개혁을 찬미하는 등 사회주의체제 건설의 지배 전략을 반영하고 재생산하는 공식적인 문화장치의 기능을 수행하고 있다.

2장 '조국해방전쟁시기'는 한국 전쟁 시기의 전쟁 이데올로기의 선전과 선동, 그리고 투쟁의 무기화로 집중된다. 특히 종군작가단의 활동을 중심으로, 반제 반미를 구호화하거나 소·중공군과 인민군에 대한 헌사를 바치는 시들이 창작되었다. 이 시기의 북한 시는 분단문학의 원형을 지닌다는 점에서 오늘날 분단 극복과 통일지향의 문학을 향한 길찾기의 중요한 시금석이다.

3장 '전후복구시기'는 전쟁의 폐허를 복원하면서 동시에 김일성을 정점으로 하는 사회주의 기초를 세워 나가는 이념적 과도기였다. 전후 복구의 건설 의지를 고취하고 전쟁 영웅들을 송축하는 한 편, 김일성을 우상화하고 남조선 해방 및 반미의식을 드러내는 시들도 본격화되었다.

4장 '천리마운동시기'는 '사회주의의 전면적 건설과 완전 승리를 앞당기기 위한 투쟁'의 일환으로 천리마운동이 가속화 되었다. 경제발전 추동을 핵심으로 하는 천리마운동을 통해 '공산주의의 위대한 봉우리'에 도달해 가자는 전투적 호소를 담고 있다. 보천보 전투 승리 등 김일성 빨치산 항쟁을 형상화 하는 항일혁명투쟁의 시들도 이 시기에 크게 두드러졌다.

5장 '주체사상시기'는 북한문학의 분명한 분기점을 이룬다. 다른 어떤 문학논리나 창작행위가 배제되고 오직 당성, 노동계급성, 인민성을 핵심 미학으로 하는 주체문예이론에 입각하여 작품들이 창작되었다. 김정일 예찬이나 김일성 가족의 신성화가 시적 주제로 부상한 점은 이전과 변별되는 특징이다.

6장 '현실주제문학시기'는 80년대 이후 최근까지의 작품들을 포괄하고 있다. 숨은 영웅을 형상화하고 도식주의를 극복하는 등 작가적 개성을 살리려는 노력들이 엿보인다. 90년대 들어 북한 시는 '붉은 기 사상'(1994),

'고난의 행군'(1996), '강성대국'과 '선군정치시대'(1998) 등 격년 단위로 주창된 정치사적 테제에 대응하는 시적 양상을 보이고 있다. 여전히 경직된 교조성을 버리지 못하는 가운데서도 최근의 북한 문학은 뚜렷한 변화를 보여주고 있는 것이 사실이다. 특히 2000년대 이후의 작품들에선 시인의 내밀한 서정성과 시적 형상 기법의 고취가 상당 부분 이루어졌다는 점이 눈에 띈다. 내용적으로도 사적(私的) 개인의 삶에 대한 추억과 회고, 구체적 일상의 소묘 등 훨씬 다변화된 스펙트럼을 선보이고 있다. 물론 기본적으로 '주체문학론'에 부응하는 창작 노선을 벗어나지는 못하지만, 시적 개성과 질적 변화를 도모하고자 하는 명료한 자각의 결과들도 진행 중이다. 미세하지만 결코 간과할 수 없는 변화의 징후에 유의할 때 체제 안의 문학에 머물지 않는 북한문학의 미래를 조심스럽게 점쳐 볼 수 있을 것이다.

제2장 _____ 조국해방전쟁 시기(1950~1953)

제3장 ——— 전후복구기(1953~1958)

제4장 ＿＿＿＿ 천리마운동기(1958～1967)

제5장 _____ 주체 시기(1967~1980)

제6장 _____ 현실주제문학 시기(1980~현재)

북한문학의 심층적 이해

남한에서의 연구

| 차례 |

머리말

력사의 자취

북한의 소설

| 차례 |

머리말

제4장 _____ 1967~1980 '주체사상화를 위한 투쟁' 시기

제5장 _____ 1980~현재 '현실주제문학' 시기

문학예술의 혁명적 전환

북한의 비평

| 차례 |

머리말

제1장 _____ 평화적 민주건설 시기(1945~1950)

제2장 _____ 조국해방전쟁 시기(1950~1953)

제3장 _____ 전후복구기(1953~1958)

제1장

평화적 민주건설 시기(1945~1950)

炭採夫

沈三文

숨 막히는 허궁에
간드레불이 있을 뿐이요。

도리 샘에 목 축일 데도 없고
머리 위에 이고 살을 푸른
하늘도 없소。

어둠만이 그므는 굴속엔
탄가루 뒤집어 쓴 깜둥이뿐이요。

열 생을 여기 두고 살어도 꽃퍼는 하늘이 그립지 않고
노루새끼 뛰노는 땅이 그립지 않소。

오직 해 뜨는 날과 날을 모르고
하루에 두 번 밤을 진이고 사는 우리오만
샛별같이 빛나는 눈동자를 드러다 보시요。
장엄한 인민 샛떠 우에 붉은 기 펄럭거리는 새벽이 피였소。

— 一九四六年六月 —

≪문화전선≫ 창간호, 1946.6

農村의 밤

宋順鎰

풀버레ㅅ소리 자지러지는
고요한 달ㅅ밤
매치러운 밀ㅅ집 장석 위에
의좋은 동세 마주 앉아
옷을 대리고 있네.

조약볕에 팥알 매고
고단도 하렸마는
八·一五 명절에
온 식구 새 옷 입히려
숯불을 피워가며
정성껏 대리고 있네.

풀수풀 위에
축축히 내리는 이슬을 받아
알닺추 추겨진 옷을 걷우는
허리 굽은 시어머니
저물도록 어린애보기에 고단도 하렸만은
한 가지 일이라도 덜어주려
마당ㅅ가에서 서성서성.

옆에 누인 어린 아기、
산들바람에 고이 잠들고
아기별의 꿈이 간지러운 銀河水 위에
金실을 날리며 별장개 버―ㄴ쩍
박넝쿨 욱어진 지붕 위로
파―란 반디ㅅ불이 바―ㄴ짝

농민위원회 마당에선、
솔문을 세운다 모밀등을 만든다
젊은이들의 웃는 소리 노래ㅅ소리……
들에 넘친 오곡백화
토지 개혁 덕이로세
얼럴러 상사뒤야。

뒤ㅅ산 가나무 숲ㅅ속에선
『소쩍새』 *1)年頌 아뢰고、
박우물ㅅ가에 여을 치는 내ㅅ물은
解放曲 띠우노니、
풀숲의 버레들은 自由頌 和答한다、

———————————————

1) 문맥으로 보아 萬.

터밭머리 키다리 옥수수도 흥겨운지
우줄우줄 춤만 추네。

ー 一九四六・七、二八 ー ー

≪문화전선≫, 1946.7

새 李節

李貞求

雨水 경칩 春分도 지나
언덕 우에 얼음 풀리고
개천가 실버들
날로 푸르러 가더니

집집마다
채매 밭에 모닥불 지르고
바람에 불어온 묵은 짚오라기며 나뭇잎 긁어모아
잿더미 우에 함께 태우며

낡은 것은 이렇게 타는데
연기가 되어 먼 虛空으로 작고 떠오르는데

모두들 무슨 얘길 하는지
연장을 들고 나와
칠성네며 예쁜네랑
오붓하게 한곳에 모여앉아

아마
나라에서 온 새 계획을 의논하는 게지

논이랑 밭을 제때에 갈아
올가을엔
豊年歌를 흠뻑 불러 보자고
모두들 約束을 하는 게지

올엔 밭고 늘쿠고 논도 늘쿤다더니
송아지도 기르고 집도 고친다더니
저리 문들레 꽃 곧 잘 피던 산등에까지
벌써 파란 보리 싹이 돋았네
幸福한 새李節이네

ㅡ一九四七·四·初ㅡ

≪조선문학≫, 1947.4

憎惡

金常午

그것은 이미
밤의 것이 아니다

光明한 햇빛 아레
나는
불처럼
그것을 품는다

살아나는 祖國에의
깊은 愛情과
峻嚴한 誠實의
속에서 자란 것

높이
憎惡를 불러—
敵을 向하리라

원수여 아직도
骸骨의 춤을 추는가
일어서는 朝鮮의

새벽놀 앞에서

그러나
허물어진 "反託"의
和音의 破片을
어데서 주으리요

높은
우리의 法으로 하여
내 손은
뇌물의 목을
겨누지 않는다마는

筋肉이 떨려드는
늬들에의 미움으로 사는
우리의 날이다
오늘 또 이렇게
그것이 치미는 것은
음산히 구름이 날고
밤 舖道에

찬비가 나리는
까닭은 아니다

그것은 오늘
우리 손에 붓잡은
幸福에의 실머리가
그렇게도 貴한 까닭이다

그것은 오늘
우리 땅에서
最大의 希望이
議論되고있는 까닭이다

늬들의 발밑에
民衆은
墓穴을 팠다
이제 그들은
늬들을
묻어줄 것이다

다만　滅亡이
늬들에게 있어야 한다
쎈트헤레나도
스위쓰도
없을 것이다

憎　惡！
愛情과 더부러
爽快한 糧食
그것을 먹고
나날　戰鬪에 서자

人民이 세우는
民主主義 朝鮮人民共和國
젊은 이마가
우렁찬 三千萬의
*2)歌속에 있게 하기 위하여

ーー九四七・七・一〇ー

《새계절》, 1947.7

2) 문맥으로 보아 言贊.

감자 現物稅

金光燮

푸무ㅅ을 장ㅅ대가 헐치 않으리라고
모돌이놈의 소리도 나발이다。

감자 現物稅
우리 황손 한 짐
나 한 짐 질머지고
풀폭이 나무뿌리를 휘어잡으며
바위를 안아 넘기며
이 걸음이면 예정 날ㅅ자에
사홀이나 앞선다。

식은 죽 먹기다
국사당 **3) 짐을 버서 놓고
푸른山 바라보는 속에
우리 밭이 第一이다

土地改革의 날
새나라
人民의 法을 몰으겠다던 地主영감이

---

3) 확인 불가능.

__0__

짓벌건 욕심이
뒹굴며 사관질이였지만
土地는 영영 우리해가 되였다.

돌무덕이와 마을을 구별키 어려웁던
불ㅅ골이였다
제 땅을 찾어
힘 다해 지은 농사
겹친 豊年이였다
살림은 측넝쿨처럼
줄기차게만 벋어간다.

그늘을 찾는 병아리 떼다
네 굽을 뛰는 송악지들이다
회ㅅ칠에 눈이 부시는 새 집들이다
양지바른 높이 앉은 成人學校다
뿔이 덩실한 기하집 두 채
玉이네와 우리 집이다.

불ㅅ골은 거들떠보지도 않구

*4)으로만 장참 뼈치였던 電線이였다
이제 새 마을를 찾아
電線이 줄줄이 얽인 속에
밤이면 집집이 말이다
밤이면 집집에 平壤소식이다

생각하면
가슴이 앞어난다.
오십이시구
六十이시구
땅을 다루기에 지친 아버지시다
오―랜 가난에 들볶인 어머니시다
박참봉의 삿대질에
묵묵히 참아온 아버지시다.

그렇게 뼈저리던 그날을 돌아보시며
土地받은 감사에 목이 메신
우리 아버지였다.
우리 어머니였다.

---

4) 확인 불가능.

열섬 감자다
한 말이라도 보람지게하야
장한 힘 도웁는 것이 본심이라 하시며
큰놈으로만 골르시는
어머니의 옳은 생각에
미소하시는 아버지였다.

너 부듸 잊지 말어라
金日成장군의 초상 한 장 얻어오라 하시구는
폐양에도 감자는 잘 되는지 ……
몸소 장국님을 못 뵈옴에
아버지 山을 번지시며 걱정이시다.

믄득、
처다보니 하늘은 과연 프르다.
날이 선 山주름을 더듬어
마을에 눈이 갔을 때
아―
아버지와 어머니
국사당을 향해

버드나무 아래 그냥 서 게신다.
玉이 우물ㅅ가에 나를 향해 서 있다.
몇 번 휘둘으며
인차 온다고 소리를 질렀어도
않 들어가신다.

님사
또 한 장ㅅ* 넘어서면 거리다
수우탄 표어와 포스라—
주욱 나붙었을 게다
나두 오늘 金장군
사진 뵈옵고 오리라

뭉치자
나라 사랑하는 마을들이 굳게 뭉치자
金日成장군이 영도하시는
튼튼한 새나라 세워 놓고
맡은 책임마다 소문을 놓혀
나 玉이 맞어다 새 살림 넓히고
늙신 父母

오—래 즐기게 하리라。

어——
앞山 중턱에서 나무늪을 날으다 말고
좀 올라오라 욱여보는
차돌이 놈의 수작이다。

이 자식아
나라에 세금을 바치려 가는 몸이다
이번에는 단참에
부채골을 지나는 것만 봐라

— 一九四七年 二月 —

≪조선문학≫, 1947.2

山鄕

金舞石

자개 하얀 도랑물을 담아
물방아 호박아
포옹 포옹
들릴랑 말랑 가재곬 물소리도
차츰 차츰 가까워 오는구나

밤도 퍼구나 갔나 부다

좀체 밝잖든 와사등이
푸근한 방바닥에 오루루
잘도 끓어 화안하다

이뿐아
푸장일에 검댕 앉은
견딜성 있는 네 낯을 싫지 않아도 좋다

오루내린 발작욱에 짐승 떼 살피며
싸릿대 휘어잡아 단 거름 삼십 리
자욱마다 위태로운 올리막 외길을
가쁜 숨 후우 후우

눈사태 헤쳐 달려오른 그날에 비겨

벼개감자 이랑을 딩굴
가을을 믿는 네 양볼
자랑스러히 붉어 오르니 좋다

생이깔 쾅 쾅 직어
잠짜리 편한 귀틀막 내 멋대로 겨루고
모래알 맑앟게 다리다 뵈는
샘터에 옷물을 고여 **5)
울려놓은 지러지나물 죄리에 담북하고
날귀올린 낟알 시렁에 가득하다

난생처름 허리 펴 딩구는
구름까래 좋은 내방에
밤을 새워
너는 감자눈 뜨고
나는 톱날을 새우고

---

5) 문맥으로 보아 '놓고'.

사립청 밤
숨 쉬어 쉬는 밤하늘엔
깊은 잠짜리 흔들어 타오르는
새빨간 우등불
하늘도 좁다 꿈들거리는
내 핏결같이 이터서

야아 이것이 모두 우리거보구나
앞날을 꾸미어 흐르는
가슴에 가슴 맞대이고
왼통 소리쳐 자랑하고 싶은 이 마음

자아
날 밝으면 신 새벽
가꿔올린 이랑에 물** 숨 쉬는 곳
타라내린 푸장터에
내일은 씨묻이다

바람이 이는 게나
한낮은 꿀벌이 떼 푸성귀에 잉잉거리고

해지면 싸늘한 동판
차놀을―내리굴려 도랑물은 방앗소리 높이고
샘터에 욱어진 짜작밭에 잎새가 설렁인다

이뿐아
장작불을 지펴 부뚜막을 데이렴

― 開墾地五水台의 밤 ―

≪조선문학≫, 1947.2

首陽山工에서

康承翰

바람도 구름도
山頂을 넘나들며
치솟는 격분에
몸부림치는 곳

손에 잡힐 듯
푸른 바다 건너
三八線 저편
공화국의 山들아

이 아침도
봉오리 봉오리
어느 決戰의 마당에
승리의 하루를 지키어
우렁찬 인민의 미래를 고하는
항쟁의 기폭을
기폭을 그 품에 안아주는
山아 조국의 山아

동족의 피를 물고 날뛰는

망국 괴뢰의 발자국이 어지러워도
돌 한 쪼각 풀 한포기 ·······
너의 품안 물 한술기도
원쑤의 노략질을 눈 감지 않는
너는 조국의 원쑤를 잊지 않노니

미 제국주의 야수의
흉계 음모 깡그리 찍어 문허판 치고
완전 자주통일 어였이 틀어쥘
새 힘의 핏줄이 구비 도는
山아 남반부의 山들아
잊지 말자 약속하자
최후의 승리를!
증오할 원쑤를!

이제 머지않어
뜨거운 사랑과 그리움으로
우리 서로 부여안고 낯을 부빌
국토완정의 그날을 위하여

≪조선문학≫, 1949.5

그는 강철이다

趙鶴來

쇳돌을 녹여내는 공장
날리는 불꽃 속에
그들은 자랐다。

황금색 이삭이 물결치는
광활한 농터에
그들은 자랐다。

쇠뭉치 두다리던
괭이를 잡아 두루던 힘찬 모습들이
기둥을 이루어
오각별을 받들었다。
광휘 찬란한 오각별을—

늠늠하고 용감하게
이 나라와 인민을 지켜
이러선 그대들

백두산 줄기를 넘나들며
왜적을 쳐부시던

영용한 빨찌산
김장군을 따라 싸운
불같은 애국의
그 정신을 · 니어

위대한 힘의 집단이어
그대들은 진정한 우리의 무력
강철의 방벽

≪조선문학≫, 1949.5

우리는 이 길을 지킨다

金春姫

잊히지 않는 너의 생각으로
나의 鬪志는 굳어갔다

목 메여오는 記憶들이 널린
아지트 앞마당
욱어진 대숲에
사나운 바람이 건느딘 작년 五月

마즈막 너와 헤여진 것은
烽火 송진 타는 내음새를 담은
짙은 안개가
智異山 산허리에
자욱이 흘러드는
어느 날 밤이었지 ··········

우리는 우리가 자란
故鄕의 평화로움과
독립과 민주를 위해 일어선 인민유격대
蟾津江 나루터에서
華嚴寺 근방 密林에 오르는

불기둥 信號를 올리며
우리는 한 덩이 주먹밥을
난오아 먹었다

『生命은 보람 있는 勝利를위해 바친 것
동무야 이러나라 이제부터다』
리별 하려는 瞬間 나에 주던
沈着한 격려와
어둠속에 유난히 빛나던 너의 눈
『五·十단선』 반대투쟁의
장쾌한 그 추억 속에
지금도 너는 억세게 서 있다
엄숙하게 태연하게 머리를 들고

비록 너의 肉體가
이 땅 우에서 사라졌다하여
네가 죽었다고 과연 생각할 수 있을가?

아니다
너는 영원히

우리들의 五角별 뚜렸한 기빨과 함께
祖國을 받들고
祖國을 지키어 살아있으리라

나는 잊지 않는다
또 모든 同胞가 잊지 않는다

사랑하는 조국의 자유를 위하여
心臟에서 터저 나오는
참을 수 없는 분노가
단선을 반대하여 이러서던 날
승리를 향해 내딛는
인민의 억센 발구름 속에
우리와 나란히 가장 앞줄에서
너는 싸웠다
너는 주검으로 독립을 지킨 조선의 딸

인민유격대의 빛나는 영예는
우리들의 공화국 국기를 받들어
영원하리니

너와 더부러
간절한 맹서를 바꾸던
우리의 인민공화국을 위하여

다시 우리는
판가리 전투에 달려가리라

가슴한복판 감싸 품은 국기와 함께
잊히지 않는 너의 생각을 안고

≪조선문학≫, 1949.5

飛行機 위에서

吳章煥

이제 방금
하바롭스크 上空을 떠나는
비행기 아래에는
힘차게 굼틀거리는
黑龍江!
가슴 터지게 넓은
쏘련의 大自然!

다시 무투레하게 흘러 나려간 저 江줄기
따러 나리면
松花江 물줄기 흐르는
저곳은 東北땅
높은 하늘에서는
한결같이 보이는구나
씨비리— 쏘련의 향토여!
동북중국의 땅이여!

더 더 멀리 저 地坪의 끝
이물이물한 곳에서는
우리의 江山도

맞다었으려니 ……

機首는 흔들리지 않어도
가슴 울렁거리나이다
오 偉大한나라 쏘련이시어!
이제는 저 넓은들
더 더 멀리 大陸을 뒤덮어
그곳에 살고 있는 모든 인민이
당신의 힘으로

오늘은 토지를 논고
공장을 찾어
새로운 살림이 시작됐나니
오 뭇땅에서
하늘을 찌르는
환희와 건설의 힘찬 노래여!

三十二人乘
경쾌한 旅客機안에는
부—페트에서 끓이는

까까오의 진한 내음새

나도 오늘은
씩씩한 얼굴 쳐드는
새나라 공민!
바쁜 나라일로 비행기에 나르는
이 나라 일꾼아!
우리는 이렇게 한자리에 앉어
따뜻하니 茶를 나누며
찬란한 새 날을 말하는구나

전후 쓰딸린적 五個年계획을
또다시 四년째에
끝내려는 위대한 나라야!
우리도
二개년째 인민경제계획을
빛나게 마치려한다

구름 우에 나르는 비행기
비행기는 안온히

푸로페라 소리뿐
機窓에 悠然히 펼쳐지는
씨비리의 大自然이여!
사회주의 새 나라의
빛나는 건설들이여!

ㅡ 一九四八、 十二 ㅡ

≪조선문학≫, 1948.12

나는 우리들의 총을 메었다

李園友

나는 우리들의 총을 메었다
옛날의 머슴꾼
눈물과 가시덤불길 더듬어온 젊은이
살진 땅 주신 조국을 위하여
우리들의 총을 메었다

─있는 힘을 모아라
이 땅을 지키자
밤낮으로 소원하던 자유와 평화……
품으라 보내준 말 가슴속에 간직한 나는
나는 총을 메었다 우리들의 총……

모자에 어깨에 가슴에 인민이 준 별 받은 나
군복 속 깊은 곳에 끌 수 없는 불길 태우며
낮과 밤 분별하는 새 눈동자로
앞날을 내다보며
무명고지를 지키노라

한때는 적은권리조차 없던 우리
오늘은 나의 사랑하는 나라

나의 권리 찾아준 조국을 위하여
여기 정든 땅 무명공지를 지키나니

올 테면 오거라 인민을 배반한 녀석들아
참아 견디기 어려운 천대 속에 살아온 우리
못 백힌 이 손으로
방아쇠를 당기리니
성난 총알들아
원쑤들의 가슴에 날어가 백히라

누구나 자기 고향에
지킬 것을 두고 왔노니
앞날의 찬란한 우리조국을
가슴에 마다 품은 동무들

자 쏘아라
사격령은 내렸다
동지들이 보내준 말 가슴속에 간직한 우리들
일제히 쏟는다
우리들의 포단들을……

인민을 겨누는 너희들
다시는 돌아갈 곳이 없으리라
돌아갈 곳은 단 하나
깊고 깊은 무덤길 바께는……

무서워하라 인민을 위하여 잡은 총
우리 부모형제위하여 높이 든 총
무도한 너희 놈들
반역의총을 손에 든 채
여기 인민 앞에 꺼구러졌나니

우리진지 무명고지엔 만세소리 터진다
우리가 지키는 무명공지여
이렇게 우리는 조국의 원쑤를 즉치고 있다고
온 세상에 높이 고하자
이렇게 내일은 가까워 온다고……

≪조선문학≫, 1949.12

鍛造工의 노래

韓鳴泉

白熱爐 앞에서
모르쇠를 둘러싸고
시뻘건 쇳덩어리를 향해
나려치는 메질소리

비오는 날도
눈 나리는 날도
一년 二년 五년 十년……
나를 길러준 노래여

나는 나의 아들을
이 노래 속에 키운다
나의 아들이
또 자기의 아들을 키울 때
이 노래를 배워주리

오늘 이 공장은
벌써 대장깐은 아니다
단조공장
육중한 중기함마―가

쿵 쿵 땅을 울리는 곳

나는 보고 있다
붉게 익은 쇳덩어리를
지께에 틀어잡고 있는
그냥 나를 닮은
내 아들의 뒷모양을

나는 안다
나에게는
나와 똑같은 힘
구리기둥 같은 로동자
씩씩한 내 아들이
이속에서 무럭무럭
자라나고 있다는 것을

한때는—
새파라면서도
새파랗지 않던
원쑤롭던 하늘 아래 이 공장에서

피어나지 못하던 나의 아들아
고된 일에 지쳐 쓰러질 때마다
나는 너를 안고 이를 갈았다

어찌 할 수 없는 삶의 위협에
반항하다싶이 네 어린 잔뼈를
쇠부치 속에 내밭기지 않을 수 없던 나
납같이 침울하면서도
서릿발 같은 분노를
뼈저리게 느끼던 옛날은 아니다

오늘의 내 아들은
내 아들의 뒷모양은
젊은 조국을 어깨에 질머진
영예로운 로동자

글 모르고 자라기 二十년
그러나 지금은 야간공업학교에 다니며
높은 과학을 배우는 나의아들
끝없는 앞을 바라보며 걸어갈

아름다운 눈동자

오! 렌즈보담도 정확한 눈
쿵 쿵 나려찧는 롯도 밑으로
날래게 디려미는 답뿌
날래게 디려미는 角台

아들아!
너는 옛날 애비가 걸어온 길을
너는 옛날 에미가 살아온 나날을
너무나 너무나 잘 안다
그러기 때문에
우리는 싸워야 한다
조국의 통일을 앗아와야 한다
자! 오너라
이글거리는 白熱爐 앞으로
가슴 내밀고 오너라
너는 씩씩한 민청원이다
너는 새 나라의 용감한 아들이다

오! 즐거운 노래
나는 나의 아들을
이 노래 속에 키운다
나의 아들이
또 자기의 아들을 키울 때
이 노래를 배워주리

新年讚歌
―……一九五○年을 맞으며―

洪淳哲

휘황한 빛살 퍼트리며
축기의 파동 속에 동터오는
승리의 해 ―九五○년이여―

지맥 (地脈) 을 부비고 기지개키며
북녘 땅의 맑은 기류 속에
너는 눈부신 샨테리아인냥
새 광망을 주렁지우는구나

만민의 다함없는 찬양 속에
거창한 건설로 웅성거리고
항쟁의 불길로 이글거리어
웅장히 솟아나는 네 모습은
사시장철 승리에 번뜩이리라

바다마냥 넓은 가슴을 열고
너를 환호하는 三천만 겨레의
우렁찬 함성은 천심을 울리고
장엄한 행진은 지축을 흔들며……

조국의 주추 위에 거룩히 핀
애국의 가슴 가슴한바닥에
새 결의에 달쿼 정렬의 불기둥은
천길 만길 치솟아 이나니

새 력사의 세찬 거류위에
패기는 열풍으로 충천되고
분노는 태산도 밀처솟아
한길 원쑤를 무찌르는 길로
영웅의 거레들은 나아간다

三천리에 구비처 흐르는
구국의 거센 물결 속에
개선의 라침반을 돌려야할
력사의 해 一九五〇년이여!

치받히는 분노와 결의에 엮인
三천만의 한결같은 다짐은
청사에 찬연할 네 이름 위에
통일의 레포를 울리고야 말리라

줄차게 뿜는 증산의 불꽃 속에
영용 떨치는 항쟁의 불길 위에
극진히 쏟아 바치는 애국지성은
원쑤 앞에 거탄되어 작렬되리니

푸드득 깃을 차고 날아날듯
새 희망 어우러지는 네 품속에
애국의 핏줄 한결 높이 맥친다

오오 승리의 해 一九五〇년이여!
적은 구름 숙어진 네 머리 위에
저ー기 통일의 신호가 솟는구나
우리 그 깃발 높이높이 추켜
백두의 운봉에 꽂아 주리라
한라산 첨복에 휘날리리라

≪조선문학≫, 1950.1

高地마다에 이름을 부침은

金友哲

원쑤들 교통호를 감아 돌린
高地마다에 이름을 부침은
산을 허물고 인민을 학살하던
놈들의 발악을
두고두고
우리의 후손들에게
전하기 위함이다

우리의 땅
그 어디메서
카—빙 총알이 날아왔으며
그 어느 지점에서
『국방군』의 토—치카가
인민의 가슴을 노렸던가를……

무엇 때문이뇨
저 남포소리
날에 날마다
以南하늘을 흔들어 옴은……

두더쥐마냥
산을 파헤치고
돌을 쫍는 저 소리
고막을 울릴 때마다
우리는 보고 느낀다
　　　　　거기 이남땅—
무고한 농민을 銃把로 휘몰아
무엇 때문에 피신호를 파는 거뇨

어찌 그뿐이랴
총알의 방패로
주민을 앞세우고
우리의 경비초에
기어들었더니라

총부리에 몰리워오는 주민들
소리는 못 치나
손 저어 오는데
글쎄 우리가 어떻게 쏘느냐!
그러나 때는 익어

우리는
쏘았다!

불을 퍼붓는 사이사이
『주민들은 엎드려라!』
戰友들의 외치는 소리
들판을 울려라

쓰러지고
도망치고
그러나 소리소리 고함치며
달려오는 손길이여

누가 너부러졌고
누가 달려왔는가는
망원경알에 눈살을 고추고
놈들의 고급장교가
더 똑똑히 보았으리라

이 땅에 불 지르고

노략질 허둥대며
원쑤들이 기어온 이 길을
걸음걸음 재이고
자욱자욱 밟으며
이 길을 더듬어 우리는 가리라

어찌 잊으랴
戰友들의 모습을
이 산 이 高地
끝까지 지켜선 이름들을 …

그러기에 우리
뼈와 살로 외운다
高地에 高地마다
부쳐진 그 이름을—

《조선문학》, 1950.1

영예로운 이 소리 들으라

李地用

삼분이 지나면
돌격의 폿소리 울리리라
조국의 영예 걸머진 이 몸은
원쑤의 화ㅅ점 무찔러
공화국기 높이 꽂는 길
거센 회호리 바람 되여 가련다
조국의 영광을
인민의 행복을
이곳 건설의 찬란한 숨결을
불질하고 침습하는
역도의 총ㅅ대 꺾기위한
돌격의 성스러운 명령이
미명
여섯시 이십분엔 나린다

경계선 시월의 밤은
오늘 따라 유달리 어두웁고
천만 길 바다ㅅ속 같이
고요하고나

까치산 허리와
은파산 마루에는
골마터진 부엉이 눈깔 같은
미욱한 원쑤들의 화ㅅ점이
이 구석 저 구석에 껌벅이고 있다

적전 백오십 메타
숨소리 죽이고
마음 벅차게 죄이면서
젊은 가슴들
나는
전우들과 한 뎅이 되어
원쑤들의 턱밑
개진지에 잠복해 있다
이십분에는
아직도 남은삼분을
우리는 천년같이 시각을 기다린다

시각은 왓싹 죄여든다
이십초 사십초

일분하고 또 삼십초

휘 ㄱ 실바람만 스처가도
원쑤들은 질겁스레
따꿍! 짜그르
총소리 번거롭게 산 울리고
전우들은 조국위해
한 목숨 거러
원쑤의 목표 노리고 있는 속
들과 개울 지나
자줏빛
새벽안개 흐른다
손아귀에 탁! 침을 뱉아
버 ㅅ 적! 따바리
가슴팍에 춰켜안고
나는 힘찬 맹세
다시 한 번 외친다

그리운 동무야
영예로운 이 소리 들으라

『쏘베트 청년들의 흘린 피를
헛되이 하지마라!』
『한 치 땅도 원쑤에게 내놓지 마라!』
『김장군 정신 받은 동무들 앞으로!』
출공직전
용감한 나의동지
선전원 기석동무의 목소리다

멀―리 들릴락 말락
물소리는 까마득
풀버레도 잠들고
폭풍 일기 전 적막
무한히 깊은 속에
죽엄이 다 무엇이랴
목슴도 우스며 바꾸려는 동지를
역도 태워버릴
분노의 불씨 달궈가며
이제나 이제나 명령 기다린다

앞에 있는 용섭이는

분대장 동무와 함께
나를 돌아보며 빙그레 웃는다
매국의 허재비들
송두리 채 뭇질르자는 우숨이려니
『염려마라 4호 목표에는
내손으로 공화국기 세우리라』
나도 힛죽 웃고 머리를 끄덕였다
젊은 핏줄이 우지직!
살 속에서 함성치고 솟친다

쾅! 짜그르르―
쩌―웅! 짜웅!
불기둥 앞뒤 고지 뒤흔들고
山허리를 끈는 듯
드디어 돌격신호의 포는 터졌다
가로막은 장막은 찌저지고
어둡든 눈앞은 탁 티였다
붉은 기빨 휘감고
장엄한 노래 불르며
조국위해 가슴 찢은

크라스노톤 청년근위대원들의
행진하는 웅장한 그 모습이
나의 눈앞에 번적인다
독수리같이 자리를 박차고
불끈! 나는 이러섰다

조국위해 대답한 인민의 용사들은
벽력같이 산위로 내닫고 치닫는다
먹장같이 검게 솟은
山과 山의 허리에선
늠늠늠늠 함성 삼키며
번적 번적 번적 번적!
불뎅 가 다리 놓고 내솟는다
『동무들!
일보 삼보 적진은 가까웠다
앞으로! 앞으로!』
선전원의 억센 소리 귀뿌리 치는 속
만세! 만세! 진격 돌진 돌격
적의 방어선은 천만쪽 부서진다

반짝! 거리 죄여
적의 목표 눈앞
정의의 싸흠 승리에 나선
순간! 웬일이냐?
『미제의 앞잽이 모조리 소탕하자!』
웨치며 선봉 달려 나가든
영섭동무 중심 잃고 허리 숙임은
원쑤의 탄환은 철사같이 뻗어오고
포연과 흙가루는 새벽별 감춘다
『정신 차려라 영섭아!』
『누구냐? 엣다!
내 걸루두 원쑤를 처다구
엽구리 수류탄 뽑아
쓰러지며 내게 주는 그의 얼골
피에 뭉처 분간할 길이 없구나

전우야!
피 묻은 네 얼굴 씻어주지 못하고
까재긴 네 상처 동여주지 못하고
편한 자리 골라 쉬게 못한 채

네 앞을 떠나려니 가슴이 터진다
오냐! 죽지말구 보구 있거라
네 원쑤 내 갚으리라—
동지의 정신매친
수류탄 높이 들고
나는 원쑤의 토치까에 올라섰다
불비 퍼붓는 원쑤의 화구 향해
용섭아 보아라! 이것은 네 것이다
소리치며
영광의 첫 포탄
씨원하게 처박었다
꽈릉! 소리 나자
놈들의 기관포는 머졌고
도망치는 비겁한 놈들 향해
『한 놈도 내 앞을 버서나진 못하리라』
뚜루루—
호탕있게 노래하며
따바리 휘갈겼다

그리운 동무야 들으라

소위 국군 제2련대 놈들은
한나산 빨찌산
남반부 인민항쟁 용사들의
피를 먹은 원쑤들이다
놈들 오늘 또다시 떼를 지어
영예로운 북반부 침습하려들거늘
우리의 원한 더 크지 않고 어이하리
우리의 증오 더 높지 않고 어이하라

날창은 번쩍!
원쑤의 목줄 꿰고
총탁은 와직끈!
원쑤의 상판을 부시며
먼동 트려는 새벽
은파산 마루위에
만세 불러 불러
육박전은 버러졌다

찬란한 승리의 공화국 기빨
용장한 전우들 손으로 꽂지려 할 때

개한마리 등 뒤 비탈에 기어 붙어
수류탄 심지 뽑고
아군을 향하여선 드러운 꼴
선뜻 눈에 띈다

원쑤놈 서 있는 곳 겨우 열 발 안짝
나의 머리 속엔 번개가 인다
저것이 터지면?
사랑하는 동지들은?
오냐! 한 목숨 던지어
조국의 기빨 함께 동지를 지키리라!

─우와!
나는 나는 듯
허공에 몸을 던져
원쑤놈의 목때 쓰러안고
거츠른 비탈길 굴러 굴러 나려간다
꽝!
원쑤 손아귀의 포탄은 터져
개놈의 가슴은 조각이 난다

그리운 동무야
네 마음 내가 알듯
너도
나의 이 기쁨을 잘 알어 주리라

감나무 고ᄒ 은닢 주서모아
쇠고기라 하고
파란 풀닢 작게 찌저
통배추김치
귀 나간 조개껍질에
담고 담어
세간사리라 작란치든 복실이

일곱에 난 가난스런 너는
앙큼스레도
조고만 손들어
누더기 치마 톡 톡 털며
『아이 세상사리 중 힘들어 못 하겠다』
제 어머니 흉내 내며
앙징스레 토라지든 네가

오늘은 자유로운 하늘 아래
민청기 높이 선 곳
"논"가을 하며
『누가 더 많이 나라일 허나 볼가?』
불쑥!
감스레한 손 내밀어
덥썩!
이 손을 웅 쥐든 생각이
경황없 어느 때라고
난데없이 떠우느냐
『오냐 믿거라 고향 사람들아
나는 그대들 위한 성벽으로
전우 함께 곳에 싸워 이겼노라

동무들의 만세소리는
더욱 더욱 세차게 들려온다

어디선가 목쉰 소리
『영식동무! 영식동무!』
누군가 나를 찾고 부른다

―오 분대장 동무로구나!
네! 분대장동무! 전사 김영식이
여기 있습니다!』
나는
맥 풀린 손들어
수천만 동지들의
굳은 힘 뭉쳐있는
우리 당의 위대한 표치
지그―ㅅ이 누를 제
새로운 힘 피ㅅ줄에 불탄다

나는 보구 싶다
은파산마루 고지마다 꼬치어
세차게 휘날리는
승리한 우리의 기빨이 보구 싶어
열손가락 쫙 펴들고
모진 산허리 허비고 기여간다
그리고
나는 외친다
이것만으로

군인의 임무 다했다 할 것인가를—
나에게는
아직도
군인의 최종 임무가 남어 있거늘
『공화국 만세!』
『김장군 만세、』를
동무들 외침에 맞춰
언제까지나 언제까지나
소리 높여 높여 불르며
솔가지 휘여 잡고
전우들 있는 곳
억세게 벅차게 앞으로 향해 간다
그리운 동무야
너도 함께
영예로운 이 소리를 들으라
원쑤들 쳐부수고
승리한 외침도 우렁찬
영예로운 이 소리 들으라

≪조선문학≫, 1950.1

그이를 모시고

白仁俊

그이를 모시고
나는 항상
사랑에 幸福한 젊은이같이
구김살 없는
希望의 나날을 살고 있노라

그이
金日成將軍
이름만 불러도 마음 기뻐지고
그이
金日成將軍
肖像만 우르러도 새 힘이 솟네

목소리나 듣는 때 있으면
가슴부터 울렁거리어
어쩌다 멀리서라도 뵈옵게 되면
『행여 그이도 나를 보시는가
행여 그이 내 곁에 오시는가』

나의 삶과 일속에

나의 나날의 鬪爭 속에
부드럽게
뜨겁게 힘차게
그이는 항상 가치 계시네

그러기에
련니어 밤을 새이는 때 있어도
힘과 기쁨이 샘솟아 오르고
어쩌다 딱 힘들어 맥힐 때 있어도
뚫고 나갈 길 새 길이 환히 보이네

나의 모든 熱情과 나의 모든 힘
나의 모든 希望과 幸福의 源泉
그이와 가치 싸우는 길에
그이의 령도 받드는 길에
百萬의 원쑤 무리져 와도 내 겁내지 않으리

三千萬에게 한결같이 보내시는
함박꽃 같은 너그러운 그 웃음
共和國을 이끄는

잇업고도 우렁찬 그 목소리
그것이 어쩌면
꼭 나에게 보내시는 것만 같아여
얼굴 우러를 때마다
말씀 들을 때마다
옷깃 여미어 새 힘 솟구기 幸福스럽네

그이를 받들고
人民과 함께
언제나 구김살 없이
언제나 希望도 가득히
싸와 싸와 나가는 기쁨!
아 나는
행복한 나라의 젊은이

≪조선문학≫, 1950.2

탄광지구 사택거리에서

李石丁

집집마다
높은 굴뚝엔
흰 연기 뿜어 날리고
싱 싱 돌아가는 스팀소리에
눈보라도 얼씬 못하는 마을

저 집이 모범일꾼 김동무의 집
그 옆에는 착암수가 살고 있는 집
형제보다 허물없는 동무들이다
한 마을이 한 집인냥 다정한 거리

환―히 비처오는 저 등불 밑에서
무슨 이야기에 꽃이 피는가
흘러 도는 웃음소리 라디오 음악이며
이 한밤도 깊어진 줄 모르는 모양

삶이 이다지도 즐거운 것을
내살림이 모두가 풍성한 것을
말은 없어도 보다는 듯이
하늘의 달빛조차 머뭇대는가

은은히 들려오는 권양길 소리
버럭산 위 전등불은 샛별마냥 빤짝이고—
지금 그 밑 항내에서는
이집 주인들도 三번교대 하리라
낮과 밤을 이어 오고 가는 사람들
일에 불이 뛰고 살림에 정이 붙어
김장군 모신영랑
해와 달로 느껴가며
탄광지구 사택거리 웅성웅성하여라

≪조선문학≫, 1950.2

새로운 전투로 전진합니다

黃民

이 캄캄한 하늘 밑
사나운 눈보라 속에서도 보이는
힘찬 어머니의 모습—
눈구뎅이처럼 짓밟히며 딩굴리며
그러나 어머니는 어머니대로
저주할 원쑤들과 싸우고 계시겠지요

찢어진 치마폭을 날리며 서서
기어코 이겨낼 그날을 손꼽아
나를 기다리시는 어머님의 격려의 목소리가

지금 제 상처에 흘러듭니다
그러나 저는 지금
어머니를 향하여 가는 것은 아닙니다
원쑤를 소탕하는 싸홈터를 향하여
새로운 전투장으로 전진합니다

구국항쟁의 불길을 퍼부어
원쑤들이 타죽은 화약 연기는
먼 눈벌 위에 흐르고 있어

장쾌한 간밤의 전적을 보며
아직도 총열이 식지 않은
우리의 대열은
그대로 드팀없이 전진합니다.

얼음을 짓씹으며 이겨나가자
조국과 인민과
우리의 당에 맹세한
고결한 피들의 진격을
그 어떤 야수들이 막아 낸답니까

놈들의 가슴으로 심장으로
항쟁의 창끝을 겨누어
나라를 좀먹는
그것은 바로
리승만도당을 찔러엎어라 ……

삼천만 겨레의 가슴속 깊이
질벅하게 젖어있는
조국의 노래를 부르며

항쟁의 노래를 웨쳐 부르며
오늘도 험준한 령을 타고
젊은 애국의 피들은
뜨거운 피들은 전진합니다

사랑하는 어머니!
어머니는 어머니대로 싸워주세요!
고향도 마음도 우리의 웃음도
집도 빼앗기고
먹을 것도 빼앗긴

오직 하나 놈들의 구둣발길에 피맺힌
육탄으로 대항하여 이겨주세요!

이것이 저를 만나는
유일한 어머니의 길입니다
조선의 어머니들의 길입니다

아들은 아들대로 이렇게
오늘도 이 산맥처럼 뻗어 오는

저 강대한 북반부의 힘을 믿어
승리에로
끓어 넘치는 붉은 피의 대렬에 서서
사나운 눈보라를 물들이며
새로운 전투로 전진합니다

눈보라는 불어도
죽엄이 기다리고 있어도
그리운 어머니를 만나는 길이
이리로 통하여 있기에
싸흠에서 싸흠으로
원쑤의 시체를 넘어
자유와 행복과 독립을 찾는
삼천만 겨레의 길이
이리로 통하여 있기에
우리는 진격합니다

≪조선문학≫, 1950.2

사랑

馬禹龍

사랑이란……
얼마나 고귀한 이름이냐!
고난과 죽엄을 극복하고
승리와 행복을 가진
위대하고 아름다운 노래가 아니냐

우리 모다
이곳 산속으로
총을 잡아 쥐고 들어온 것도
안해와 어린것
어머니와 동지들을 생각는 마음
내 조국을 애끼는 사랑이려니

놈들의 발톱 밑에
이미 잿무지가 된 내 고향이언만
승리를 믿는 심장에서 울려나오는
꺾을 수 없는 외침
산으로부터 마을과 거리에 퍼저
다시 인민위원회가 일어서리라

동지들이여
총을 힘껏 잡아라
우리 서로 사랑하는 마음으로
우리 서로 격려하는 포옹으로
많은 동지들과
적을 몰아 령을 넘자
또 하나의 령을 넘으면
거기는 비록 황무지가 되었지만 넓은 벌판을 안고
맑은 물산을 구비져 흐르는
내 고향이 있다

동지들이여
십분만 지나면 신호가 오르리라
경찰의 신호
그때면 조국통일을 한 발작 죄이는
승리의 진격이 시작되려니
고향아 조금만 기다려라
역적 무리에게
이제 무덤의 운명을 주리라

내 고향을 사랑하고
내 조국을 사랑하는 마음
이것은 심장에서 울려나오는 진리의 외침
어떤 힘으로도 막지는 못하리라

사랑이란 조국에의 사랑이란 이렇게
억누를 수 없는 위대한 샘물
고난과 죽엄을 극복하고
승리와 행복을 가진
고귀하고 아름다운 노래이더라

《조선문학》, 1950.2

山사람들의 밤이어!

—빨찌산들에게 드리는 노래—

洪淳哲

샛하야니 눈에 덮인
접접한 심산유곡마다
어느 머 니 전설인냥
우등불 속에 깊어가는
산사람들의 밤이어!

노기에 찬 네 품속에
피 끓어 설레는 가슴들이
천도 만도 우등불을 퉁기며
밤 도아 하늘을 태우면

오늘도—
원쑤와의 담병접전은
아슬아슬한 고비를 넘어
또 하나 큰 자랑으로
끝갈망을 맺었길래
불가슴 끓어 번지는

호협한 산사람들은
피로 바꾼 총가목을 잡고

북녘 하늘을 우러러
저마다 승세를 못 참는구나

울창한 원시의 밀림 속에
이 나라의 명맥을 높이던
장백준령의 어느 한밤인냥
수령 앞에 굳게 다짐하는
그들의 줄기찬 용맹은
진격의 새벽을 죄이며
네 품속에 발도듬하나니

태백산 지리산 한라산
남녘땅 고산유곡의 밤이어!
네 이름 위에 백승을 지키는
산사람들의 산 전설을
영원히 기억해 두어라

허술한 차림 차림에
기한을 견디어 이기며
흉탄이 꽂힌 팔다리로도

원쑤와 맞들어
언제이고 싸워 이겨오는
이 나라 영웅의 이름들을
너는 분명히 알리라

뒤엉켜 욱실거리는
망국배족의 이리 떼들이
미친 꼬리를 치며
보복에 독기를 피인대도……

밝아! 고산준령의 밤인!
우둥불 옆에 귀를 기우려
피맺친 저 이야기를 들으라
장쾌한 오늘의 진격에서도
…네 발 기며 도망치든 놈
씨들어 나잣바지든 놈
꽁문이 빼든 미군고문 놈……

치바치는 분격을 눅자치며
우둥불 속에 이 밤이 새면

찬 새벽 눈벌에 펼쳐지는
산사람들의 무적진군은
대 도읍을 쥐락펴락하리니

비호같이 산비탈을 걷어차고
사태처럼 내밀리는 진격에
원쑤의 아성은 허물리고
우렁찬 승리의 함성은
네 품속에 또다시 울려드리라

만민은 천만번 곱외이며
청사에 영원히 새기어
네 전설을 잊지 못하리니

오오 산사람들의 밤이어—

싸움 버려진 산발마나 우러러
주먹을 부르쥐고 이를 갈던
젊은이 늙은이 가릴 것 없이
한 목숨 조국을 위해 바치고저

길 없는 길을 더듬으며
네 품속을 향해 떠나나니

익착한 원쑤의 마수 밑에
비겁과 굴복을 몰라온
이 나라 영웅의 겨레들이
손에 손에 총검을 잡고
반동의 가슴 앞에 육박하는

장엄한 그 길을 반겨 맞으라
밤 도아 하늘을 태우는
붉은 네 심장 우등불 속에
새 승리를 벼리는 그 시각은
첩첩한 줄기 줄기에 어린
의로운 피자욱과 더부러
영원한 기억 속에 살아 있으리

이 나라 영웅의 겨레들은
네 품속에 타 번지는 투지로
승리의 최후를 판가름 내리니

밤아! 장엄한 력사의 밤아!
언제나 필승의 불길을 솟구라
백승의 열화 속에 이글거리라

≪조선문학≫, 1950.4

江畔吟

安龍灣

눈 녹이는 지름길 밟아
동뚝에 올으면
北國의 봄
출렁 출렁 물결치며
유유히 千里길 흘러나리는
너 江아

이곳은 내 故鄕의 江畔
어릴 적 요람의 노래
강기슭 모래 한 알 떼목에도
지내간 추억은 잠자라

젊은 날 靑春의 희망이
붉은 심장 위에
해바라기 해바라기 ……
어두운 時代의 激浪을 헤쳐
太陽의 길로 꽃 피우던 날이어

江畔에 느러선 地區의 골목길
여기 싸움의 불로

勤勞하는 사람들 가슴에 태우며
고난의 날을 색여 왔거니
오래인 간고의 세월이 흘러
쏘베트 용사들 태양을 찾아주었노라

A·쎄르게이
북방의 젊은 사나이
그를 同志로 불러
어깨 나라니 강 언덕 거닐던
季節마다의 발자욱이어
그를 同志로 불러
내 붉은 心臟 위에 자랑 높이
크낙한 黨의 標幟
푸른 黨證이 봄을 속삭였고
해바라기 해바라기 보다
더 크게 情熱이 불탓거니

그날도 나는 노래했노라
우렁찬 건설의 앞장에
인민을 이끌어 未來로 부르는

오 우리 黨
영웅의 隊伍!
百萬 가까운 동지들이
조국을 지켜 나아가는
장엄한 선봉을!

쎄르게이!
그대에게서 나는 十月의 하늘 불태운
력사의 새벽노을을 보았고
쎄르게이!
그대에게서 나는 배웠다
평화와 자유 위해 싸우는
生命의 길 해방의 길 ……

함박눈이 펑 펑
쏟아지는 北國의 겨울
別離의 그 겨울날 보내인
네 고향 씨비리 邊方마을
그 곳에도 봄은 찾아왔는가
오늘은 曠野에 타는

白熱의 용광로 앞에 너는 섰으리

빛발치는 희망의 햇살을 안고
공산주의의 자랑찬 앞날을 향해
너는 가리라
로력의 불길을 올리며―

鴨綠江 봄물에 불어
출렁 출렁 千里길
흘러 흐르는 강반에 서서
그대를 생각하노니
새 봄―
나는 노래하련다

이 땅 北쪽 山河에 타 번지는
건설과 그 속의 로력과……
멀리 南쪽 하늘 아래
山발을 타고 싸우는 빨찌산 鬪爭을!
장엄한 싸움 이끌어
승리로 추켜세우는 우리 黨

크낙한 깃발을!

그리고 祖國이어!
어머니의 나라여!
이를 불러 붉게 뛰는
젊은 心臟들

우리 오롯한 자유의 길에
승리의 그날도 가까워
봄 三月 江畔에 서서
쎄르게이!
그대에게 뜨거운 손길 흔든다
우정의 따뜻한 손길을 ……

≪조선문학≫, 1950.4

어서 오시라

朴南秀

부러오는 찬바람에 山川도
다시 돌아누어 잠드는 밤입니다
이 밤에 몸을 피해 골목 골목에
보내주신 傳單을 붙이러 갑니다

눈보라 치고
모진 바람 살을 어이는
그 嶺마루에 당신은
당신들은 얼마나 몸 고되옵니까

오로지 조국으로 향한
그 붉은 정열로
천길 어름을 녹히며
우리의 날을 기쁨으로 마즙시다요

산 바다의 어디에도
원쑤의 총검에 일떠선
분노에 끓는 사람들이
싸우며 당신들을 기다립니다

어버이를 잃어
형제들을 잃어
친우와 안해와 집을 잃어
고향을 떠나는 사람들이

또한 당신들을 찾어
이 한밤도 원쑤의 눈을 피해
짐을 동이고 짐을 싣고
눈길 十里 산길 十里를 떠나갑니다

늙어 등 굽으신 어머니
이 삼동에 단벌 치맛자락을 뜯어서
히미한 호롱불도 없는
다릿목 어둠을 더듬어 손을 불며······

한 바늘 한 바늘 밤새워 누빈
이 보선 정성으로라도 더우시면
늙으신 어머님
고작 즐거워하시오리다

몸은 서로 헤여저 있으나
꿈길에도 오가는
깊은 뜻이야 어찌 다르오리까
그날을 향하여 그날을 향하여……

부러오는 찬바람에 山川도
다시 돌아누어 잠드는 밤입니다
이 밤에 몸을 피해 골목 골목에
보내주신 傳單을 붙이러 갑니다

어쩌면 이 밤에라도
오실 듯 오서 주실 듯
기다려지는 마음
한둘의 간절한 마음만이 아니옵노니

어서 오시라
오서 말씀하시라
『고난의 날은 지났도다』라고

≪조선문학≫, 1950.4

故鄕

李豪男

나는 기계제작소의 기능공
휴양소로 가는 입소의 길에서
그리운 고향을 찾어
잠시 제방 길을 걷는다

소 등에 앉아 풀 뜨기던 그 시절엔
바위를 돌아넘어 험한 오솔길이더니
지금은 어느 항구와 도시에도 맞다았으리라
탁 넓인 이 길은……

새로 쌓은 뚝은 키를 넘어
고향은 이렇게도 변하였는가
썩 올라서면
二층 교사도 새롭고
물코마다
좔좔 흐르는 물소리
배미마다
철철 넘어 차는 물결

그때에는 매마르기만 하던 건사지

쑥밭도 논으로 변한 논배미 위로
제비 떼 줄지어 나는
고향의 새로운 모습이어

못 하리라던 대자연의 힘도
오늘은 이렇게 바꿔 채웠다는
땅임자들의 위대한 정복

대지의 한복판을 딛고선
나의 동지들이어!
장하고도 아름다운 나의 고향이어!

우리는 승리자
어깨를 겪은 력사의 길에서
낡은 것이 아닌 기계화 농업의 길에 들어선
동무들의 그 희망을 지켜

나의 손으로 만든 꼼바인이며 트럭
그리고 뜨락또르도
오는 가을엔 저 임경소에 더 많이 보내 주리라

휴양소로 가는 길에서
이렇듯 장한 품에 안긴 내 고향
새 모습으로 개변하는 땅이어!
너를 지키어 내 또한 더욱 장하리라

≪조선문학≫, 1950.4

雪中의 都市

吳章煥

눈보라가 친다
눈보라는
사나운 이리 떼 모양 아우성치며
가없는 들판을
휘몰아친다

가없는 들판은
무작정 빽빽한 원시림
또 그런가하면
그저
끝없는 눈데미

전에는
모험을 즐기는 사냥꾼이
獸皮를 구하여 이곳에 길을 내었고
그 다음은 무도한 압제자들이
그들을 반대하여 싸운 이들의 손과 발에
무거운 쇠줄 느리어
내몰아 쫓던 곳

사나운 바람은 이따금
조용한 날세에도
눈데밀 휩쓰러
눈싸래기 어즈러히 뿌려치는
西伯利!

오늘은 이곳에
사나운 물결을 막아 내는
항구 앞의 防波堤모양
씨비리— 눈보다를 막아 내는
웃둑 웃둑한
都市들이 생겨난다
오 맵고 사나운 눈보라
온 하늘을 눈가루로
묻어버려도
하눌은 찌르는 트랜스포—터의
높은 철탑은 곳곳에 서 있고
여기에
묵직한 클럽은
무거운 철근과 숱한 벽들장

때 없이 달어 올리며
살을 어이는 혹한 속에도
억세인 건설의 숨결 멈칠 새 없으니

어제도 공장이 섰다
오늘은 극장이 선다
또 래일은
더 큰 건물에 힘찬 엔징소리가
언 땅을 울릴 것이다

아 오랜 세월을
추방 流刑의
눈보라와 不毛의
忘却과 深淵의
건질 수 없는
곳이어!

그러나 오늘은
너의 품에 깔려진
눈벌판조차

白金색으로 빛나며
이 땅에
발 디딘 모든 것이
西伯利!

정부는
씨비리-한복판에
큰 都市를 세우기로 하였다。

오래인 씨비리-의 꿈을
꽃피우기 위하여
새로운
씨비리-의
행복을 세워가기 위하여
씨비리-의
大工業化는 거침없이
진행되었다

스벨도르프스크
옴스크

노—보 씨빌스크
오라지 않어
人口 百만을 헤일
이 도시들은
사나운 눈보라
억세인 눈바람뿐이 아니라
그 흉포한 짐승 같던
히틀러 파시스트의 무리들과의
전쟁 속에도
건설 되었다。

우 우 우
사나운 이리떼모양 아우성치며
달려드는 눈보라
오 이 눈보라를
三冬에도 마로스늬— 깨무는
씨비리약크는
오히려 그들이 반주하는
휘파람으로
벽돌장을 쌓어 올렸다。

벽돌장을 쌓어 올렸다.

그리하여 눈 가운데
커다란 都市는 생기어 났다.

≪조선문학≫, 1950.4

五·一의 노래

朴八陽

五월 하늘 바다처럼 푸르고
저 높이 휘날리는 로력의 깃발
자랑스럽게 우리 이날에 나아가노니
만국 로동자들과 함께 나아가노니

모쓰크바에서 시카고에서
지구위의 모든 큰 거리에서
들려오누나 힘찬 五一의 노래
새 시대 이룩하는 력사의 소리

우리는 이시대의 주인 근로자
인류의 행복과 평화를 우리 손으로
어제도 오늘도 창조하며 고수하는
꽃다운 력사의 아들딸이어라!

보라 우리의 대렬 강철로 뭉쳤나니
태산이라도 옮길 우리의 힘
九만리 창공에 높이 펴저 나아가는
인류의 위대한 함성을 그대 듣느뇨

우리는 반대한다 억압과 착취를
우리는 원하지 않는다 류혈과 전쟁을
우리는 노래한다 인류의 친선을
그러기에 우리는 위대한 쏘련을 받든다

『낡은 세대의 유물
억압과 착취를 무찌르자
피 비릿내와 화약내 풍기는
새 전쟁을 반대하자!』

어느 놈이 감히 우리 길을 막아서리
그 무슨 힘이 능히 력사의 길을 막으리
발광하라! 그러나 멸망하리라!
발악하라! 너이들의 최후는 왔다!

저기 서울 굽어보는 북한산
삼각봉 우에도 공화국기 나부낀다
아아 장엄할 손 인민유격대의 진격
평화적 조국통일의 찬란한 길이어!

노예의 멍에를 씌우려는 자
내란의 피바다에 잠그려는 자
미제국주의자들의 음모를 분쇄하라!
리승만 매국도당을 소탕하자!

형제여! 가슴벅한 승리 속에
경제건설과 유격전의 승리 속에
내달아 또 싸우고 싸워 이기자
뜨거운 손길 맞잡고 평화와 통일에로!

— 一九五〇년五월一일 —

≪조선문학≫, 1950.5

모쓰크바의 五 · 一절

吳章煥

이른 아침부터
큰 거리는 사람으로 가득이 찼다
모두가 모두가
즐거움에 넘쳐
서로 손만 잡으면 춤출 수 있는
흥겨운 발거름이다

거리 거리에는
악대가 지나가고
오―케스트라의 울리는
힘찬 행진곡!

하늘 높이는
비행기가 떠간다

백금색 제비 같은
저 비행기들은
앞으로 앞으로
크레물리 붉은 마당의 상공으로
스라바 쓰딸린의

글자를 지으며 날른다

창 앞의 시례네(라이락)는
밤사이 푸른 잎을 펼쳤다
싱싱하게 물오른
그 가지에는
낯선 들새도 와 앉는
첫 五月의 아침이다

어머니 젖줄기 같은
보드라운 햇살을 받으며
저기
붉게 타오르는 이나라 깃발
높이높이 처들은
부랑카ー드의 붉은 천
그 사이 사이
받드러 올린 레ー닌 쓰딸린의 초상들

행렬은 가는 것이다
크레물리로ー

크레물리로—
거기
붉은 광장
아버지 쓰딸린이 나오시는 곳으로

스바스까야 시계탑
유량한 음악이
힘의 隊열!
평화의 隊열
정의의 대영일인 이 나라 군대의 행진을
재촉 할 때에

모든 것은 그저 감격에 싸이고
즐거움에 넘치는
생기에 넘치는
얼굴과 얼굴에
아버지 쓰딸린 사뭇 기뻐하시는
기쁘신 령수의 얼골 뵈옵고
팔 젓는 어깨
춤추듯 율동하여

굳게 다무렸던 입가에도
제절로 웃음이 버러지는 이 나라 인민들

아 이처럼 가슴 뛰는 날
나는 병상에 누어 있으나
마음은 어느 듯
그리로—
그리로—
붉은 마당의
굳세인 행진에 발을 맞춘다

발자욱 소리는
힘차게
힘차게
내 마음속에 울 때
나는 불현듯
내 고향 생각과
내 조국 五・一절의 행진과
동무들의 노래소리가 머리에 떠온다.

재작년 서울의 메―데
지난해 평양의 메―데
적기가
인민항쟁가
내 머리는 가묵―해지며
승리의 노래를 외운다

아 나도 이 세상에 태어나
처음으로
맑스 · 레닌의 당을 본받는
우리 당
우리 조선인민의 선봉인
로동당에 몸을 받히어
빛나는 五 · 一절을 맞음이

이미 세 번째!
해마다 눈부시게
내 안계 넓어 만지는
五 · 一절이어!
온 세계

인민의 전위들의
발을 구르는 우렁찬 행진 속에서

올해는
위대한 중국
남경의 거리 거리 에서도
승리의 행진은 벌어지려니
나의 어젯날
나의 의사가
신문을 펴들고 들려준
빛나는 중국의 남경해방 이야기를
다시금 머릿속에 그리어 본다。

위대한 중국인민해방군이
남경으로 행군할 때에
그곳의 대학생들은
꽃다발을 듸렸다。
꽃다발을 받어 들은 병사들은
그대로 쉬지 않고 앞으로
행진하였다。

─우리를 해방하여준 형님들이어!
당신들은 또 어디를 가십니까?
그들의 소매를 잡는
학생들에게
병사들은 대답하였다。
─광동으로! 광동으로!

찬란한 승리를 향하는
싸우는
온 세계의 인민의 대열 속에서
나는 듣는다
우리의 노래

나도 동무들과 함께 부르던 씩씩한 노래
아 꿈에도 잊을 수 없는 모스크바의
五・一절이여!
아는 이처럼
헤아릴 수 없이 많은 사람이
한결같은 즐거움과
한결같은 행복감에

취하여 있는 것을 처음 보았다

찬란한 모쓰크바의
五·一절이여!
나는 병상에 누워있으나
내 몸에 넘치는 힘
내 마음에 샘솟는 즐거운
오늘같이 가득하기는
처음이구나.

一九四八、 五、
　모쓰크바시립 볼낀병원에서—

≪조선문학≫, 1949.5

교대시간

李園友

하나씩 달어야 할 메달처럼
나붙는 이름 빛나는 패쪽들
나도 그중의 어느 한 이름
첫 호소문에 서명한 이름들이다。

오늘도 힘차게 우리맹세 지키려
시계 바늘보다 앞서 모두 달려 왔거니
출근판 제자리마다를
조선 로동자들의 이름이 줄짓는다——

시간은 한 초 한 초
우리와 함께
영광스러운 교대시간을 향하여 앞으로
나간다

부지런한 반장동무 우리를 대표하여
인계받을 일들을 돌보고 왔다
그 얼굴에 우슴이 피였나니
앞장선 사람의 순직한 얼골……

믿어운 생각들 가슴마다 솟아난다
따르릉 따르릉 +분전 벨 소리
줄지어 설 때마다 듣는 소리 ……

왼 얼굴로 큰 희망이 흐르며
그러나 몹시 침착한 음성으로
반장동무 우리에게 과업을 주나니

가슴을 찌르는 드높은 뜻이여
반장동무 우리를 앞으로 인도한다
조국의 깃발이 펄펄 날으며
승리의 노래가 집집마다 그득 찬
아 이날에 살고 있는 우리의 기쁨이여

아침저녁 우리가 우러러 보는 이
그 이름 받들고 오늘도 싸우리니
공화국 행복을 창조하는 곳

모두들 슬기롭게 들어선다
귀에도 눈에도 가슴에도 익은 일터

배소로 속 불길은 타고
송풍기 웅 웅 가슴을 울리는 곳
누구나 자기 정성 바칠 곳이다

유화광석 골고루 로(爐) 안에 타고
사고 없이 기계들을 돌렸노라고
깔막하게 보고를 하는 동무여
지금은 교대시간
우리가 왔다

빛나는 해방의 달
八月달 안으로
반드시야 쌓어 올릴 우리들의 맹세
동무들을 이어 우리가 왔다

우리의 배소로 속에서 타인
불길의 호소세
다른 공장 로 속에도 다투어 이는 불!

언제나 우리 불길 이어 가고저

지금은 수백만 손들이
교대의 악수를 하는 시간

동무여
우리들은 영예로운 배소로공!
첫 호소문에 서명한 이름들이다

≪조선문학≫, 1950.5

山으로 간 나의 아들아

趙靈出

눈보라 치는 벌판길을
에미는 살어간다

늙은 에미라고 말을 마라
가다가 눈 속에 쓸어지고 또 쓸어저도
이 길은 가고야 말테다

산에서 보낸 너의 부탁을 나는 안다
이것이 무엇인가를 ⋯⋯
내 품속에 지니고 가는
이 종이쪽 하나가 ⋯⋯⋯

고초를 받는 모든 사람들이
어둠속에서 기다리던 횃불과도 같아서
륙십 평생을 살아온
나의 목숨보다도
비길 데 없이 소중 하고나

갈수록 눈보라는 사납고
사나운 눈보라 속에 천지는 묻혀도

나는 이것을 전하리라 이 벌판을 건너
눈 밑에 숨은 움집을 찾아
거기엔 비밀히 만나는 젊은이들이 있다
거기엔 삐라를 찍고 있는 너의 안해가 있다

산으로 간 나의 아들아
사랑하는 나의 아들아
너 떠나간 산은 보히지 않아도
내 커다란 얼굴은 눈앞에 어린다

인제 너 집이라구 돌아와야
언 몸을 놓일 만하 방도 없고
불을 지필 아궁이도 없어졌다

그 원쑤놈들의 구두발길이
너를 찾어
너의 안해를 찾어
방고재와 부뚜막을 부시다 못해
집에 불을 지르고
너의 어린것을 밟아 죽이었다

지금은
얼어붙은 땅속에 묻힌
너의 어린것의
그 귀여운 것의 우름소리를 들어라

우리와 같이
집을 태운 사람들의
고향을 잃은 사람들의
부모와 자신을 억울히 죽인 사람들의
애통한 소리를 들어라
원쑤를 향하여 치를 떠는 소리를……

압제와 고통을 주는 원쑤놈들이
나라를 골아먹는 그놈들이
이 땅에서 마즈막 피를 토하고
모조리 쓸어질 날도 머지않았으려니

나는 믿는다
산으로 간 나의 아들아
나는 안다

산에서 너이들이 무엇을 하고 있는가를

산만 보면 가슴이 미어지제 너를 부른다
너이들을 부른다
이 에미와 에미들이
원한을 품은 사람들이 ……

어서 산에서 쏟아저 나려오너라
그저 그놈들의 가슴팍에다
복수의 야무진 총알을 퍼부어라

너이들 발밑에 그놈들이 쓸어지는 걸 보자
짐승처럼 허우적거리며
그놈들의 눈에서 검은 피가 쏟아지는 그날을 보자

그날은 나도 깃발을 흔들면서
눈물이 나는 대로 울리라
그날을 향하여 걸어가는 이 에미 앞에
지금 무서울 게 없다
무연한 벌판을 뒤덮는 눈보라도

굴복을 시키리니
넘려 마라
나의 아들아

산으로 간 나의 아들아

≪조선문학≫, 1950.5

제2장

조국해방전쟁 시기(1950~1953)

平壤

林和

강물 풀려
얼음장 내리나
이른 봄바람이
아직도 차서
옷깃에 스미는 밤

전선으로 가는
차 위에
가슴 아러
바라볼 수 없는 이 폐허가
우리들의 도시

즐거운 로력
조국 위하여 애낌없고
청춘의 노래
수령 위하여 죽엄도 즐겁던
우리들의 평양이다

흰 성애
꽃처럼 피어

가지마다 구름 같은
모란봉 위에
달이 뜨면

릉라도
강기슭
꿈속처럼
아름다운
밤이어

강토가 짓밟혀
피에 젖었고
형제들의 죽엄이
섬돌마다 사모쳐
가시지 않는 이 거리에

아 어느 누가
죽엄과 패망으로
원쑤를 멸하기 전
살어 다시

여기에 도라오리

피 흘린
강토의 아픔과
죽은
형제들의 원한이
백 배로 천 배로 풀리는 날

그날에야 우리는
수령의 이름 부르며
사랑하는 우리
평양 거리로
도라오리라 도라오리라

－一九五一、二、二六、평양－

《문학예술》, 1951.4

五一節

朴八陽

전사는 전호에서 총탄을 쏘며
농민은 공습 밑에서 씨를 뿌리며
로동자들은 굴속 공장에서
전체 인민이 굳세게 싸우는 조선

한 시간에 대포 二만발을 쏘았다고
미군 놈아 자랑은 얼마든지 하라!
그러나 우리 전사는 산과 들에서
다라나는 너이의 등 뒤를 쏜다

미국 날강도의 폭격기야 전투기야
폭탄을 던지든지 기총을 쏘든지
그것은 네 하고 싶은 대로 하라!
우리는 너와 싸우며 씨를 뿌린다

모든 거리는 불타 없어졌어도
온갖 공장이 제대로 제 일하며
기계는 더 한층 세차게 돌아간다
우리의 피는 더 한층 끓어오른다

나도 야만 놈들의 공습이 암만 둥살을 놓아도
그 어느 곳、어느 책상모슬기에서
놈들에게 끝을 향한 펜을 쥐고
원쑤 마사치울 노래 부르고 있다

네놈의 폭격이 아무리 야만적이라도
네놈의 포격이 아무리 기록적이라도
네놈의 큰소리 아무리 시끄러워도
피 끓는 우리 애국심 네 어이할 것이냐?

또 지구 위의 모든 곳에서
평화를 지키는 근로자들은
전쟁 쳐부실 수억만 사람들은
"조선에서 손을 떼라!" 고함치며

위대한 쏘련인민도 중국인민도
모든 인민민주국가 인민대중도
모두가 우리를 도와주며
모두가 우리 편에 든든히 서 있다

그들은 평화를 민주를 사랑하며
침략을 전쟁을 미워하기 때문에
형제와 같이 우리를 도와주며
뜨거운 손길 잡고 우리 편에 섰다

원쑤여! 네 소원대로 할라면 해라
우리의 힘을 너에게 보여 주마
싸우는 조선 용감한 사람들의
하나하나의 영웅의 모습을 보여 주마

레닌과 쓰딸린이 가르치는 승리의 길에서
김일성 장군이 인도하는 승리의 길에서
인류의 평화와 조국의 자유 위하여
영용히 싸우는 조선인민을 보여 주마

우리의 전투적 력량을 보여 주마
단결된 우리의 최후 승리를 보여 주마
그러나 마지막에는 보여 줄 네가
이 대지 위에 남아 있지 못할 것을!

조선 근로인민의 전투 력량 만세
세계 근로자들의 전투적 력량 만세!

― 一九五一、 五、 一、 ―

≪문학예술≫, 1951.5

우리 小隊長

李園友

수많은 적탄이 날러와 터지며
사랑하는 동무들이 쓸어진 골짜기
천발인가
만발인가
수많은 포탄이
우리들의 전진을 가로 막던 골짜기
온 한밤을
눈보라도 울건만
저 험한 준령 넘어야 될 골짜기
거기서 우리 소대장이
적들이 자랑하는 영구화점을
쳐부시려 나갔다

─어서 열라
조선 인민군의 전진할 길을……
조국의 부름에 나선 용사
남보다 량심이 더 끓는 용사
지뢰를 품고 그 길을 나갔다

남을 치는 자들의 무쇠와 화약보다

나의 자유를 지키는 량심이
얼마나 더 굳센가를
보여 주기 위하여 포화 속으로
피 끓는 조선 청년
우리 소대장이 나갔다

아직은 터지라 적탄아 터지라
얼마던지 흔들라 골통을 내 흔들라
허나 알라
네 골통이 박살될 시간이
가까웠음을 알라

마음마다가 조마조마
한 초마다가 천 년인 듯
돌격령 기다리는 우리들이다
허나 소대장이
우리보다 더 탔다
그 마음
그 타는 불이
우리에로 왔다

적 화점이 튀는 폭음소리와 함께
그 마음
그 타는 불이
우리 가슴들을 치며 왔다

영원히 우리들의 전진을
가로 막을 것처럼 섰던
무쇠와 콩크리트도 부서졌다
　동무들아
　　나가자
　　　돌격령은 나갔다
조국을 사랑하던 우리 소대장이
목숨과 바꾼 승리의 깃발을
꽂으려 나가자 바로 거기

지뢰와 함께
대포 아가리와 함께
우리 소대장이 폭발한 거기
하고 싶은 말
부탁하고 싶은 말

그 모든 것이 폭발한 거기

우리 소대장이 우리와 함께
기리 살아있을 우리나라 깃발
인민공화국 깃발을 꽂으려 나가자

— 一九五一、 二、 五、 전선에서 —

≪문학예술≫, 1951.5

나는 붕대를 풀었다

정문향

나는 붕대를 풀었다
부서진 뼈를 이어내여
깊은 상처가 잠긴
나의 한쪽 손에서
나는 붕대를 풀었다

이즈러진 관절에
검은 살이 맞붙은
참담한 주먹을 틀어쥐며
나는 일어난다

온갖 움직임이 자유로이
그 어떤 찰나에는 뛰놀던
나의 손에서
원쑤들은 손가락을 빼앗아 갔다

어두운 산비탈에서
붓대와 책과 그리고
적은 봇짐밖에 없는 나에게
미국 놈들은 수천발의 기총과

폭탄을 퍼부었다

나는 참담히 찌그러진
나의 손결을 들여다본다

나는 잊지 않을 것이다
나의 사지를
이 손에서 붓대를
송두리채 빼앗아 가려는
잔인한 원쑤를

부서지는 독한 불길이
지금도 내 눈 앞에서
숱한 거리와 마음들을
태우고 있다

나는 전신을 흔드는
아픔 속에서
우연히 건져진 몸둥이를 일으킨다
이를 갈며

이름 없는 이 상처의 아픔 속에서
먼 전선을
조국의 모든 것을

그리고 나의 조카와 동생들을
수천만 사람들의 아픔과
분노에 타는
그 뜨거운 숨결을 들으며

나는 내가 마신 그 모든 약들과
나의 상처를 감아주던
그 붕대와 탈지면이
어떻게 수천만 리의
체코의 탄광에서
파란 적은 촌락에서
나의 몸에 와 닿아지고 있음을 알았다

원쑤들은 나의 몸에서
하나의 손가락을 빼앗아 갔다

그러나 세계에 이여진
나의 혈맥과
이름 없는 하나의 상처로
수많은 사람들을
불러 일으키는 힘을

그리고 수천만 배의 보복의 불길을
원쑤들은 알지 못하였다

나는 붕대를 풀었다
원쑤들아 기억하라!
주검보다도
더 무서울 나의 보복의 불길 앞에
거꾸러질 너희들의 주검을 ……

ー 一九五一、 五、 三〇 ー

《문학예술》, 1951.7

서정시초

안막

1 노래

으르렁대던
폭음도 사라져
전원을 다시 고요해지고

저녁노을은 불타
하늘은 빛으로 차는데
앞산 소나무 사이로
아름다운 노래 들려오네

누구인가 했드니
우리 두 전사
진달래 꺾어 들고
노래 부르며 내려오네
'고요히 꾀꼴새 노래 들으니
  그대 생각 더욱 간절타……'

살구꽃 피는 마을에
사랑을 두고도 왔으리라

갖 지은 삼간 마루에서
안해와 웃으면서 떠나기도 했으리라

진달래꽃도 총신도
산허리 돌아 보이지 않아도
랑랑히 들려오는 노래소리
'봄을 맞이하는 그대 가슴속
병사의 안부를 전하라……'

실로 이 준엄한
싸움 속에서도
그 젊음과 자랑을 잊지 않고
고시란히 조국에 바치는
이 나라의 젊은 사람들

그대들로 하여
봄은 불속에서도 아름답고
투지는 가슴속에 더욱 크거니
판가리 이 싸움에도
조국은 이기고야 말리라

2 복사나무

마을 뒷산에
백년이나 살았을
복사나무

눈먼 폭탄이
산허리에 떨어져
복사나무 불에 탔건만

그 나무가지에
꽃이 피였다 꽃이
불속에서도 죽지 않는
이 나라의 억센 붉은 꽃이

3 고사포

산꼭대기
고사포에
진달래 꽃

세 포기

이 고사포가
세 대를
떨어뜨렸지요

한 대에 한 송이
두 대에 두 송이
세 대에 세 송이

우리 포에
영예를 들였지요

포신을
육친처럼 안으며
전사는 웃으며 말한다

이제
포신이 보이지 않을 걸요

4 시

북 한강을 굽어
산빨이 어깨를 이은
전선

우리 전사의 뜨거운 입김이
아직도 남아 있는
어느 빈 참호 속

통나무 솔기둥을 깎아
새겨진 시 한 구절—

'조국의 산과 들이여
어머니의 땅 사랑하는 곳이여
내 붉은 피로써
이 진지를 지키노라 ……'

누구인지 모르나 그는
이 시를 남기고

원쑤의 머리통을 향해
비호처럼 달려갔으리라

참호속의 높은 숨결이여
넘쳐흘러
우리의 가슴속으로 퍼진
아름다운 시

길이 인민들 속에
스며 배는 것이여

―『서정시집』중의 일부―

≪문학예술≫, 1951.7

감사

김상오

우리는 다 같이 허물없이 친근할수록
인사 치례를 삼가는 동양 사람들이다
그러나 지금 나는 내 가슴에 차고 넘치는
이 크고 벅찬 감정을 가두어 둘 수 없다

시인 나 한 사람의 목소리가 아니다 여기에 나는
삼천만 나의 동포의 마음을 담나니
받으라 중국 사람들이여 이 형제가
친애하는 형제에게 보내는 뜨거운 인사를!

뜨거운 감사를! 이것은 그대의 아들과 함께
원쑤를 쫓고 있는 우리 청년들의 목소리다
이것은 불 타버린 공상의 폐허에서 총을 들고 일어선 로동자의
또 땅을 밟고 일어선 농군의 목소리다

이것은 돌아온 자기의 오막사리에서 다시
저녁밥을 끓이는 아낙네들의、이것은 또
아들 잃은 어머니들의、고아들의 그리고
헤일 수 없는 과부들의 눈물 섞인 웃음이다

이것은 조선의 목소리다! 받으라 위대한 형제여
그대들에게로 향하는 우리의 이 마음을
원컨대 동양식으로 사양치 말라
그대들은 충분히 이에 마땅하나니!

가장 어려운 고비를 우리가 겪고 있을 때
그대들의 아들은 스스로 이 땅에 왔나니
피를 흘리는 가혹한 싸움의 길 위에서
그들은 어깨를 겯고 우리와 나란히 섰다

말은 서로 같지 않았다. 그러나 통역 없이도
우리들 사이에 통하는 말들이 있었으니
그것은—자유 그것은—독립 그것은—민주
그것은—평화 그것은—행복 그것은—승리

그리고 원쑤! 이 말들이 가지는 그 음은 다르나
그러나 완전히 공통된 하나의 뜻 밑에
이 말들이 의미하는 것에 대한 불멸의 사랑과
또 불붙는 증오 밑에 우리는 맺어졌다

우리는 우리의 자유가 곧 그대들의 자유이고
그대들의 독립이 곧 우리의 독립인 그 지점에서
그리고 또한 그것들이 아세아와 전 세계의
평화를 의미하는 엄숙한 지점에서 맺어졌다

나는 듣는다 적과 우리의 포성 속에 그보다도 크게
술렁이는 월가의 소음 속에 그 보다도 세차게
넓고 넓은 대륙에서 치솟는 五억의 함성을
그것은 웨친다 미제를 치라 조선을 도우라!

원쑤는 거꾸러지리라 중국의 영용한 아들들은
우리와 함께 놈들을 몰고 부산에 가리라
그 전날 그대들과 함께 용감한 우리 청년들이
장개석을 다우쳐 해남도에 이르렀듯이

어지럽힌 땅 위에 다시 봄이 오면 산기슭에서
꽃을 꺾는 조선의 소녀들은 말하리라
"여기엔 중국 아저씨들의 피가 스며있다"라고
마치 그대들이 그대들 땅에 스민 조선의 피에 대하여 이야기하듯이

≪문학예술≫, 1951.7

입대의 아침
―아우를 보내며―

조벽암

―잘 넣어라
꼭 싸서 넣어라
이것은 우표
이것은 다이야찡
이것은 담배―

종이에 싼 것을
하나하나 쥐여 주면서
영삼이 형은 일러쌌는다

영삼이는
형의 얼굴을
물끄럼히 쳐다본다

아주 어려서 옥사하신
아버지의 얼굴과
똑같다는 형의 얼굴을

공장을 끝내 지키다
원쑤의 폭격에 다쳐

다리를 절면서도 꿋꿋이 싸우는
기름에 절은 형의 얼굴을

아버지 대신
길이 길러준 형의 얼굴을

형도 또한 아우를
멀건히 바라다본다

지난겨울 모진 이른 새벽
미국 놈의 맹폭에
원한을 품고 돌아가신
어머니의 모습이
흔연한 아우의 얼굴을

서로서로 의지하여
살아온 아우의 얼굴을

무럭무럭 자라나는 게 무척
탐탁키도 하던 아우의 얼굴을

맞부디치는 눈쌀과 눈쌀—
서로 부둥켜안지 않아도
뛰는 심장을 느낀다
떨리는 살피심을 안다

형은 아우의 무명 양복의
단추 빠진 것을 꾀여주면서
—부디 편지나 자주 하려마—
—형님!
영삼이는 이렇게 불러 놓고는
다음 말을 이우지 못한다

"형님!"이 소리는
아버지를 부르는 소리보다도
어머니를 부르는 소리보다도
그에게는 몇 곱절 수얼턴 입버릇
다정코도 훈더운 음향—

—형님! 안녕히 계시라우
원쑤를 기어이 갚고 오리다—

돌아서 걷는 언덕길
길은 길은 아직도
이슬에 젖어 빛나고 있구나

뒤를 따르는 형은
뛰엄뛰엄 그러나 힘차게
─잘 싸워라
싸워 이기자
미국 놈들은
우리 어머니를 죽였고
우리 집을 불 질렀으며
내 한쪽 다리를 앗어 갔으나
아직도 이 두 팔은
싱싱히 남아 있다─

불끈 쥐여진 형의 두 주먹엔
심줄이 부르터 올랐다
─아버지의 원쑤를
어머니의 원쑤를
갚자

이 형의 원쑤까지를
너는 전선에서
너는 후방에서 ……

되돌아 웃뚝 선
영삼이의 눈방울에서는
불뎅이가 튄다
우리의 통일 독립을 방해하는
최후의 한 놈까지
마지막 한 놈까지
남기지 않을
분노의 불뎅이가 …‥

입술을 악물고
획 돌아서 재빨리 걷는 영삼이
멀리 바라보고 섰는 형

그들의 눈시울은
쇠물처럼 뜨거웠으나
마음은

돌뎅이 같이 굳었다

산과 들은
비단결처럼 윤이 도는
룡진골 막바지 언덕길
초여름 이른 아침
하늘은 툭 틔여
유난히 맑고도 깊었다

고향은
조국은
싸워도 싸워도 언제든
이렇듯 아름다운 것이였다
굳센 것이였다

ㅡ一九五一、一、六ㅡ

≪문학예술≫, 1951.7

높은 고지에

리찬

탄환 윙 윙 날고
포탄 간단없이 터져
나무 한 그루
바로 못 서는
고지에

흙 두엄 물 아롱진 치마자락
기폭처럼 휘날리며
성성한 백발이 오른다
한사코 오른다

육중한 소음 옷에
동지달 차단 비가 내려
내려서 얼어
한기 뼛속까지 스며들고
주림은 못 견디게
허리를 휘여 굽히나

거기
사태처럼 무너져 드는

원쑤들의 퇴로를
가로 막아
벌써 사흘째

때마다
날창으로 수류탄으로
돌멩이로
지어 그 청소한 가슴팍으로
놈들을 막어
놈들을 쓸어 엎어
한 발자국 드팀도 없는
눈물겨운 용사들에게

끓어 넘치는
마을의 정성
앞 다투는
마을의 열의를
말아 나선
성성한 백발이
한사코 오른다

정*1)
어려운 고비 있어
따만에 웅크리면

금시
가슴 가득 안겨 드는
고향 향기 속에

멀리 가까이
물들어 진 락엽이
흩어진 단풍이

그대로
내 아들
내 며누리
내 손자
내 영감
내 이웃의

---

1) 훼손된 글자.

그리고
그 모든 행복과
그 즐거웁던 생활의
피어린 살점인 듯
파편인 듯

네 어찌 이 길에서
일각인들 주저하랴
음성도 날카로이
불러 일으키며
앞으로 매질하는
뜨거운 것이여

그 어떤 힘이
이 ―념을
오로지
승리와
복쑤와
뜨거운 원호에로 타 오르는
이 인민의 ―념을

막아 설 수 있으리

그 어디 보다도
학살 심한 마을에
그 어디에도 뒤지지 않게
푸른 포기 포기
치켜올리고

그 어디 보다도
피해 심한 마을에
그 어디 보다도 우람찬
군기 헌납의 복권구매의
불꽃 올리는
이 一념을

다 늙었음을 구실 삼아
맡아 나선 이 길에
걸음마다 무사를 비는 것도
주검이 두려워서가 아니다

아 가버린 청춘이
그 기력 싱싱하던
청춘의 날이
일찍 이처럼
그리운 때가 있었던가

자꾸만 주저 앉곱은 다리에
자꾸만 내려앉는 허리에
스스로 눈물지으며
가슴을 조이며

거기
생각 쑤록 가슴 벅차 오는
용사들에게
단 한 끼 배부른 식사라도
이바지 하고저

탄환 윙 윙 날고
포탄 간단없이 터져
나무 한 그루

바로 못 서는
고지에

흙 두엄 물 아롱진 치마자락
기폭처럼 휘날리며
성성한 백발이 오른다
한사코 오른다

≪문학예술≫, 1951.8

아들

황하일

아들은 어머니를 불렀다.
포복할 때에도、
돌격할 때에도、
원쑤의 가슴팍에、
날창을 들여박을 때、
소리쳐 어머니를 불렀다。

전선에도
싸움 없이 깊어가는
고요한 밤이 있어
그리움이 가슴에 솟아나는 때이면
전호가에 일어서
먼 하늘을 바라보며
어머니를 생각하며
아들은 잠들지 못했다。

짓쪼기는 포탄이
나무를 찍어 넘기고
마을을 불로 포위하여
미제 야수의 무리가

고향 땅을 유린한 그날、

우리 인민군대의
영예로운 어머니인 그이、
우리 로동당원의
지혜로운 어머니인 그이
항쟁하는 조국의 어머니는

분노한 백발을 날리며
머리 위에 크낙한 댓돌을 들여
원쑤를 향해
벼락으로 내려치고
퍼붓는 총탄우 속
아들의 이름을
소리 높이 부르며 쓰러졌다。

어머니가 보고 싶어
더욱 용감하였던 전사
정의로운 반격의 대렬 선두에 서서
고향 땅을 해방한 용사는 그러나

어머니, 밤마다 별을 우러러
아들을 생각하였을
마당이 쓸쓸히 비고
주인 없는 미루나무가
바람에 외로히 설렁거릴 때
모든 것을 알았다!

아들은 울지 않았다
검붉은 댓돌 위에 그는 앉았다.
이것은 어머니가 옛날에
손수 안아다 놓으신 댓돌이였다.

거름마를 배우기 시작하여서부터
짚고 딛어 길들은 댓돌이였다.

어머니가 원쑤를 처서
피로 물들인 댓돌이였다.

아들은 울지 않았다.
그는 말없이 미루나무 아래 섰다.

이 나무는 아들을 낳은 해
어머니가 손수 심으신 나무였다.
이 아래 꿈처럼 많은 이야기를 들으며
함께 자라난 나무였다.

어머니의 절통한 최후를 보았고
잎새마다 울부짖은 나무였다.

이 댓돌에 앉고
이 나무에 기대여 서서
슬픔을 버린 그때로 부터
돌처럼 굽이지기 시작한 이마,
총을 안고 눕는 밤마다
엇석 이를 갈기 시작한 전사는

불타는 싸움터
어데에서나
어머니를 부르며 돌진했다.

이 용사의

총을 잡은 두 팔이
진정 철주와 같이 굳세일 것을
의심치 말라!

불을 뿜는 두 눈이
진정 화염이 되여
원쑤를 태워 죽일 것을
의심치 말라!

폭풍처럼 밀어
악당의 무리를 발아래 깔고
사태와 같이
원쑤의 진을 쓰러묻을 때
거기 항상 선두에
어머니와 더불어 가는
아들이 있다!

용사의 노래가 된 어머니
용사의 심장이 된 어머니
용사의 조국이 된 어머니

용맹을 함께 이루고
사선을 함께 넘어서
전진하는 산야 수천 리에
그렇다、 아들은
어머니와 더불어 언제나
영용하고、
무자비하고、
원쑤를 짓이기여 나갈 것이다。

이 용사가 승리하여 돌아와
다시 고향집 댓돌 위에 앉고
마당가 미루나무 아래 기대여 서는 날、
어머니의 무덤 앞에
바위 같은 두 어깨가
어린애처럼 흔들리거든
다정하고
부드럽게 말씀하시라、
ㅡ너는 조국과
어머니의 진실한 아들이였다고。

－ 一九五一、 九、 一〇 －

≪문학예술≫, 1951.8

한길을 걸어

리맥

얼마나 남아 있느냐
이 밤 우리 함께 닿아야 할 그곳은

초연은 안개에 서리여
어둠속 지척을 헤아릴 수 없는
전선의 길
싸움의 길 더듬어

그대로 고향인
높고 낮은 산모통이
그대로 빈집인
황량한 마을을 지나

혈육의 벗
지원군 전우들이여
어찌 걸음 달리이지 않을 것이냐

한길을 걸어 보람 있는
조 중 두 나라 청춘이
불꽃으로 피는

성스러운 싸움의 마당에

조선을 지켜
중국을 또 지켜
세계평화를 지켜

가자
어서 이 밤
보복의 피 끓는
그곳으로

너와 나
예로부터 사는 곳 달라도
한 줄기 강이 량 기슭을 치는
맞닿은 이웃

너는 가난한 농사 집에
나는 탄가루 속에
시달리며 컸느니라
허나 그 후

시련의 세월은 흘러

너는 모주석을
나는 또 김장군을 우러러
한길 위에
진리로 타며 달으며
싸워 왔더니라

고통과 즐거움을
함께 나누며 온
우리의 전우
중국의 형제들이여

미제는
우리의 철천의 원쑤

그날
다만 조선에서만 아니라
이웃을 또 위협하였을 때

타는 심장으로
끓는 피로
변강을 넘은 너
벌써 얼마나
많은 싸움의 고비를 이겨 왔느냐

이제
쏘베르나라 벗들이 티워 준
八월의 지새는 새벽
치솟은 산마루 위
진격 나팔소리 울리면
너는 서쪽에서
나는 동쪽에서

너는 수류탄 묶음을 안고
나는 또 따바리 휘두루며
원쑤들의 항거를 용서치 않으리라

아 우리는 영웅의 나라
영웅의 전사

피워야 할 아름다운 청춘을
물싸움마다
영웅의 꽃으로 피우리라

철과 불의 위력으로만 아니라
원쑤에의 저주와 증오로

조선과 또 중국을 지켜
너와 나
세계평화를 지켜
조 중 두 나라의 아들
철벽으로
여기 성스러운 싸움의 초소에 섰다

ー一九五一、八、一ー

≪문학예술≫, 1951.8

안해의 맹세

김소민

어느 화선의 초연에 고슨
편지의 사연을 외우며
안해는 지금
제초반의 앞장을 서 나아간다

바람이 선들거린다
안개를 헤치고 일어선
산딸을 넘어
시원히 스며드는
대기를 들여마시며
민청반원들과 함께
들길로 나아간다

무연한 벌판
풀향기 훈훈한
기름진 땅 위에
눌리웠던 생활이 일어서던 날
땅을 찾은 자랑 속에
남편과 더불어
밭을 갈며 씨 뿌렸거니

어느 한 줌 흙엔들
우리의 땀 배지 않은 곳 있을 것인가
보람 큰 로력 속에
조국은 컸고 튼튼해졌다

조국의 이름과 함께
영원히 지니고 있을
우리의 땅
아름답고 기름진 강토를
어느 원쑤 놈이 다시 짓밟으려 하는가

놈들의 앙칼진 도살에
집은 불타
남편이 가꾼 자취 없어졌고
늙은 어머니와
어린 것마저 잃어 버렸건만
가슴에 불붙는

복쑤의 불길은
천 길 백 길

솟구쳐 타오르고 있나니
이 불은
원쑤의 뼈다귀마저 태워 버리리라

포기 포기 헤쳐지는
소담한 베포기 ……
그처럼 남편이 사랑하던
구비치는 이랑 ……
안해는 문득 생각에 잠긴다

'천량들'밭을 받던 그날
남편과 함께 마을을 나와
기쁨에 겨워
그 큰 가슴에 얼굴을 묻고 싶던
그 마음 누르며
가없은 벌판
끝없이 뻗은 두렁길 걸으며

…… 장군님을 한번 뵈왔으면은
…… 이 기쁨에 보답해요

…… 본때 있게 우리 밭 만들어요
어린것 가슴에서 옮겨 받으며
행복한 앞날을 이야기하던
모든 일 …… 그 모든 일 ……

아아 그리고 지난해도 초여름
풀매미 소리 요란히 울던 아침
남보다 앞서 전방으로 나가며
…… 내 당증 주머닐 든든히 한 번 더 께메줘
…… 개놈들 때려 부시고 돌아오께
넓은 어깰 자랑하며 떠나갔거니

지금도 그 이는
어느 높은 고지
넓은 들판에서
원쑤를 무찌르며 앞장서 내달으리라

실로 이처럼
사랑하는 모든 사람들을
크나 큰 자랑으로

싸움터에 보낸 마을에서
마을을 받들고 여기 일어섰노니
어떤 흉악한 원쑤도
이 땅을 침해하진 못하리라

햇빨이 높이 비치는
八월의 신선한 아침
안해는 지금
제초반의 앞장을 서 나아가며
다시 한 번 가슴에 다짐한다
…… 그 이의 몫까지 열배 스무 배 일하리라
…… 승리하고 돌아올 때까지
굳게 이 땅을 지켜 많이 거두리라

≪문학예술≫, 1951.8

문공단 환송의 밤

박세영

문공단 환송의 주악이
푸른 나무숲에서,
바람처럼 일어오는 속을,
십구병단 문공단 동무들은
우리와 더불어 외줄로 올라간다

십 년 만에나 만난 것처럼,
모두들 환호 소리와 함께,
꽃따발 들고 나오는 언덕,
얼싸안은 가슴에
꽃따발이 그대로 안긴다。
그것은 꽃따발만이 아니다,
뛰는 핏줄이 서로 맞닿은 것이다。

이제는 모두가 낯익은 얼굴들,
석양이 깃들이는 록음 속,
한가운데 푸른 잔디 넓고,
나무 밑으로 주욱 둘러 있는
간소하게 차린 상이건만,
뜨거운 정성으로 그대들을 기다린다。

나이 열셋에
인민해방군에 참군했다는
류조강동지는 말한다.
"우리는 여기 와 몇 달이라지만,
벌써 몇 해나 지난 듯
철의 의지로 뭉치었고,
높은 예술로 맺어진 사이,
이제 가면 전우들을
더욱 고무하리라. "

산 넘어서,
적기의 폭음이 들려오는
여기 잔디 위,
환호소리가 사뭇
숲속을 헤집는 속에서,
나는 그대들의 조선 춤을 본다.
나도 잘 못 부르는
베틀가를 듣는다.

제법 멋있게 넘어가는 가락이며

으쓱거리는 어깨춤
언제 그렇게
노래와 춤을 배웠던가、
중국 인민지원군
문공단 동무들이여!

우리 붉은 견장과
지원군 녀성의 윤나는 가랑머리、
전진에 바랜 캡이 어울려서
황홀하게 돌아가는 군무、
어두어 가는 저녁임에도、
끄칠 줄 모르는 환송의 밤。

그렇다 우리는
이렇게 싸워야한다。
원쑤를 쳐 없애면서도
말보다 고귀한 예술로、
우리는 굳게 뭉쳐진 사이
그악한 미제 원쑤인들
어떻게 백일 수 있으랴。

그럼 전선으로 가는가,
문공단 동지들이여!
어둠 속에서도
잡은 손은 뜨거워

진정 놓기 싫고나.
어떻게 신쿠 한 마디로
말을 다 할 수 있으랴,
그대들을 잊을 수 없는 가슴이
고동치는 이 밤,
헤쳐가는 오솔길 풀잎도,
서운해 길을 막는
우리 마음인가.

그러나 우리 어떻게
헤여졌다 할 수 있으랴.
그대들의 고귀한 예술의 꽃은
이 땅에도 옮겨져 피여날 것이요.

우리들의 찬란한 예술의 꽃도

우리와 더불어 미제를 짓부시는
중국 인민지원군의 가슴에 안겨
그대들의 땅에도 피여날 텐데。

들으라 캄캄한 숲에서
지금도 들려오는 환송의 주악을
그대들이 고개를 넘을 때도、
우리 마음처럼 끄치지 안나니、
이제 그 소리 끄친다 해도、
우리는 전선에서
다시 만나리라。
승리의 꽃으로 활짝 피리라。

— 一九五一、七、二八 —

≪문학예술≫, 1951.9

바다

고 韓民

철석 쏴 쏴 철석
바다는 지금 성을 냈다

작년 六월—
六월이면 해당화 붉게 피는 때다
그때까지도 파도소리는
포구의 자장가였다

피에 굶주린 이리 떼들이
날도적놈들의 함선이
맑고 푸른 물결을 헤치고
기여든 그날부터
바다는 우리를 잠재우지 못했다

사람마다의 가슴에 불을 질러
놈들을 몰아내라고
소리 높이 외치며
쿵쿵 도래굽을 물어뜯었다

얼마 후 十월—

＋월이면 단풍이 붉게 타는 때다
그여히 해적선 무리는 숨 가쁘게
바다를 찢으며
포구마다를 떠밀고 들어왔다

바다는 꽝꽝 소리를 지르며
바위에 부디치고
백사장에 몸부림쳤다

갈매기도 애타노라 울부짖고
해연도 파도를 치고 날렀다

바다는 언제까지
그대로만 있을 것이냐

성낸 사자처럼 으릉대고
청진 앞 바다에서부터
놈들과 놈들의 함선들을
잡아 삼켰다
밀어 버렸다

포구라 포구마다를 노리던
해적선들은 도망치려다
저 수평선도 넘지 못한 채
시언스리 부서졌다
노호하는 우리의 포에
돌진하는 우리의 수뢰에

바닷가에는
깨여진 놈들의 뱃 쪼각이며
군복 바지 저구리며
통조림 깡통이며
숱한 이런 것들이
놈들의 운명처럼 지저분히
파도에 밀려 나온다

바다는 지금
놈들과 놈들의 함선들이
다시는 살아나지 못하게
바닷속 깊이 파묻었다

패망해가는
미 제국주의에 대하여 바다는
지금 소리 높이 외친다

철석 쏴 쏴 철석
우리의 바다는 시원스리
승리를 우렁차게 연주한다

－ 一九五一、二 －

≪문학예술≫, 1951.9

출격을 앞두고

－안해에게－

백인준

넘은 산도 많아라
건넌 내도 많아라
싸움의 넓은 벌과 들을 지나
내 지금 여기
오대산맥도 월출봉
三백七 고지 위에 높이 섰노라

이제 습격의 날창을 들어
원쑤의 둥지를 부시려는 이 밤
어스름 달빛 어린 진지 앞에 나서면
결전을 부르는 강물소리냐
골짜기를 헤치며 물소리 높아가고
나무가지 사이로
문뜩 떠오르는 그리운 사람
사랑하는 안해야 네게 묻노니
"그 사이 몸 편안한가"

내 지내온 나날이야
길게 말하여 무엇 하리오
돌이켜 一년

조국을 위한 싸움에 길에서
부끄러움 없음을 기쁘게 전하노라

너 그 사이 나 없는 집을 지켜
마을을 지켜
세 어린것 돌보며
전선을 도와
네 싸움의 한 해도
믿음직히 자랐으리니
너 오늘과 같이
어여삐 보인 때는 내게 없어라

뉘라서 사랑하는 사람들을
생각지 않는다드냐
'전선에서'라고―
전선에서도 잊을 수 없는 사람들
잿데미가 되어도
마음속에는 기둥처럼 솟아 있는 마을
그 마을과 그 사람들이 있기에
원쑤와의 판갈이 싸움에서

기쁘게 죽을 수도 있는 우리들이 아니냐!

항상 듣고 있노라 그 목소리
"승리를! 어서 승리를!"
간곡히 기다리는 너의 목소리—
어디에서나 그 소원 듣는듯하여
한시도 쉬임 없이 싸와 왔노라

사랑하는 안해야
리별의 나날을 헤이지 말아라
그날이 오리라 반드시 그날이
죽어 넘어진 원쑤의 시체 위에
포소리는 잠들고
군기는 펄럭여 하늘에 높이
우리의 영광을 자랑할 그날—
오래인 리별들은 끝나고
상봉과 전승의 기쁨이
고향 앞 벌판으로
남풍과 더불어 밀려들 그날—
너는 숨 가삐 산모롱이를 달려 나오고

나는 언덕을 달음질쳐 네게로 뛰여들 때
나는 너를
첫사랑 적보다도
행복히 껴안으리라

사랑하는 나의 사람아
마음의 녀맹일이 바쁘고 바빠
추수 현물세에 바쁘고 바빠
나를 생각할 사이조차 없어도
잊지를 말아라
나를 잊지 말아라
행복한 그 날들의 기억과 함께 ……

총창을 들어
달빛에 비끼면
그 어디서
정다운 너의 목소리도 들려오는 듯
그 어디서
너의 맑은 눈동자
나의 승리를 지켜주는 듯

....

아 오늘 밤 싸움도
기여히 이기고 돌아오리라

≪문학예술≫, 1951.10

봄밤

백인춘

둘이서 거니는 솔밭 속으로
말없이 거니는 솔밭 속으로
달빛도 밝아라 솔밭 속으로

왜 말이 없느냐
너 왜 말이 없느냐
언제나 또 만날지 아득한 리별

너를 두고 전선으로 떠나는 이 밤
할 말도 많으련만
너 왜 말이 없느냐

날 보곤 묻지 말라
왜 말이 없느냐고
가슴이 가득하니 무슨 말하랴

둘이서 거니는 솔밭 속으로
부엉이도 우누나 이른 봄밤을
엷은 바람 지나면
달빛은 주름지고

이슬을 밟고 가는 발자국소리

여기서 헤여지자 언덕 위에서
불타는 눈동자들만 마주치다가
참아 마주 보기는 힘에 겨운 듯
너 또한 눈시울을 내려 감누나

"자!" 말은 한 마디―
천 마디 만 마디를 한데 뭉치여
뜨거이 쥐였던 손을 놓으면
달빛은 새여 들어 두 그림자 가르고
멀리서 멀리서 부엉이 소리

방긋 웃는 네 입술에
별빛이 반짝
언제나 생각하리
지금의 네 얼굴을

처녀야 기다려라
꼭 기다려라

미국 놈을 쳐부시곤 돌아오리라
보고 싶은 마음이 간절해지면
더욱 세차게 싸와 가련다

구태여 한 마디 청을 한다면
돌아가는 길에라도 살피여다오
봄보리 싹이 제대로 자라는가
달빛이 환하니 분명히 보이리라

≪문학예술≫, 1951.10

막아보라 아메리카여

리용악

지금도 듣는다 우리는
뭉게치는 구름을 몰아 하늘을 째는
전리의 우뢰소리
사회주의 혁명의 위대한 기원을 알리는
전투함'아브로라'의 포성을!

지금도 본다 우리는
새로운 인간들의 노한 파도
솟꾸쳐 밀리는 거센 물결을!

레一닌의 길
볼쉐위끼 당이
붉은 깃발 앞장 세워 가르치는 건
낡은 것들의 심장을 짓밟어
뻬뜨로그라드의 거리 거리를
휩쓸어 번지는 폭풍을!

첫째도 무장
둘째도 무장
셋째로도 다시 무장한

一천九백十七년 十一월 七일!

이날로 하여 이미
'피의 일요일'은
로씨야 로동 계급의 것이 아니며
'기아의 자유'는 농민의 것이 아니다

이 날로 하여
키 높은 벗나무 허리를 묻는
눈보라의 씨비리는
애국사들이 무거운 쇠사슬을
줄 지여 끌고 가는
류형지가 아니다

백길 굴릴 줄 모르던
동토대에 오곡이 무르익고
지층 만 리 탄맥마다
승리의 년륜 기름으로 배여

반석이다

평화의 성제
쏘베트!

오늘 온 세계 인민들은
쓰딸린을 둘러싸고
영원한 청춘을
행복을
고향을 둘러싸고 부르짖는다

막아보라 제국주의여
피에 주린 너희들의 '동궁'에로 향한
또 하나 '아브로라'의 포구를!

막아보라 아메리카여
먹구름 첩첩한 침략의 부두마다
솟꾸치는 노한 파도
거센 물결을!

한 지의 모래불일지라도
식민지이기를 완강히 거부한

아세아의 동맥엔
위대한 사회주의 十월 혁명의
타는 피 구비쳐

원쑤에겐 더덕 바위도 칼로 일어서고
조악돌도 불이 되여 튀거니

맑스—레닌주의 당이
불사의 나래를 떨친 동방
싸우는 조선 인민은
싸우는 조선 중국 인민은
네 놈들의 썩은 심장을 뚫고
전취한다 자유를!
전취한다 평화를!

≪문학예술≫, 1951.11

들꽃은 펴도

김순석

사람들이여!
봉강으로부터 어랑천 물줄기 따라
하이포에 이르는 산길을 갈 때엔
어느 길목에서나 모자를 벗자

이 길은 늘찬 산길 백 리 길
성긴 나무그루 푸성기 돌무더기도
타 번지는 불 속에서 원수를 맞아
피 흘려 싸워 이긴 모진 싸움터

이 길의 어느 길목에서나 머리 숙이고 걷자
산 중턱에、 길가에 있는 무덤을 향하여―
무덤 속에 말없이 누운
진실한 우리의 벗을 위하여

끝까지 순결하였던
그의 굳은 마음과 빛나게 맺은
그의 젊은 생애를 위해
거룩히 흘린 그의 선혈을 위해―

조선은 산 많고 물 맑은 곳
북관땅 이곳은 더욱 준령이 험한 곳
발 부치기 어려운 벼랑길
굴러 흐르는 개울물에도

잊지 말자、 조국을 목숨으로 지키인
거룩한 선혈이 여기 잦아 있음을
치잇땅 피로써 지켜낸
용사들의 생명이 여기 스며 있음을

그리운 처자도 천지도 생각키 전에
어여드는 상처의 아픔도 잊고
이들은 전우에게 남기였으니
우리의 시체를 넘어 원쑤를 치라!

이들이 눈 감고 잠들 줄 알지 말자
아직 잔디도 메도 성기지 않은 이 무덤 위에
이제 새 움이 트고 들꽃은 피여도
이들이 숨 지우며 원한―조국에 승리가 올 때까지는 ⋯⋯

그때까지는 ····
불탄 야산 백리길 검은 언덕에
다시 푸성기 성기고 들꽃은 피고
부러진 나무그루에 새 움이 터도 록음이 터도

이들이 눈 감고 잠들 줄 알지 말자
어느 때 어느 곳에서나
이들이 남긴 말을
가슴속 가장 깊은 자리에 삭여서 잊지 말자

우리를 불러 승리에로 이끄는
이들이 눈 감는 최후의 순간 ····
그 순간에도 역력히 보고 믿고
한층 아름다워질 조국의 새벽을 위해

사람들이여!
봉강으로부터 어랑천 물줄기 따라
하이포에 이르는 산길을 갈 때엔
어느 길목에서나 모자를 벗자

—『어랑시초』에서 —

≪문학예술≫, 1951.11

어떤 마을을 지나며

리호남

밤은
어느새 깊었는가
나무도 숲도 모두 잠들었고
별빛 남으로 흘러
우러러 하늘이 아름다운 밤

우리는 간다
기다리던 명령
언덕 마을이여
원쑤를 쳐부시려 이 밤 떠나간다

짧은 사흘이 三년이였던가
정 깊이 인자하신 할머니시여
수고하셨습니다
어두운데 나오시지 마서요
그리고 잠든 저 소년을
아예 깨우질랑 마십시오

놈들에게 뽑히운 두 눈
아무리 애써도 보이지 않아 안타까워라

두 줄기 흐르는 피
얼굴을 번쩍 들며
꼭 돌아오고야 말 남편을 믿어
용감히 죽어간 소년의 어머니

그 원쑤를 갚으러
할머니시여
당신의 눈물 대신 이 수류탄으로
어머니 잃은 소년의 슬픔 대신
탄창이 벌어지도록 재워 멘
이 따바리로 원쑤를 갈겨 없애리라

―내 고향 어머니도
무척 늙으셨으리라
이 할머니처럼……
내 어린 동생도
무척 컸으리라
잠든 저 소년처럼

마을의 로인들과 어린것들이여

땀 배인 전투복을 빨던 시내며
수수하게 생긴 처녀들아 잘 있으라
소년과 맴을 돌며 한낮을 즐긴
늙은 밤나무 너도 잘 있으라

송진내 풍기는 구락부 뜰에서
이야기로 밤을 새던
소박한 마을의 모든 것을 위하여

입대하던 三년전 햇발 비친 드렁길
나를 배웅하던
항상 그리운 나의 고향의 모두를 위하여
끓는 피 청춘을 바쳐 앞으로 가나니
원쑤의 심장을 찌르는 진격의 밤이다

소년아 네가 잘도 부르던 진격의 노래
이 밤은 조심스런 자욱으로
감추고 나간다만
네가 내일 아침
들창보다두 먼츰 깼을 때

너는 들으리라
저 넘어 높은 고지
놈들의 주검을 밟고 외치는
우리들의 함성을
햇빛을 타고 울리는 승리의 개가를

≪문학예술≫, 1951.11

아들과 아버지와 딸과

민병균

나이는 쉰셋인데
오랜 빈농 고생살이에
머리칼이 반 남아 희였단다

조선으로 떠난 지
벌써 반년을 넘었으니
수염이 그전대로 길게 좋았으리란다

마차는 쌍두마차요
두 마리 잿빛 당나귀 목에
해방 방울이 달렸단다

그래도 아버지를 찾을 수 없거든
지원군 수승대 망방울 소리가 지날 때마다
아모나 웨쳐 부르란다
조선인민군 군관
권병삼이 이름 높이 부르란다

그러면
두 팔을 벌리고

아버지는 마차에서 뛰여내릴 것이라고
....

송화강반 왕후밍 농민이
만 리 길 조선전선에서 찾던
권병삼은 어떤 청년인가

권병삼은
六년전 하남전선에서
소대의 두 번 주검을
대공 특공으로 구출한
용감한 조선 전우라고

소대장 아들이
양자강 언덕에서 전사하기 전
편지에 그 이름 적어 보냈을 뿐、

아버지도 누이도
이 조선 청년을

언제 한 번 만난 일이 없단다

그러나 아버지는
아들을 여인 슬픔 속에도
이 조선 청년을 기억하고 있었다

조선 전사들이
후퇴의 어려운 길을
북으로 북으로 걸어오던 때

하로밤 꿈속에
조선 인민군 대렬 속에
권병삼의 모습을 보았다고

아버지는
긴 수염을 깎고
항미 분회로 달려갔단다

―나는 청년이 되였다
죽은 아들의 소원으로

나를 조선 전선으로 보내다오……

아버지 조선에서 싸우는지
어느 새 여섯 달이 지나

대공 특공
공도 많이 세우고
돌아올 기한도 오랬건만

권병삼을 만날 때까지는
조선을 떠나지 않겠노라고
편지만 왔다고……

아버지를 뵙지 못한 채
딸도 지원군이 되여
조선 전선으로 떠나간단다

전선의 친우들이여
인민군 전사들이여
이 왕후밍 로인에게

권병삼을 만나게 해주라

그가 이미
전렬에서 떠났거던
남긴 공훈을 로인에게 전해주라

로인을 만날 수 없거던
왕소랑 지원군 처녀에게
권병삼이 소식을 알려주라

그리하여
아버지와 딸과
그의 죽은 아들과 권병삼이
함께 웃음을 나누게 해주라

밤마다 송화강가에
달 보고 별 보고 섰는
한 늙은 로파의 간절한 소원을 이루게 해주라。

≪문학예술≫, 1951.12

그 청춘은 살아 있다
―황순복 전사의 불멸의 위훈을 노래함―

정서촌

맹호처럼 달려간 자국마다
아직 그의 숨결이 살아 있는
산기슭을 더듬어
타다 남은 초목들도 머리 숙인
사람들이여 여기
고지에 오르라

이 땅에 피여난
한 떨기 싱싱한 청춘이
그악히 불 뿜는
원쑤의 화점을 끌어안고
돌처럼 굳어졌다

조국을 불러 항상
고지에서 고지로
고동쳐 흐르던 더운 피는
원쑤의 화구를 적시여
화구와 함께 식었고

가면 다시 돌아오지 못할

마지막 길에서 부른
만세소리
아직도 쩡 쩡
골짜기를 울리는 듯……

부대의 진격로를 열어 헤치는
습격조원으로 선참
탄띠를 졸라매고 다가나선
그는 열아홉
아직 앞날이 먼
이 땅의 청춘

그에게도 항상
마음속에 사모쳐 잊을 수 없는
나서 자란 고향이 있고
싸움에 지친 몸
별을 이불 삼아 지새는
어느 바위 밑 눈보라의 밤에도
언 몸을 어루만져 주는 어버이의
뜨거운 사랑이 있거니

그렇것만 보다 뜨거운 불덩어리가
가슴속에서 그를
불러 일으켰기에
청춘도
목숨도
끝없을 앞날의 행복과 더불어
조국에 맡긴 채 그는
돌아오지 못할 길을 서슴치 않고 나섰다

원쑤의 더러운 발자국이 찍힌
한 줌 한 줌 흙에
뛰는 맥박을 묻으며
차디찬 돌뿌리를 뜨거운
입김으로 녹여가며
원쑤 앞에 다가선 그
그의 성낸 잇발은 물어뜯듯
수류탄 안전침을 뽑아 제쳤다

하나
또 하나

련이여 하늘을 찢는 폭음과 함께
원쑤의 불아가리는 다물어졌는데
웬 일인가
마지막 불구멍은 그대로
살아서 짖어대지 않는가

만져보아도 다시 훑어보아도
이미 수류탄은 없고
발을 구르며 뒤에서는
전우들이 진격을 재촉하는 듯
……………
아 순간은 백 년인가 천 년인가
헤아릴 수 없이 아득한데
귓전을 울려 쟁쟁한
피 속에 젖어드는 목소리

─조국을 위해서는
물속도
불속도
두려워 말라─

그것은
그것은 오매에도 잊지 못하는
언제나 진두에서 용맹을 불러주시는
수령의 말씀
꿈속에서 소스라쳐 깬 듯 그는
눈을 크게 치뜨고 벌떡 일어섰다
초연을 헤치고 다정하게 다가오는
조국의 푸른 하늘이며
머얼리 뒤에 두고 온
어머니 고향이며
그리고 뜨거운 손길로 보내준
전우들의 모습을 마지막 그리며
폭풍처럼 사나웁게
원쑤의 화구를 겨누어 달려갔다
─그렇다 내 몸이
내 몸이 수류탄이 되리라─

사람들이여 그는 여기
원쑤의 토찌까를 끌어안고
다시 못 올 청춘을

수류탄이 되여 쓰러졌다
산발을 주름 잡아 달리던
그의 붉은 심장은
원쑤의 불줄기를 짓누르고
여기 멎어 있다

그러나 사람들이여
그의 심장은 멎은 것이 아니다
그의 청춘은 죽은 것이 아니다
그가 열어준 불길을 넘어
만세를 외치며 나가는
숱한 전우들 가슴속에
그의 심장은 백 배로
천배로 고동친다

아를 갈며 일어선
삼천만의 끓는 가슴속에
열아홉 그 청춘은
그가 마지막 품고 간

어머니 조국의 이름과 더불어
자랑으로 살리라。

≪문학예술≫, 1952.3

한 알의 씨앗이라도

동승태

산상에도
눈보라
승냥이처럼 울고 가던
三동 호된 치위도 어제던가

밤마다 전투
승리의 자국 속에
눈은 어느새 정갱이를 넘었고
눈은 어느새 발 아래로 녹았다.

역겨운 화약 냄새
아직 가시지 아니한
적구 가까운 이곳에도

새싹 파릇파릇 돋아
귀 익은 묏새 소리
한결 아름답게 들리노나

아 봄!
여기서 몇 천 봉우리를 넘어야 하는가

항상 마음속에 가까이 있는
나의 고향
양지 바른 언덕이여!

꿀벌 윙윙 나러드는 싸리 동산
그곳에도 아지랑이 나돌고
묏새 저렇게 우짖으리라、

사랑하는 안해여
내 뜨거운 애정으로 말하노니
그대는 올에
씨앗을 잘 골랐는가
두엄은 많이 받었는가
봄이면 남 먼저 서두르는
믿어운 사람아!

우리는 곡식을 알뜰히 지어야 한다
한 치의 땅이라도 더
한 포기의 채마라도 더
이 모든 전사의 간절한 마음으로

많이 지어야 한다

우리 그것을 먹고 컷고
우리의 그것을 먹고 싸우고
또한 우리 어린것들
그것을 먹고 자라고 있다、

비록 한 알의 강냉일지라도
비록 한 톨의 감자일지라도
그것은 참말 소중한 것
안해여
우리는 수령이 부르는 길로 달려간다
급급히、 수령이 가르키는 복쑤의 길로
보라!
승승장구
오늘 이곳에서
수류탄 으스러지게 틀어쥐고
지금 신호탄 기다리고 있는 것을─

안해여!

그런 마음으로
곡식을 더 많이 심으라
우리 형제들이
제 땅에서 자유롭게 노래 부르며
살찌게 먹고 즐기기 위하여
우리는 싸우고 있다
그대는 싸우는 우리를 위하여
곡을식 많이 심으라
한 알이라도 더 더 많이 심으라

≪문학예술≫, 1952.3

새 날의 노래
―항주 서호를 찾아서―

홍순철

하늘 높이 치솟은 육화탑은
수중 몇 천 자 밑에 뿌리 박았길래
전당강 맑고 깊은 물결에
그 그림자 저렇듯 아름다우냐

산에도 들에도 수면에도
오늘따라 더 푸르러 오는 듯
사면팔방이 그대로 그림인
오 아름다운 옛 도읍이여!

서호의 호한한 호수는
바람 잦아 물결도 고요한데
삼담에 이르고 보면 어느새
내 마음도 호심에 젖는가

옥천의 이름 모를 고기 떼들도
이웃 나라 손님을 반기는 양
입마다 물방울을 내뿜어
천백 겹 파문을 일으키면……

운림사의 옥수림에서인가
수락동의 안개숲에서인가
천년 력사를 조잘대는 물새들이
구천에 원한을 호곡하는구나

어는 놈들이였던지를 안다
산자수명한 이 단청을 짓밟으며
유흥 호색에 미려한 유경을 더럽히던
봉건 지주의 죄행을 우리는 안다

소흥주에 배를 두둘기며
이름 가진 명기마다 갈아대면서
낮과 밤을 이어대면 그 호강에
이 청아한 명승고적들은
오랜 세월을 이끼 속에 덮였느니라

오 호심정아 말하라,
저렇게 매화가 익어 필 무렵이였으리
놈들에게 끌려온 소작인 딸들 중에서
머리를 무섭게 풀어 헤친 채

어지러운 세상을 차라리 잊고저
저 물 속에 뛰여들기를 그 얼마였던가를——

비옥한 절강 평야 곡파만경에는
해다가 풍년이 무르익어와도
못 살고 이 땅에서 쫓겨나던 백성들이
네 기둥에 손톱으로 새긴 글줄마다
무슨 비탄을 말하였는가를
너는 똑똑히 기억하리라

흐르던 달도 멎었다 가리라
불어오던 바람도 잦아지리라
천추에 한 서린 저주에 사모쳐
서호의 십대 명승 유적을 지날 때
태양도 한결 빛을 더하리라

나는 지금 뜨거운 눈뿌리로 본다
세월은 바뀌고 새 날은 동터
풀포기도 한결 진하게 푸르렀고
새 떼들도 한결 목청을 돋구어

영영 인민의 품에 돌아온 절경
승리의 호반 서호를 본다

근로 인민의 고혈로 된 락원
원쑤의 그림자 사라진 그 자리에
다루어 꽃밭이 수풀처럼 일어
천백 년 력사에 전통으로 무늬 돋는
새 중국의 자랑 서호를 눈 익혀 보노니

다시는 더럽힐 자 없으리라
반침략 민족 영웅 악비만이 아니라
수다한 애국렬사들이 아직도
땅속에서 숨 쉬고 있는 이 고적
문인 명객 유격렬녀들의 뜻이
한 알의 쪼악돌에도 깃들여 있는
이 아름다운 명승 유경을 다시는
그 어느 놈도 더럽히지 못하리라

나는—
한없이 솟는 분노와 증오로

항주의 천백 년을 회상하며
숭악한 원쑤들에게 침을 뱉는다
어지런 력사의 페—지마다 침을 뱉는다

그치지 않는 추모의 발자국를 밟으며
악비모 앞을 조용히 지내 나오면서
인민이 뱉은 침에 녹쓸은 철상
태회부부와 만애과 장준의 꿇고 앉은 숭태에
인민의 모든 원쑤를 향한 듯이
나는 몇 차례나 침을 뱉는다
입술이 마르도록 침을 뱉는다

오 나는 돌아가나니
건설과 창조의 불길 속에
새 행복이 무르익어오는 땅
아름다운 옛 도읍 항주야 잘 있거라

만민이 동경하는 네 명승유적은
청시 억 년을 내려 불멸의 전통으로
자랑하여 그 영광은 한없으리라

노래 불러 찬양 속에 길이 꽃피리라

≪문학예술≫, 1952.9

어머니를 달라
—애기는 평화를 부르짖는다—

원진관

폭격기가 지나간 뒤
애기는
무너진 바람벽 밑
초연 속을 뚫고 기어 나왔다

파편에 맞았음인가
몽실몽실 하던 종다리는
살 찢기여 피투성이 되였다

아직은 상처를 알지 못한
애기는 울지 않는다
다만 그렇게도 어리광을 잘 부리던
두 눈동자는
휘둥그렇게 휘둥그렇게
놀라운 그림자만 어리였다

애타는 눈동자로
애기가 찾는다
무서운 연기 속 먼지 속을
무슨 불행도 빼앗아 갈 이 없던

애기의 조국이며 희망인
어머니를 찾는다

무서울 때에도
추울 때나 배고플 때에도
어느 때던 사랑으로 껴안어 주던
어머니의 따뜻한 젖가슴을

그러나 어머니는 뵈지 않는다
연기가 날아가고 먼지 잦아져
하늘 다시 이마 위에 푸르러도
폭탄 쪼각 함께 날아간
어머니는 땅 위에 뵈이지 않는다

비로소
가슴 찢듯 터져 나오는 애기의 울음소리
―엄마―엄마―
대동강의 물보다도 더 많을 듯
애기의 두 눈동자에서
흘러나리고 흘러나리는 눈물

이제서야 애기는 보고
그리고 그 모—든 것을 알아채린 듯 하였다
제 몸의 상처와
어머니가 죽어 없어진 것을

애닮고 원한 서린 울음소리로
애기는 세계를 향해 부르짖는다

—내게 무슨 잘못이 있단 말인가
내 행복을 누가 빼앗느냐
평화! 어머니를 달라

≪문학예술≫, 1952.12

바다의 소녀

허진계

소녀는 항상 바다가 좋았다

아버지는 나루터에
이름 높은 돛사공

소녀는 그러기에 바다를 사랑했다

갈매기 떼 훨훨 돛대 치는 바닷가에
왕모래 세모래
크고 작은 집을 지으며
소녀는 맨발로 도랫춤을 췄다

어머니는 그 날도 소녀의 곁에서
풍어배를 기다리며 그물을 떴다.

이 바닷가엔 지금
갈매기도 울지 않는다

원쑤의 함포에
사랑하는 어머니도 모래집도

찾을 길 없는 나루터에서
소녀의 마음은 아버지를 기다린다

나서 자라 놀던 고향 바다를
철벽으로 지키는 해안포대에
두 팔 걷고 포탄을 나르며
소녀는
한결같이 승리를 기다린다

꽹맥이 치며 즐기던 물에서
고기 바구니 이고 돌아오던 어머니
그 어머니의 넓은 젖가슴에
원쑤의 포탄이 날아오던 날
아버지는 배를 타고 전선으로 갔다

소곰에 저른 구리쇠의 팔뚝으로
새벽밥 이고 나온
소녀의 머리를 쓰다듬어 주며
아버지는 힘껏 돛을 달아뵈였다

해적을 모조리 물속에 쳐박은 뒤
부챗살처럼 피여 오를
평화의 햇빛!
그 햇빛을 안고 돌아올
승리의 돛이
수평선에 떠올 날을 소녀는 기다린다

나서 자라 놀던 고향 바다를
철벽으로 지키는 해안포대에
인민의 분노로 터질 듯 달아오른
아람도리 포탄을 이어 나르며
소녀는
한결같이 아버지를 기다린다

≪문학예술≫, 1952.12

조선 어머니의 념원

강립석

나는 알고 있다
어찌하여 지원군 마옥상이
그 하얀 무명 수건을
소중히 여기는지 ……

포화 탄우에 강물이 뒤번지는
림진강 도하 진격의 날에도
그 수건이 물 젖을까
윗저고리 추켜 올리였고

가슴으로 밀어가는 초연 속
숨 막히는 포복 전진에서도
날창 비껴치는 돌격선 넘어
동료는 햇발 속에서 승리의 만세를 부를 때에도

떠오르는 주석의 영상과 함께
가슴에 간직한 그 수건 만져보며
흑룡강 먼 고향의 어머니와
나무리 벌 조선의 어머니를 생각하였다。

눈보라 휘몰아치는 나무리 넓은 들을
인민군 용사들과 해방시킬 때
총불이 오가는 강반 동뚝으로
손 저으며 손 저으며 달려 나온 이곳 어머니

말보다 먼저 눈을 적시며
손목 부여잡아 얼싸안았다
원쑤의 총칼 밑 죽엄에 맞다들어
사모차게 사모차게 기다리던 그들을 ……

하루 밤 쉬고 가는 그날 저녁,
올올이 나아둔 열한 새 고운 무명
지금은 군복 름름할 아들의 례장 몫에서
한감 수건을 떼여 주며

─모주석 그 어른께 전하여 주소。
삼월이라 토지 분여 세째 돐날
김장군께도 선물로 올렸다는 무명
마옥상 어찌 그 마음을 몰랐으랴

고마우신 그분에게 삼가 전하람은
어서 빨리 원쑤를 처물리고
아들과 함께 가지런히 돌아오라는、
두 나라가 다 같이 행복하자는 념원!

다시 원쑤를 쫓아 산굽이 돌아갈 제
눈보라 휘날리는 재령강 동뚝 위에
옷자락 펄럭이며 바래여 서 있는
그의 모습 마음에 새긴 마옥상

그날로부터
조선 어머니의 소박한 지성을 안고
불붙는 어머니의 소원을 안고
처절한 싸움 승리로 지나왔거니

원쑤가 우리 앞에 무릎 꾸는 날
위대한 령수에의 인사와 함께
친히 이 수건 드리리란다
조선 어머니의 간절한 념원을 아뢰리란다。

≪조선문학≫, 1953.10

승리의 十월

조벽암

十월이 올적마다 마음을 가다듬어
북쪽 하늘을 우러르면
붉은 깃발이 나붓긴다

로동자 농민을 착취한 원쑤—
전제 짜리를 물리치고
전우의 타협 없는 피로써
인류의 새 력사의 기원을 이룩한
승리의 깃발이여!

그를 우리를 적마다
우리의 힘은 솟구치고
결의가 새로워지는 十월
그 十이 되돌아온 이날、
우리의 긍지와 자신과 새 결의를
온 세상에 소리 높이 부르짖고 싶구나

간악한 일제의 폭압 아래
시달리던 인민의 가슴속 깊이
커다란 불을 켜주며

十월의 붉은 심장을 안고
백두의 령봉에 원쑤와 싸워
영명하신 우리 수령은
존귀한 우리의 전통을 이뤘나니

그러기에 위대한 쓰딸린의 아들딸들이
피로써 열어준 八 一五의 아침은
더 한층 빛났고

인간 권리의 진한 피로써 씌여진
성스러운 十월의 찬란한 력사와
영웅 도시 쓰딸린그라드의 장엄한 서사시를
우리는 력력히 알기에
원쑤 미제와의 가혹한 싸움 속에서도

우리는 꿋꿋이 싸워 이기여
조국 고지의 웅대한 전설을 꾸몄고
세계 평화의 영광스런 '돌격대'의
자랑스런 영예를 지켰다

전화에 타고 포연에 끄슬은 무한한 증오로 하여
잿데미 속에서도
민주 기지의 웅장한 건설이 더 한층 일어선다

당시는 적위병이며 공청원이던
위대한 쏘련의 로력 위훈자들이
찬란히 솟아 오른 거리와 농촌을 자랑하듯

우리도 자랑하자
조국을 목숨으로 지켜 영용한
꽃다운 청춘들의 이름들과 함께
공장과 들판
광산과 바다
이 모든 복구와 건설장으로 달려가는
로동자 농민들의 투지와 정열을 ⋯⋯

우리는 새 결의를 다진다
오늘의 땀 한 방울은
원쑤를 밟고 넘어설 래일의
천근 무거운 철퇴가 되고

승리의 포탄이 됨을 ……

十월의 깃발、붉은 깃발은
혁명의 끓는 정열로 우러르는
우리의 뜨거운 심장이러니

그 아래 서로 피로써 맺아진
국제 전우들과 함께
그 깃발 가슴에 날리며
우리는 오늘 또다시 돌격한다
인민의 위력을 시위하는
十월의 길、승리의 길
민주 건설의 고지를 향하여 ……

— 一九五三、二、七 —

≪조선문학≫, 1953.11

로씨야의 대지에서

리효운

끝없이 마음이 트이는 벌판
꽃무늬 져 아롱지는
봇나무 숲들이 아득한
로씨야의 대지여!

흐르고 흐르는 양 떼의 구름 속에
목초 낟가리는 섬들을 이루고、
아담한 살림을 속삭이는 집들이
붉은 기 팔락이며 손질한다、 손질한다、

아스란히 흘러오는 빠이얀의 곡조 속에
풍요한 가을의 노래가 들려온다、
로동의 세찬 희열의 물결 처들어
내 심장은 뜨거이 파도친다、

송진 냄새 풍기는 전주들이
풍요한 로씨야의 풍년을 지키고 섰다、
저 넓은 들과 강을 넘으면
그곳에 나를 낳은 정든 땅이 있다、

산산히 부서진 마을과 거리에서
싸움을 이긴 그 피 끓는 가슴
다시 불사신으로 일어선 내 조국의
거찬 모습이 눈앞에 어리운다、

일어서는 조국을 마음에 안으면
부풀어 오르는 가슴으로
저 광야도 뜨거운 숨을 쉬며
소리 높이 환호한다、

깊고도 푸른 너를 바라보노라면
로씨야의 가없는 광야여!
로씨야의 대지야!
내 가슴은 한 없이 뜨거워지는구나、

우랄 산맥도 멀지 않다는 이 고장
뜰악마다 길목마다
늦가을 피는 꽃을 안고 달려 나오는
위대한 나라의 소박한 사람들—

정다운 말씨와 순박한 얼굴들이
둘러싸고 끌어 안아줄 때
"영웅적 인민들이여!" 이 한 마디가
어찌도 이렇게 가슴에 사모쳐 드는가!
아 참되고 숭고한 조국의 형제들이여!
고난의 길을 박차고 나아가자
또 하나의 승리를 향하여
우리의 수령은 인민을 부르시였거니

건설장에로 직장에로
달음질치는 우리들의
한 걸음 또 한 걸음은 위대한 형제들의
뜨거운 성원으로 더 우렁차거니

이 정열과 이 성원이
우리 가슴에 영원히 뻗치게 하라
우리 가슴에 이 고장 형제들의 정성이
영원토록 넘쳐흐르리라
끝없이 마음이 트이는 벌과,
꽃무늬 져 아롱지는

봇나무 숲들이 아득한
위대한 로씨야의 대지여!

≪조선문학≫, 1953.11

입당 하는 날

박종렬

하늘색 푸른 당증
그 속에 또렷이 적혀있는
나의 이름 세 글자
오래 쌓이고 쌓인 소원 이루어
오늘 착암공 리영선이
로동당원이 되는 날

대하의 격랑인가
가슴은 왜 이리도 설레이며
심장은 왜 이다지도 벅차게 뛰느냐

나의 목숨보다 소중한 이 당증
가슴 깊이에 품고
일터로 가는 길
三○분은 착실히 걸리는 령길도
단숨에 뛰여넘을 것 같고
착암기 틀어쥐면
단번에 백 톤의 광석도 캐여낼 듯

나의 입당을 기뻐하여

이렇듯 보내주는 동지들의 축하
뜨거운 그 손길 잡으면
팔뚝엔 강철도 휘여 쥘 듯
새 힘 솟구치고
가슴은 끓는다
우러르면
조국의 푸른 하늘
오늘따라 더욱 아름답고
귀 기우리면
멧새들의 지저귐도 더욱 다정스러워
모두 다 이렇듯
나의 입당을 축복하는가

그렇다 이제
이 나라의 영예로운 로동당원
젊은 착암공의 새 출발은 시작되였거니
아무것도 부러울 것 없고
아무것도 두려울 것 없어

내 지나간 몇 해의 싸움에서

강철로 다져진 이 육탄 앞에
그 어떤 광맥도 맥없이 머리 숙이리라

수령의 부르심 받들어 일어선
저 거리와 마을에
창조와 건설의 노래 더 높게 하기 위하여
복구와 증산의 앞장에
내 깃발처럼 서리라

≪조선문학≫, 1953.11

기중기를 돌리며

동승태

나는 지금
쓰딸린 공장에서 보내온
중력 기중기를 돌리며
다시 한 번 그이를 생각한다

쓰딸린!
그이는 이 지구에 사는
모든 사람들의
자혜로운 빛!

레닌과 그이로 하여
十월의 불길은 밝았으니
그때부터
인류 사회의 어둠은 밝아갔다。

우리 조국도
그이의 뜻과
그이가 사랑하는 아들딸로
八월、 신생의 하늘 아래
자유로운 깃발을 날리였다、

쓰딸린!
위대한 아버지
나는 내 보람 있는 삶에서
내 청춘에서
항시 그이를 잊을 수 없다、

나는 조국의 귀중한 아들
인민의 영예를 지닌
자랑 높은 백만 당원의 한 사람인
로력 혁신자!

그이는 만백성을 사랑했고
그이는 더욱 근로자를 애끼셨다
자유와 평등 평화의 성새
공산주의의 나라!

우리는
그이가 말씀하신
돌격대—
세계에 자랑 높은

영웅의 나라!

그이는 새 력사의 선두에서
항상 말씀하시길
근로자는 단결하라
평화를 틀어쥐라 하시였다、

얼마나 전투적인 가르침이였던가、
우리는 이 영광스러운 가르침을 받들어
간고한 싸움을 이기였다、
마치와 괭이질에
몸과 의지、철처럼 벼려진 우리는、
단결하여 전선과 후방이 하나로
총창을 틀어쥐고
원쑤를 찔러 나갔고、
적탄 빗발치는 그 속에서도
기계와 공장을 지켜
대포와 포탄을 깎아냈다、

나는 이 명제를 지켜 승리한 오늘

쓰딸린 위대한 공장에서 보내온
중력 기중기를 돌리며
철근 기둥을 일궈세운다、

우리의 복된 만대를 위하여
거리마다 고층 건물들을
땀과 기쁨으로
철탑처럼 쌓아가리라

무너져 내려 앉았던 이 거리에
조국의 방대한 설계대로
고압선을 핏줄처럼 늘이고
전망이 시원한 거리를 빼고
아파트、학교、극장 ……
우리가 즐기는 모든 것들을 세우리라

서로 어깨를 겨눈
집집과 거리에는
아침저녁 직장으로 가는 우리 대렬이
쾅쾅 보도를 울리며 지나게 하리라

아 무한한 앞날!
이것을 위하여 나는
이 기계를 내 몸처럼 아끼며
쓰딸린!
김일성!
하늘 같은 높은 뜻을 받들어
아름다운 조국을 세우고 있다、

≪조선문학≫, 1953.12

중국 인민 지원군

―삼가 모주석에게 드리는 노래―

박팔양

그분들이 우리나라로
강을 건너오시던 날 밤은,
별도 없는 밤이였건만
광명으로 큰길이 밝았더이다.

그분들은 원쑤에게 불벼락을 줄
수류탄을 한 손에 든든히 틀어쥐고
다른 한 손은 우리들의 손을
따뜻이 그리고 굳세게 쥐더이다.

그분들은 우리 아들딸들과 함께
열아홉 나라 수많은 원쑤를 무찌르며,
우리 북녘 험한 산길 높은 령마루를
단숨에 달리고 또 넘었더이다.

그 길에서 청천강 굽이도는 물속에,
악마의 무리를 모조리 휩쓸어 넣고
단풍 든 모란봉 바라볼 사이도 없이
림진강 나루터로 달렸더이다.

용맹한 그분들은 또 다정도 하여,
핏줄이 닿은 듯 우리 형제자매들과
이 강산 풀 한 포기 나무 한 그루까지도
내 몸인 양 내 것인 양 사랑하고 애꼈더이다.

포성 속에서 三년의 세월이 흘러간 후
철벽진의 고지에 태양이 불타고 있던
그 어느 날 마침내 승리와 영광의 노래……
두 나라 군인들의 우렁찬 합창으로 들렸더이다.

이는 어느 옛 이야기가 아니라
영광 가득한 오늘 우리 세대의 이야기……
그분들의 이름은 중국 인민 지원군!
영명하신 당신께서 보내신 사람들!

여기 평화의 깃발이 나붓깁니다.
동방에 승리한 인민의 깃발이 나붓깁니다.
동방은 붉게 붉게 동터 오고
태양은 높이높이 솟아오릅니다

아아 어둠이 달아나는 동트는 아침
이 나라 수많은 고지 위에 나붓기는 두 나라 인민의 깃발
동방은 붉게 붉게 동터 오고
태양은 높이높이 솟아오릅니다。

－ 一九五三、二 －

≪조선문학≫, 1953.12

제3장

전후복구기(1953~1958)

다리를 건넌다
─목교 공사에 동원된 지원군 공병 부대 용사들에게─

허진계

늦가을 강바람이
옷깃을 스치는 대동강、
사람들은
지원군이 놓아준 다리를 건넌다

일터로 향하는 로동자도 사무원도
책가방 멘 어린이도
모두 다
란간을 어루만지며
발걸음 가벼이 목교를 건넌다

동쪽에서 서쪽으로
교외에서 거리로
벽돌을 싣고……
목재를 나르며……
일어서는 평양 뛰노는 신경이
줄곧 이 다리 우에 뻗친다

일찍이
폭격에 끊어진 다리

이 인민의 다리를 복구하기 위하여
지원군은 물 우에서 밤을 새웠다

싸움에서 함께
승리한 전우들!
그들은 모—타로 떼목을 건지며
항미 원조의 굳은 결의로
강심 깊이 교각을 박았다.

상처 입은 이 나라를
가슴 아피 생각하며
늦가을 찬비가 나리는 밤에도
그들은 이마 우에 땀을 흘렸다

이 다리를
오늘은 건넌다!

원쑤의 간악한 폭격 속에서도
끝내 굴치 않은 영웅의 거리
동평양과 서평양을

환하게 바라보며
우렁찬 건설의 신호를 주고받는다。

조 중 인민의
뜨거운 마음이
침목마다
얽히여진 다리 위
활개치는 인민의 새 삶이 건너간다

늦가을 강바람이
옷깃을 가벼이 스치는 대동강!

사람들이여!
잊지 말라!
항미 원조의 굳은 결의로
교각을 내려 박던 지원군의 얼굴……
물 우에 어린 전우들의 낯익은 모습들을……
거울처럼 바라보며
이 다리를 건너라!

－一九五三년二월－

≪조선문학≫, 1954.1

아침은 부른다

전동우

먼 련봉에 노을이 사라지고
거리에 서리운 안개도 걷혔다
나는 햇발을 가득 안으며
네거리 복판 지휘대에 선다。

시원한 아침이다。
안개 속에 깨여나는 평양、
잘 잤느냐 사랑하는 거리야!
이쪽 길에서 또 저 모퉁이에서
모여오는 씩씩한 발걸음들、
쓰딸린 거리로 복구장으로 간다。

아침은 깨여난다、
사람들이 물결쳐 모두 다 일터로 간다
트럭이 뒤를 이여 달려온다
그들은 방금 정거장에서
아름드리 등나무를 그득히 심고
꼬리에 꼬리를 물고
제재소로 향하여 달려가는 길—

좌로! …… 맑은 대기를 뚫고
길게 울려가는 나의 류랑한 호각 소리、
가까이 달려오며 카―브를 돌 때
빙긋이 웃는 구리 빛 그 얼굴、
낯익은 얼굴이다、 건축 로레스트의
영예 훈장 두 개 단 제대병 동무。

말은 없으나 눈추리는 말한다―
『수고하오、 지휘원 동무!』
나도 역시 가벼운 미소로
『수고하세요! 운전수 동무!』

조국의 심장은 바야흐로 들끓는다。
련달아 달려오는 트럭의 행렬、
입에 문 호각 소리 멎을 줄 모르고
나의 지휘봉은 한결 더 날쌔진다。

좌로―동평양、
우로―서평양、

거리가 원통
불 속에 묻혔던 가렬한 날에도
총탄 폭탄 보복의 불씨들을
쉬임 없이 전선으로 날라 보낸 길、

오늘은 승리한 이 길 우에
보다 큰 래일의 승리를 위하여
벽돌이 달리고 철근이 달리고
삼천만의 거센 핏발이 달리거니

나는 이 길을 지키는
영예로운 공화국 녀성 교통 지휘원—
일어서는 거리야、틱 차는 심장아、
아침은 부른다—모두 다 일터로!

- —一九五三년—一〇월 -

≪조선문학≫, 1954.1

평양

인민군 김영철

기쁨과 흥분 속에
평양의 밤은 지새였고나
나는 전우들과 더불어
새벽안개 흐르는
쓰딸린 거리로 나간다

대동강 물결은 예대로 맑고 깊어
아침 햇살을 싣고
춤추며 흐르는데
모란봉도 우쭐 우쭐
해방탑의 금별이 높이 빛난다

아침 안개를 헤치며
시민군의 대렬이 흐른다
건설의 대하가 흐른다
웅장한 설계도를 떠받들고
공사장으로—
복구장으로—
멸적의 탄약을 깎던
로동자들의 억센 팔뚝들이다

군복을 깁던
녀인들의 두터운 가슴들이다

오 나는 달려들어
당신들을 뜨겁게 포옹한다
누구의 손길이라 없이
굳게 잡아 흔든다

영웅 도시 평양의
형제여 자매여
초연에 절은 가슴도
전진이 엉킨 군복도
당신들은 탓하지 않으리니
이 나라의 전사가 드리는
축하와 영예를 받아달라

하루에도 스물네 시간
불비가 억수로 쏟아지는 속에서도
싸워 이긴 이 거리
쓰딸린 거리에

장엄한 행진곡이 울려오누나

―자유와 행복 속에
―우리 살리라
아아 이 나라 어린이들의
쟁쟁한 목소리로다

당신들은
어느 토굴 어느 움집에서
모진 고통을 이겨냈느냐?
눈물이 흐른다
기쁨의 뜨거운 눈물이―
나는 금할 수가 없구나

전우들아!
예가 아니더냐?
조선의 마음의 불굴함을
세계에 크게 선포한 곳이
남북의 통일을
높이 받들고 일어서는 곳이

오늘
모쓰크바와 북경이
친애의 정으로 부르는 이름
쨩글 속의 투사들과
감방 속의 지사들이
해방 투쟁의 기수로 부르는 이름
평화의 원쑤들이
공포와 전율 속에 부르는 이름

아 평양! 평양!

네가 가진 이 음향 속에는
실로
우리의 노래와 용기와 승리와
우리의 희망
이 모든 것이 깃들어있다!
가슴에 깊은 상처 입고도
피 묻은 당중을 꺼내 들고
너의 하늘을 우러러

≪조선문학≫, 1954.2

도표판 앞에서

민경국

처음엔 나즉한 구라후 선이
수집은 듯이 그려져 있었다

그 다음
낮과 밤을 이어
궐기한 광구의 들끓는 로력을
붉은 선 표식에 담고
구라후 선은 벌판의 말뚝처럼 솟았다

덮치는 애로와 신고
그것을 물리치며
우리의 심장은 갱도 속에서
하냥 불꽃으로 튀였다

신선한 공기를 마시며
도표판을 바라보면서 일자리로
향하는 아침마다
우리들은 기뻐하였다

우리들의 로력이

공화국으로 흘러드는
거창한 로동의 진리 속에서
우리의 육체와
우리의 정열이
영예로운 첫 대렬에 서고 있음을

눈앞에 환하도록 보이는
조국의 래일
원쑤들이 재로 만들려고 발악하던
정복되지 않는 이 땅에서
줄기차게 솟는 새 삶의 불길
사시장철
마을과 거리를
꽃으로 덮을······ 위대한 로력 전선의 선봉에서

그렇게 호암진 광맥을 헤치며
우리들은 섰다
로력 혁신자의 앞자리에

오늘 조국이 전쟁에서 입은 상처를 씻고

그전보다 더 세차게
조국이 번영하는 길을 여는
우리는 영예로운 전사이다

도표판……
이것은
부리가다 사이의
승패의 기록이 아니다

누가 이 땅의 주인인가를……
누가 로력 혁신자인가를
두드러지게 말한다
우리의 자랑스런 도표판은―

≪조선문학≫, 1954.2

위대하신 그분

—쓰딸린 대원수를 노래함—

박팔양

산골짜기를 흘러 나리는
깨끗하고 맑은 시냇물이
이 곬 물이나 저 곬 물이나
모두 다 바다로 들어가듯이

온 세계 정직한 사람들의
깨끗하고 참된 마음들이
모두 다 그분에게로 달린다
위대하신 그분 쓰딸린에게로

시냇물은 흐르고 흐르면서
서로 모이고 서로 합치여
쉬임 없이 바다로 달린다
한량없이 넓고 큰 그곳 바다로!

평화를 사랑하는 모든 사람들은
서로 손 잡고 또 서로 뭉치여
위대하신 그분—쓰딸린을 노래한다
그분의 이름—그것이 곧 평화이라고

달리는 시냇물은
절벽에서 폭포로 떨어지고
낮고 깊은 땅에는 호수로 넘치며
벌판에서는 크나큰 강으로 흐른다

그분이 부르시는 길로 나아가며
사람들은 어느 곳에서나 승리한다
어느 누가 감히 그 길을 막아서며
막아선들 어찌 못 가게 하리

뱃노래 흥겨운 볼가강도
옥야천리를 흐르는 양자강도
영웅 도시를 감도는 대동강도
모두 다 바다로 바다로 흐른다

바다는 한량없이 깊은 곳
바다는 한정 없이 넓은 곳
모든 물이 달리여 모이는 곳
크나큰 힘이 파도처럼 움직이는 곳

그분의 깊은 지혜를
그분의 힘, 그분의 넓은 도량을
그분의 크나큰 은혜를 비기여서
쓰딸린―그분은 바다이시다

그러나 그분을 어찌 바다로만 비기랴
그분은 천심을 떠받든 산악처럼
거연히 천만년에 높이 솟아 있거늘
그분을 산악에 비긴들 어떠리

또 어찌 다만 산악에만 비기랴
그분은 모든 생명 위에 비치는 태양!
어둔 밤 외로운 마을의 희망의 별빛!
그리고 펄 펄 펄 휘날리는 승리의 깃발!

사람의 피땀을 빼앗아 가는
자본의 누―런 악마 있는 그곳에서는
마귀들 모조리 휩쓸어 날리는 폭풍!
그분의 이름이 곧 폭풍이기도 하다!

하지만 평화의 노래 속의 크레믈리는
전 세계 선량한 사람들의 마음의 고향
그분께서 고요히 잠드신 붉은 광장에
오늘도 눈부신 영광이 넘쳐흐른다.

— 一九五四 —

≪조선문학≫, 1954.3

용접공의 노래

박문서

나는 용접공
오늘도 철판을 이으며
여기 잔교 위에 섰다.
청춘의 노래 가르쳤고
젊은 가슴에 꿈을 길러 준
용광로여!

이제 잔교가 서면
식었던 심장에 불이 다시 붙고
화광은 천 五백도 열을 뿜으려니,
쏟아져 나올
쇳물의 흐름을 받기 위하여,
원쑤가 불을 쏟던 三년을
우리 어떻게 싸워 이겼는가를
용광로여 너는 알리라.

늙은 우구공 재덕 아바인
승리할 이날을 위해
산속 한 모루에서 망치를 잡았고
루입공 기덕인 그 손아귀에 총을 ·····

우리 전상공들은
지하 깊은 갱도에서、
증오의 불길 가슴마다 태우며
싸우고 또 싸웠음을……

모진 시련의 밤과 낮은
승리의 함성 속에 더욱 빛났고
항시 우리를 승리에로 부르신
수령이、 조국의 승리를 말씀하신 날、
다시 우리를 복구의 싸움에로 부르신 날

그날로부터 우리들
망치와 등짐으로 터를 닦았고
잿더미를 파 헤쳐 자재를 거두며
건설의 싸움에 불길 올렸나니

용광로여!
너 우리와 함께
이 크나큰 승리를 자랑하자!

오늘은 저기 二五톤 중량을 나를
클레인이 일어섰고
천백 통 물 땅크와 대연도도 세워졌고

발판 끌르는 소결로와
大백자 굴뚝은
창공 높이 일어서나니
우리 불멸의 의지
불패의 힘을 자랑하자!

쇠망치소리、모터소리、
그것은 웅장한 건설의 교향악!
이마에 맺힌 땀을 씻어
코발트빛 용접경을 벗으면
푸른 하늘도
승리하라— 외쳐 주는 듯……

조국이여
이 행복한 품에 사는
우리의 힘은 반드시 보이리라

우리의 손이 세운 우리의 공장을
우리의 정열로 불타오를 용광로를……

— 一九五四、 一、 一

≪조선문학≫, 1954.3

쓰딸린 거리에서

조령출

인민의 사랑 끝없이 넘쳐흐르는
민주 수도의 새 영광의 거리

흰 비둘기 푸른 하늘을 감돌아
물결치는 깃발들이 눈부신 사이에
사랑스러이 날아 앉는 곳
어데나 건설의 힘찬 노래 소리 퍼져 오르며

여기도 저기도 그 어데를 돌아보나
원쑤와 싸워 이긴 이 땅의 젊은 사람들
한 삽의 흙을 파 내리는 거기에도
한 장의 벽돌을 쌓아 올리는 거기에도

「나의 평양」을 사랑하는 심정이 고이고
행복이 끝없을 래일의 꿈이 쌓이노니

지난해 싸움、간고한 불길 가운데
서로의 념원을 간절히 말하던 동무들이여

―평화의 건설、그날이 오면

포탄에 허물어진 고향을 일으키리라
보다 더 아름답고 웅장한
민주의 수도를 건설하자던……

바로 그날이
오늘 우리들 앞에 왔으며
다시금 이 그립던 거리에서
승리자의 깃발을 날리며 우리는 모이었다.

적의 불길을 몸으로 막은 그 붉은 고지에서
적의 함선을 젊음으로 부신 그 푸른 바다에서
포탄을 깎고 화약을 재우던 그 깊은 땅굴에서
불비 내리던 전원과 집 없는 학창에서

우리 한마음 철벽으로 지킨 내 나라!
우리 그 누구나 또한 자랑으로 말하지 아니할 거냐

—우리는 그 어디에서나 이곳을 지키였노라고
물결 푸른 저 대동강이며
해방의 탑 솟은 저 자유의 모란봉을

쓰딸린의 이름으로 영광스러운
영세불망의 이 기념의 큰 거리를

그 누구의 가슴속에나 잊지는 못하리라
내 나라 혁명의 기지를
그의 심장인 민주 수도의 영예를 위하여、
이곳에 계시옵는 수령의 이름 높이 부르며
꽃다운 그들의 청춘을
만고에 빛날 위훈으로 이 땅에 세운
그 불멸의 전우들과 정다운 친구들을

그들의 불타던 마음이
여기 거리거리에 뻗치여 오고
그들 가슴에 피여 오르던 꿈이
여기 한 그루 가로수에도 깃들어 푸르르다

인민의 이 끝없는 사랑 속에
평양의 새 념원은 일어섰다
백만 대군의 돌격과도 같이 ……
거대한 평양의 새 모습은 일어서고

쓰딸린 거리는 광활하게 열리였다

아 모란봉이여 너의 그 머리를 들어보라
네 일찍이 본 적 없는 이 장엄한 건설을
대동강이여 너의 그 물굽이 급한 걸음을 멈추고 들으라
네 진작 들은 적 없는 건설의 이 대교향곡을

영웅 도시의 이 광활한 거리는
이제 행복의 꽃보라 오색 테프로 묻히고
대리석 층층이 화려한 집들 사이로
흰 비둘기 월계수 잎을 물고 날아다니며
평화의 대렬,
우리의 깃발은 파도쳐 흐르리라

이 길이 바로 쓰딸린이 가리킨 평화의 길
이 길이 바로 우리의 수령께서 부르신 길
이 길을 걸어 앞으로 나아가는 곳

자유와 행복의 노래 온 산야에 겹치고
우리의 합창은 온 세계에 다시금

영웅 조선의 영광을 높이리라

－一九五四、六－

≪조선문학≫, 1954.7

친선의 노래

— 쏘련 예술단을 환영하며 —

허진계

첫 여름 푸른 강바람이
옷깃을 날리는 활주로에서
인민의 가수이며 오페라의 배우들인
형제의 나라 그리운 벗들을 맞이한다

공로로 수만리!
넓은 들과 푸른 산맥을 넘어
친선의 날개로 이 땅을 찾아 온 그대들

그대들을 맞이하는 우리들의 마음이
물결치며 기다리는 활주로에서
울렁거리는 가슴 눅자쳐 가며
조심성 있게 내리는 그대들!

三년 불비 속의 이 땅을
항상 가슴 아피 여겨 오던 그대들
말보다 앞서 웃음과 포옹으로
첫 발자국을 디디는 그대들에게

다만 푸른 창포 잎에 하얀 들꽃을

경건한 마음으로 안겨 주나니
그대들도 역시 감격에 겨워
상냥한 얼굴에 말이 없는가 ·····

―전선의 나날은
고지와 전호 속에서 화보를 뒤적이며
로씨야와 우크라이나의
우즈베크과 깝까즈의
인민 가수이며 오페라의 배우들인
그대들의 이름을 친하며 원쑤와 싸웠고

해빛 그리운 지하 무대에서도
우리들 서로의 마음은 한 가락 되여
쓰딸린 깐따따를 노래 부르며
중산의 불길을 치높였나니

이제 싸워 이긴 조선을
노래와 춤으로 위안하기 위하여
다함없는 애정으로 날아온 그대들
우리의 이야기하고 싶은 자랑

너무도 잘 아는 그대들이기에
여기 다만 형제의 정으로
정성 어린 꽃다발을 안겨 주노라

그대들을 맞이하는 이 나라의 기쁨!
저마다 앞을 다투어 발돋음하는
우뢰 같은 박수와 환호 속에
유독 손님으로만 서 있을 수 없는 그대들
우리와 껴안고 사진도 찍고……

『고맙습니다 다와리쉬!』
로씨야의 아름다운 말을 뒤이여
정녕 한마디 하고 싶은 말
영웅 조선의 말로 인사를 받는 그대를

불비 속에 자라난 꽃이라서 그러는가
친선의 그윽한 향기라서 그러는가
설레는 마음 가다듬지 못하여
하얀 들꽃에 얼굴을 부비는 그대들!

이제 모란동산에 그대들을 맞이하고
건설장에서 달려온 로동자와 농민들이
이 나라의 착한 어머니와 어린것들이
함박꽃 같은 웃음을 피우며
그대들의 아름다운 노래와 춤에서
보다 높은 생활의 향기를 찾으리라

의로운 형제들의 손길로 하여
이 땅에 일어서는 도시와 마을
불꽃 튀는 제조소와 가없는 전원에서
그대들이 안겨 준 노래와 춤은
장엄한 건설의 교향악과 어울려
우리들의 가슴마다에 울려 퍼지리라

ー 一九五四、六、四 ー

≪조선문학≫, 1954.7

행복

김병두

밤교대의 고동이 울었다
하루 일을 끝낸 기쁨
탁아소에 맡겼던 순돌이를 안고
뺨을 부비며 돌아오는 저녁 길

아까시야 숲 둘려진 담
담 넘어 불어오는 바람결에
가슴은 훈훈하고
귀밑머리 날리는 총총한 걸음

『순돌아! 건설을 위하여 아버지는 요즘 돌아오신다』
가슴에 혼자 외이는 말이련만
생긋이 웃는 순돌이의 눈동자에서
방금 무슨 말이 튕겨 나올 듯

역두를 뒤흔드는 환송을 받으며
그이 전선으로 떠나던 三년 전 그날
순돌이를 안고 하던 말
―어린것의 래일을 위하여……

그 말의 뜻을 지니고
원쑤들의 폭탄이 억수로 쏟아지던 나날에도
토굴 속에 직포기를 돌리며
불길처럼 경쟁의 첫 자리에 섰었고

―어떻게 더 생산을 낼까
속궁리에 잠 이루지 못하는 깊은 밤
마음속에 바디를 잡아 보고
실머리도 더듬다가는 저도 모르게 잠들었다

래일은 아뢰우자
로력 훈장을 가슴에 단
이 나라 직포공의 기쁨을
그이에게 아뢰우자

봄은 가고 봄은 다시 오고
무럭무럭 자라는 순돌이의 무게를
그이의 사랑처럼
한 몸에 느끼며 걸어온 길이여

래일은 안겨 드리자
토실토실 젖살 오른 순돌이를
훈장 달린 그의 넓직한 가슴에
승리의 꽃다발과 함께 안겨 드리자

『아버지는 다시 저 공장에서 일하신다』
가슴에 혼자 외이는 말이련만
힘차게 연기 뿜어 올리는 곳을 바라보며
순돌이도 머리를 끄덕이는 듯

공장 동무들의 들끓는 박수소리 속에
조국의 빛나는 래일을 위하여
쇳물 끓어 노래하는 로앞에
그는 다시 탑빙봉을 틀어쥐려니

인제 그이와 더불어
손 재롱을 피우는
순돌이의 귀여운 웃음을 안고
어깨 나란이 다닐 이 길

사랑도 마음도
로력의 웃음 속에
한 떨기의 꽃처럼 피여
우리는 행복하리라

≪조선문학≫, 1954.7

나는 쓸딸린 거리를 건설한다

―八 · 一五 해방 九주년을 경축하여―

박세영

위대한 해방의 은인을 생각하며
나는 지금 쓸딸린 거리
八월의 건설장에 섰다。

져나르는 한 짐 흙과 자갈에서도
나는 정녕 본다。
조국의 자유를 지켜
그 모진 포화를 이겨낸
진실하고 불굴한 사람들의
불꽃 튀는 건설의 마음을……

번듯이 늘어가는 포장 공사로……
고루어 가는 쓸딸린 대통로……
해방자의 불멸의 은혜를 여기 새기고
승리한 인민의 위훈을
영원히 우리는
여기에 새기리라。

지금 나의 손에는
오직 한 자루의 작은 뺀찌

그러나 나의 맡은 일은
얼마나 보람 있는 일이냐
이 거리에서 케불선을 이어간다는 것은……
나는 우리 시대의
더없는 자랑을 안고
오늘도 여기에 섰거니

이미 수없이 권선기를 풀고
지금도 만선의 닻줄을 밀고 당기듯
수없이 날라 온 케불선에
나는 뺀찌날을 넣는다

피복선을 도려내면
굵은 동선트레는 금빛으로 번쩍이여
우리 행복의 앞길과 맞닿아 있나니
위대한 쏘련 인민의 념원
뜨거운 그 손길을 예서도 느낀다.

이제 조선 인민의 감사의 뜻을
자욱마다 다져 넣는

쓰딸린 대통로가 탁 트이는 날

케불선에 위력한 전류가 흐르면
끝없이 주렁질 가로등은
밤도 낮같이 영웅 도시를 밝히리라

이제 해방의 감격을 노래하며
해방탑 붉은 별을 우러러
승리자의 물결은
깃발과 더불어 바다를 이루리니

행복이 열매처럼 맺을 가로등은
쓰딸린의
영생불멸의 은혜와 함께
이 나라 사람들의
마음의 창들도 밝히리라

≪조선문학≫, 1954.8

두 수령

민병균

나는 두 수령을 뵈였다
우리의 친애하는 두 수령
레닌과 쓰딸린은 살아 계셨다、
다만 오늘은 크레믈리에서
붉은 침실로 자리를 옮기였고
영채로운 두 눈을 감았을 뿐。

두 수령은 잠들어 계셨다、
인민을 위하여 걸어오신 영광의 생애를
가슴에 넓은 기폭으로 두르시고 ·····
레닌과 쓰딸린은 살아 계셨다
기폭 우에 고요히 두 손을 얹어
우리들의 영원한 래일을 설계하시며。

그이의 손길이 가꾸어 준
사랑과 행복의 전원에서 온 사람들
그이의 착한 병사들이 열어 준
해방의 언덕 자유의 땅에서 온 사람들
그이가 비쳐준 별빛을 따라
멀리 멀리서 진리를 찾아온 사람들。

눈이 내리거나 비가 오거나
길고 긴 크레믈리 담벽을 예돌아
강물처럼 흘러오고 흘러가는 옷깃들,
두 분이 누워 계시는 수정관 앞에
오랫동안 오랫동안 머리 숙이는
우리들의 공손한 노래와 깃발들 속에.

위대한 사색과 명상으로
깊이깊이 감으신 눈
쉬지 않고 타는 의지의 입술,
두 수령은 일하고 계셨다
모든 로씨야 사람들과 더불어
모든 우리 인민들의 심장과 더불어.

두 수령을 하직하며
걷잡을 수 없이 다시 뺨을 적시는
사랑의 맑은 눈물들, 더운 손길들,
가슴마다 깃발이 넘쳐나는 붉은 광장
우리들의 모쓰크바 하늘 우에
세계의 하늘 우에

두 수령은 함께 가신다
그이 앞에 다시 튼튼히 일어서는
우리들의 진실한 어깨들 우에
햇볕 더 다양히 내려 쪼이고
별들이 더 유난히 비쵀는
우리들의 넓고 넓은 평화와 공산주의의 길을 향하여

— 一九五四、五
　　모쓰크바 붉은 광장에서—

≪조선문학≫, 1954.8

레닌그라드여

민병균

레닌그라드여
너는 굴할 줄 모르는
로씨야 정신의 성새—
닥쳐오는 세기의 고통과 눈물을
너는 그때마다 가슴으로 막아 싸우며
고귀한 피를 아끼지 않았다。

너의 력사처럼 깊은
동궁의 푸른 박물관들 속엔
압제와 침략의 찢어진 깃발들、
아직도 인민의 함성이 멎지 않은 광장들에는
청동의 동상이 높이 솟아났고나。

푸른 도시야
원쑤와 싸우며 상처 받은 땅 우에
인민은 다시 아름답고 장엄한 거리를 세웠으니。
전투에 대한、 로력에 대한、 충성에 대한、
레닌의 훈장이、 붉은 깃발이
시 공회당 옥상 높이
영광의 일월 속에 빛나고 있고나。

그러나 레닌그라드여
한량없는 긍지와 꿈을 안은
너의 둥근 지붕들、승리자의 넓은 가슴들、
그리고 그 우에 높이 솟은
위훈의 찬란한 첨탑들은
다만 아슬한 하늘을 바라보고만 있으니

손을 잡고、어깨를 겨루면
조용한 말 어줏한 웃음을、
누구나 걷기를 좋아하는 레닌그라드 사람들—
공산주의 이야기가 별처럼 피여나는
네바강 기슭에서、강 건너 초막의 호소가에서
나는 다시 멎을 줄 모르는 로씨야의 노래를 듣는다.

레닌그라드여
세계의 모든 귀중한 것들과 더불어
높이높이 솟은 로씨야의 정신이여、
네가 즐겨하는 풍습대로
굳은 대리석 기둥에、푸른 가로수 옷깃에
말없이 뜨거운 입 맞추며 가노라、

우리들의 가장 고귀한 심장의 인사를—

— 一九五四、五
　레닌그라드에서 —

≪조선문학≫, 1954.8

언약

리순영

즐거운 열흘 휴가 끝나고
엊저녁 모임에서 인사도 끝냈어라
몇 시간 후이면 또 다시
전사는 방선으로 떠나야 했네

몇 시간! 그것은 짧은 것
그러나 전사에겐 귀중도 하여
남은 시간 저 혼자 종종 걸어
한 번 더 저의 밭을 찾아가네

―그 처녀를 만나보게 됐으면!
마음씨도 얼굴처럼 고운 처녀
보잡이로 온 동리에 이름 높고
三년 동안 저의 밭도 갈아준 그 처녀 ·····

때에、 어디선가 『후여― 저 새!』
명랑히 들려오는 새 쫓는 소리에
그것이 누군 줄을 알아맞힌 전사는
저도 한 번 『후여― 저 새!』 새를 쫓네

『아이、 누가 내 흉내를 내일까?』
처녀의 말소리 통통 부었는데
전사는 가까이 다가가 웃으며
『우리 밭 참새두 쫓아야지요!』

그러면서 나직이 하는 말이
『나는 다시 방선으로 떠납니다!』
비록 엊저녁 모임에서 말했지만
다시 한 번 하는 말이『나는 떠납니다!』

이 말에 높이 뛰는 처녀 마음
―무슨 말을 해야 한담! 무어라고?
잘 싸우라! 잘 싸우마! 이런 말은
엊저녁에 다 했는데 무어라고? ······

두던에 수수잎새 불어오는 바람에
그 무엇 속삭이듯 설렁거릴 뿐
전사는 몇 번이고 고향 하늘 우러러
잠잠히 방선을 생각하고 섰는데 ······

처녀는 그제서야 결심한 듯
획一、돌아서며 똑똑히 말하네
『어서 떠나세요 …… 방선으로!
그렇지만 참새는 걱정 마세요!』

≪조선문학≫, 1954.8

기뻐하노라

김철

이른 아침 대문 밖에 나섰노라―

들에서 불어오는 훈훈한 바람은
이른 봄 향기를 가슴 가득 풍겨주고
마을 한복판 떠날 차비 분주한 뜨락또르 곁엔
깃발들을 날리며 사람들이 모여섰다。

검붉은 팔들을 높이 걷어 올리여
얼굴마다 웃음이 환―하게 피는데
상쾌한 아침 대기를 흔들며
높이 울리는 아기의 울음소리、

날쌘 처녀들이 골목에서 달려 나와
싸리 울바자를 바람처럼 넘는데
저편 집 대문이 활짝 열리며
『얘들아! 아들을 낳았다!』

만 사람의 가슴을 뜨겁도록 흔들며
이 땅에 생을 고하는 저 목소리!
태양과 함께 우리에게로 오는

우렁찬 우렁찬 탄생의 목소리여!

기뻐하노라、
이 햇빛、
이 아침、
바로 이 땅!

아아 천년이고 만년이고
끝없이 살고 싶은 나의 고향에、
또 하나 귀중한 우리의 미래
영웅의 탄생을 기뻐하노라。

아기를 위해 백화여 만발하라
어머니 품에 안겨 젖 먹을 창문 밑에、
새까만 눈동자가 바라볼 벌판에
우리 조합 풍작의 들길에、 언덕길에、

종달새여 네 노래로 하늘을 덮어라、
과원이여 가지가 휘도록 열매를 맺으라
그리고 우리 협동 조합원들아、

어서 저 들판으로 나아가자。

이 땅에 또다시 봄이 오고 여름이 올 제면
우리의 기쁨 우리의 보배들을 위하여
더덩실 커다란 궁전을 세워 주자
새 날을 향해 무럭무럭 크게 하자

≪조선문학≫, 1954.9

우리는 언제나 잊지 않네

박산운

우리 마을 농업협동조합이 세상에 태여나
얼마 아니 되던 날
경애하는 수령이 몸소
논두렁길로 걸어오신 날을
우리는 언제나 마음에서 잊지 않네

너불너불 파란 보리 잎이 돋아난
밭머리
그이는 우리네 농민들과 함께 앉아
하늘에서 즐겁게 우지짖는
종달새 노래소리에 함께 귀 기울이시기도 하고
우리네 조합의
새 살림에 대하여 물어 주시고
어떻게 힘을 합쳐 나갈가를 가르쳐 주셨네

공장에서 보내온 귀한 금비 데미와
우리의 실한 새 입성들 번갈아 보시다가
그이는 또 말씀하셨네—
선진 농기계를 끌여들여 남는 사람들은
채소밭과 과수원을 만들어야 하겠소

신선한 소채들과 과일들도 안아다
우리의 형제인 로동자 동무들의 밥상을 즐겁게 해드립시다

앉으셨던 밭머리에서 조용히 일어나실 제
웃음어린 얼굴로 우리를 바라보시면서
쏘련의 농업을 더 열심히 배우자
그리고、 조합원들은 마을사람들에게 인사성이
있어야 한다고 하시면서
三년 후면 조합원 모두 부자가 되라고
우리의 사업을 축복하고 가시였네

우리는 할 수 있었네 그이의 말씀대로
우리의 공동 재산 푼전도 애껴가며
제방을 쌓고 기계를 끌어 오고 우물을 파기도 하고……

그이의 음성 항시 자애롭게 울려오는
밭이랑마다
봄 파종 지난해보다 보름이나 앞서 했고
거칠은 황무지도 일쿠어 세우면서
크나큰 협동의 손은

우리들 자신을 북돋아 주며 나가네
오늘 밀 보리 가을을 기다려

만발한 장백이들、벌들이 오고
생소하던 써레·파종기와 제초기들
발동을 거는 소리 정다워진 논배미
물 그득 잡아논 논배미마다
노래소리 흥겹게 모내기도 선참하여
그이가 앉으셨던 저 밭머리
기쁨에 넘치여 모두 다 바라보네

우리는 걸어가네 그이의 손길 따라
새 생활 즐거운 협동의 길을—
三 년 후면 우리 모두……
그이의 말씀대로
곡식 데미 우에 높이 솟으리라……

미구에 평양으로 남포로 신선한 소채들은 가고
과수원은 꽃피고 황무지엔 열매 맺으리
—물속에서도 불 속에서도

그이를 믿고 그이를 따라
우리 모두가 승리한 것처럼
우리는 반드시 그렇게 되리라
바로 그이가 말씀했기 때문에!
그이가 항상
우리와 함께 계시기 때문에ㅡ。

≪조선문학≫, 1954.9

겨울밤의 평양

전동우

하늘의 은하수도 비기지는 못 하리,
흰 눈 소리 없이 내리는 거리―
눈 덮인 대동강、모란봉 기슭에
불빛 흐르는 아름다운 이 밤에는.

행복을 속삭이는 겨울밤의 평양、
깜빡이는 불빛、흐르는 금물결、
아、얼마나 뜨거운 심장들이
그 속에 숨 쉬며 고동치고 있느냐.

그 옛날 승리한 고구려 용사들이
창검을 높이 바친 기억을 담아、
그 겨울 용감한 우리 돌격조들이
원쑤를 족치던 가렬한 날들의 영광을 담아.

겨울밤의 평양이여、너는 아름답고나.
눈 속에 봄을 꿈꾸는 어린 가로수들、
그림 같은 담벽들、그 푸른 지붕들에
우리의 영예、우리의 로력 깃들였으니、

비 오는 여름、바람 부는 가을날、
쌓아 올린 벽돌장 하나하나에
산처럼 무거이 다진 주춧돌들에
수백만 인민의 념원 구슬로 맺혔으니。

수도의 하늘 우에 높이 선 크레인들、
한밤에도 쉬지 않고 팔을 저으면
그 어느 불 밝은 새 집 창가에서도
또 하나 래일의 설계도를 꾸며간다。

그 누구는 가슴에 손을 얹어
고요한 숨결 속에 새벽을 그리고
귀여운 아기들도 어머니 품속에서
볼웃음 지으며 꿈나래 펴 가리。

겨울밤의 평양…
아、멎을 줄 모르는 조국의 노래여、
영원히 끌 수 없는 희망의 불빛이여、
너의 꿈、너의 고동 끝이 없고나!

≪조선문학≫, 1955.3

꽃씨

전초민

단풍 붉은 가을의 금성골、
흰 구름 피는 하늘 아래서
소녀는 꽃씨를 받는다。

귀여운 손을 벌리면
국화와 백일홍、 채송화 꽃씨는
줌안에 소복히 내려서 쌓이고。

꽃봉투에 넣어
지원군 아저씨 「왕초」에게
선물로 주어 보낼 이 꽃씨。

아저씨는 불 구름에 휩싸인 집속에 뛰여들어
옷자락에 불이 당긴 소녀를 업어 내여
엄마의 품속에 안겨 주었단다。

금년 봄
뜰 앞의 꽃밭을 함께 가꾸며
그는 또 소녀의 마음속에도
꽃씨를 심어 주었단다。

소녀는 꽃씨를 받는다、
마음의 꽃씨를 딴다、
다시 흰 구름 피는 하늘 아래서、
그가 심어준 꽃씨를。

아저씨는 오늘 돌아가、
양자강 기슭에 있다는
사랑하는 그의 집 울안에
이 꽃씨를 심고、

이 땅에 봄이 오고 다시 올 때마다
소녀는 또 많고 많은 꽃을 심으리니、
우리는 보리라、 꽃처럼 자라는
아이들의 래일을!

아、 얼마나 크고 아름다운
화단이 이루어질 것이냐、
아세아의 대지에 만발하는 꽃밭。

오직 자유와 행복에로만 닿은

위대한 건설의 나날에,
두 나라의 친선이 오고 가는 길가에서
사람들은 이 꽃향기를 다함없이 맡으리라.

≪조선문학≫, 1955.3

이른 새벽에 부르는 노래

박산운

우리는 때로 잊어버린다、
나를 낳아 손수 길러준 어머니의 생신도。
그러나、 울라지미르 일리이츠 레닌―、
그이가 처음으로 세상에 태여나신 영예로운 이날을
어느 곳 어느 장소에선들 잊었으랴!

… 이른 새벽 어두운 감방 안에서
그때、 잠이 깬 투사들은 말했다。
―『동무들아 오늘이 四월 二二일이다!』
그러면、 차디찬 돌바닥도 … 잔디밭에 앉은 듯、
볼가강의 자유로운 흐름소리와
모쓰크바가 바로 우리의 곁에 있었다。

우리는 또 그때、 불타는 고지 우에 있었다、
이른 새벽、 전사들은 노래하듯 웨쳤다。
―『동무들아 오늘이 우리의 일리이츠가 나신 날이다!』
그리하여 그이가 밝혀 주신 눈을 들어、
똑바로、 원쑤를 노려 총을 쥐고 나아갔다 … 。
………………

─오늘、 아름다운 꽃들 만발한 땅 우에
뭇새들 즐거이 오래하는 이른 새벽、
맑고 맑은 마음으로 두 눈이 띄여
이 날을 함께 생각하는 동무들이여、
그이의 위대한 사업을 생각하며
쏘베트 나라를 우러러、
그이의 길을 함께 가는 형제들이여。

그대들은 지금、 대만 해방을 앞둔 중국에 있고、
꽃 속에 묻힌 와르샤와와 쏘피야와 쁘라가에 있고、
혹은 파리 협성을 반대하는 불란서 인민들의 투쟁 속에 있다。
까슈미르의 뜨거운 태양 아래、 오림프스 언덕 우에、
또、 네루다와 히고멧뜨의 나라에、
─자유와 평화를 위하여 싸우는 온 세계에!

그대들과 함께 이 새벽 두 눈이 뜨인
나는 행복한 조선 인민의 아들─。
그이의 우수한 제자의 한 분이신
영명한 수령을 따라、
조국의 평화적 통일 위업에 일어선

영웅인 우리 인민의 이름으로 나는 노래한다.

─위대한 레닌─쓰딸린의 기치 아래 해방된 땅.
동무들의 뜨거운 마음이 입 맞추어 주던 조선 땅.
오늘도 그대들의 따뜻한 손길이 뻗친 붉은 노을 속에、
일어서는 우리의 큰 도시와 새 농촌들、
그리고 여기 우리의 쓰딸린 대통로에서
봄빛 담뿍이 마시며 평화로이 자라 가는、
저 어린 가로수들의 반가운 명절 인사를 안고。

원쑤들에겐 천동보다도 지동보다도 무서운 이름、
우리에겐 어느 때나 승리이며 사랑이신
우리의 스승、우리의 일리이츠가 태여나신 이 날을、
영구 불멸할 그이의 사상、그이의 위업、
그이가 주신 우리의 위대한 힘을
그대들과 함께 노래한다! 그대들과 함께 시위한다!

≪조선문학≫, 1955.4

노을이 퍼지는 새벽마다

마우룡

잔잔한 바람、 양묘장 어린 숲에 일어
수천만 잎사귀 잔물결 이루는 속에、
몸매 다부진 주목 한 그루
푸른 하늘을 이고 대견히 서 있다。

노을이 퍼지는 이른 새벽
이슬에 젖은 오솔길、 좁은 사잇길로
묘목을 가꾸러 가는 길、 먼저
이 나무에 마음이 앞서는 것은、

백두산 밀림、 깊은 숲에서만 서는
희귀한 그런 나무래서가 아니다、
겨울에도 잎사위 싱싱하여
향기를 풍긴다고 해서만도 아니다。

밀림 속으로、 절벽을 날아 넘으며
사무라이들을 무찌르며 싸운
이 나라 항일 빨찌산의 영웅전
많은 이야기를 품고 서 있음이다。

이 나무를 짚고、 때로는 무기로
김 일성 원수는 구름을 타는 듯、
백두 준령을 주름 잡으시며
―조선은 살아 있다― 삼천만을 부르신、

그때로부터 마을은 마을마다
이 나무를 짚고 다니는 사람이 늘었다、
수령의 큰 뜻을 저마다 심장에 새겨 안고
그이를 따라 조선은 싸우며 이겼느니라。

영웅의 이 땅에 깊이 뿌리를 박고
조국의 하늘에 싱싱한 가지를 폈다、
손 가벼이 순을 다듬으며
전지 가위질 하노라면、

지금도 그이의 목소리를 듣는다
애국의 피 끓는 마음인 듯、
속심까지 붉고 붉은 주목
바람을 불러 노는 가지마다에서 …

그리고 또 심장에 뜨거움을 느낀다
필승 불패의 그의 강직한 의지를 …
눈보라 휘몰아치면 칠수록
굽힘 모르는 청청한 잎사귀에서 …

천 가지 만 가지로 뻗어
천년을 자라 또 천년,
년륜이 높으면 높을수록
젊어진다는 불로장생의 나무.

이 나무에 항상 마음이 앞서노라,
노을이 퍼지는 새벽이면 새벽마다
경애하는 우리의 수령 김 일성 원수의
만수무강을 삼가 축원하는 심정이 …

※ 주목(朱木)은 적목(赤木)이라고도 부른다.

≪조선문학≫, 1955.4

장수바위 앞에서

김병두

몇 해만에 고향으로 돌아왔나、
여울소리 귓전에 울리는 강반
진달래를 껴안은 장수바위 앞에
내 배낭을 멘 채 발길을 멈춘다。

그 이름 누가 지었는지 몰라도
나는 안다、 너의 력력한 이야기를
『이 바위를 방패 삼아 왜놈과 싸운
빨찌산 한분 여기에 잠들다 … 』

오래인 세월의 빗바람에
바위에 새긴 글 획은 이지러졌어도
어찌 잊을 수 있었으랴、 별처럼 빛나는
네가 지닌 높은 마음을。

버들피리 불던 어린 시절
이 바위를 둘러앉으면
산 주름 잡아타고 왜놈을 친다는
빨찌산 이야기에 해가는 줄 몰랐고、

연분홍 진달래를 한 아름 꺾어
정성 들여 네 가슴에 안겨 주면
연연 장백의 높은 묏발도
손 저어 싸움터로 나를 불렀더라.

원쑤의 가혹한 포화 속에
숨결마저 막히던 나의 고지에서도
너는 내 가슴에 별빛으로 빛났으니
─장수바위의 빨찌산처럼 용감하라.

아! 승리한 고향 땅에
나를 반겨 맞아 주는 장수바위야!
너는 영광에 찬 불사신 되여
이 나라의 병사들을 키워 주었구나、

어린 시절의 추억을 담아
영원한 행복과 승리를 담아
너에게 삼가 드린다、
김 일성 원수의 전사된 영예를!

≪조선문학≫, 1955.4

나의 편지

박우

—남북 주민간의 서신 교환 문제로
우리 측 대표를 개성으로 보낸다!—
공화국 체신상의 고마운 성명이
쓰피카에서 울려 나오던 밤。

일어선 새 집、불 밝은 합숙에서
알리고 싶은 이야기、알고픈 사연
기쁨이 무르녹은 붓끝에 담뿍
먹물을 찍어 나는 편지를 썼다。

머리 높이 치여든 글발들은
자유의 나래 활짝 펴고
령남땅 내 고향에 금시 날아가
남녁의 소원 싣고 단숨에 돌아올 듯、

주소도 수신인도 뚜렷이 밝혔건만
보내지 못한 그 편지는
오늘 아침 「로동 신문」에서
민족의 분노를 고함치고 있다!

바로 나의 편지 곁에서
다섯 국경、수만리 땅 넘어온
엘바강변 두냐의 편지가
친선의 정을 소리치고 있는데、

아아 어찌 나의 편지는
평양과 한 절기에 꽃이 피고
평양과 한 절기에 눈이 내리는
내 고향 령남 땅에 날아가지 못하느냐!

그 누구 때문에、어느 원쑤 때문에
나의 요람가에서 자장가 불러 주시고
지금 원쑤를 항거하여 나를 부르실
어머니의 창가로 날아가지 못하느냐!

봄마다 가을마다
북에서 날아오는 제비、기러기
하마 이번이면、이번이면
새 노래 싣고 음을 기다리실 어머니、

어머니께 보내는 나의 편지
그 속에 아들의 사랑이 있고
그 속에 어머니의 기쁨이 있고
그 속에 민족의 념원이 있나니、

그 어느 장벽이
그 어느 짐승의 독스러운 발톱이
우리의 가슴 깊이 불타는 념원을
막을 수 있다더냐、 가를 수 있다더냐!

그렇다、 그날은 오리라!
남북 삼천리 탁 트인 하늘을
훨훨 날아 간 나의 편지 읽으시고
김 일성 대학의 아들을 찾아
천 리 길 바삐 오신 경상도 어머니와
뜨거운 포옹 나눌 통일의 그날은!

《조선문학》, 1955.4

붉은 별의 이야기

안룡만

그 어느 밤이였던가、 별빛마저
이 땅을 슬픔으로 비치며
꼬리를 물고 떨어지는 밤、
지붕 뚫린 마가리 한 방에서
나는 태여났다。
가난과 고통을 보금자리로 하여 …

어린 날은 괴롬 속에 지나
눈보라 치고 바람 찬
겨울날 이른 새벽、
놈들의 사나운 구둣발소리에
잠을 깼을 때、 아버지는
차거운 수갑에 채워 끌리여 갔다。

다시 세월은 흘러 몇 해
기다리던 집에 아버지는
감옥에서 나왔다는 소문만 남기고
돌아오실 줄 몰랐다。

─어머니、 아빠는 어데 갔나

—애야, 들어라
아버지는 북쪽으로 갔다.

북쪽! 눈보라치는
동북 광야、 그 넘어
울창한 밀림과
썰매의 방울소리와
오로라가 낮보다 밝다는 곳、
북극성 우러르면 그리운
광활한 씨비리 … 。

북쪽— 그곳은
광활한 대지!
아버지 보고 싶은 마음
아득히 하늘가를 바라다 볼 때마다
비쳐드는 신생의 대지여.

괴롬과 슬픔의 땅에서도
나는 보았다。 아름다운 려명을!
—○월의 횃불로 밝아 오른

새 력사의 아침노을 밑
쏘베트 붉은 별을!

하여 청춘의 날이 왔을 때
어두운 력사의 밤을 뚫고
자랑한 투쟁의 대오 속에서
그 가혹한 반동의 날에도
희망의 미래를 넓은 내 가슴에 안았노라

쇠살창에 눈바람 얼어붙는
긴 긴 겨울 밤、 감방 벽에
손톱으로 새긴 붉은 별!
혁명의 전우들이 교수대에 오르며
마지막 불러 본 희망의 이름—

그 이름이 그대로 붉은 별인
해방의 전사들이 찾아온 날、
어머니는 기쁨에 겨워
더운 눈물을 흘리시였다。
—아들아、 네가 어린 날

그리워하던 북방의 손님이
이렇게 가까이 찾아왔구나.

고난의 오래인 년륜에
새겨진 주름살을 펴시며
멀리 하늘가를 치여다 보심은
돌아오신다는 소식 전해온 아버지
그이를 기다리심이니

—어머니, 제 마음속에
붉은 별은 언제나 살아 있었죠.
그리운 우리 아버지와 함께
자유와 희망의 등대처럼
제 청춘을 밝혔답니다.

그 자유의 별을
불타는 가슴에 지녀온
새 나라 자랑스런 청년이기에
조국이 성스런 싸움으로 부를 때
총을 메고 봉우리마다 정다운

나의 향토、어머니 땅을 지키였노라。

화선의 불ㅅ길 속에서
총탄이 다 하고 련락은 끊겨
바윗돌 굴려 고지를 지키는
고난에 찬 순간에도
우리는 북방땅 우러렀노라。

붉은 별이여
세계가 승리의 아침노을을
쓰딸린그라드 격전장에 타오르는
불ㅅ길에서 바라볼 때
네 이름 인민의 심장에 빛나 올랐거니、

너 구원한 별이여
오늘은 인류의 창공에 높이 솟아
백만 영웅들의 가슴에 새겨지고
크레물리 첨탑에서
찬란한 광망을 뿌리며
미래의 려명을、인류의 봄을、

평화와 자유의 깃발을 비처라。

≪조선문학≫, 1955.11

一〇월의 아침에

김우철

인류의 새 기원을 열어 놓은
위대한─〇월의 이 아침
사랑하는 벗들에게 인사를 보낸다.

여기서 네바강은
몇 천 몇 말 리런가
하건만 ─〇월에 다시 태여난
벗들의 모습이 지척에 보이누나.

우리의 해방연에 꽃수레를 보내온
영광 눈부신 ─〇월의 날이여!
밀물을 타고 안개를 휘저어
내 소년 시절로 거슬러 오르면

온 나라가 감옥처럼 어둡고
칼바람 문풍지를 울리는 저녁,
가난에 병들어 누운 어머니 위하여
미음 한 그릇 괴이지 못하는
얼음장 같은 방안에서

··· 호미좁쌀은 말구래두
술찌꺼기라도 얻어 왔으믄 ···
이렇게 나는 어린 동생과 함께
공장 길 바라보며 아버지를 기다렸거니,

고난에 찬 세월은 흘러
원쑤들과의 싸움 속에서
우리 모두 삶의 진리를 배웠을 때,

우리의 눈과 눈,
심장들에 간직한 一○월의 깃발을
일제 놈들은 앗아 낼 수 없었고
총칼의 위협과
형무소의 높은 담장으로도
혁명의 파도를 막을 수는 없었더니라.

깃발을 넘겨받은 동무들이여
기억하자! 철창의 긴 긴 밤을―
그때、모든 감방에 울려온
보천보의 총소리!

우리의 신심을 돋우어
고문대 앞에서도 머리 높이
원쑤에의 증오를 불타게 했음을.

룽라도를 감돌아 만경대 앞으로
흘러 흐르는 자유의 물살이여!
―○월의 노래로 자란 너의 시인이
오늘은 웅장한 네 언덕에서
행복한 우리의 날을 노래한다.

너로 하여 우리의 기대들은
스물네 시간 노래를 부르고
국영 농장과 협동의 들판에서는
뜨락또르、꼼바인이 교대로 달리나니、

―○월이 낳은 아들딸들의
따뜻한 손길이 닿아 있는 곳、
―○월의 교향악이 울리는 곳으로
승리의 깃발 높이 나아간다.

《조선문학》, 1955.11

우등불 밝은 곳에서

박근

진달래꽃 잎새에 눈이 내린다는
一、二○○ 아득한 백두 고원에,
단풍바람도 차겁다는 밤을 녹이며
화산 같은 우등불이 솟는다.

추수에 분주한 꼼바인들은
어둠 속에 사라져 소리만 요란한데,
며칠을 두고 베였건만 끝없는 풍년을 안고
일하는 젊은이들 불 옆에 모인다.

철 아닌 안개 대지를 덮으며 내리고
불ㅅ길은 아득한 평원에 빛을 뿌린다.
몇 천 년을 묵은 고목 밀림을 일쿠어
옥답 가꾼 그들에게 보내는 영광의 기폭인양—

—김 일성 원수는 산발도 주름잡았다는데
우리도 한결 더 일손을 재여 나가세.
저마다 추수 기한 앞당겨 가자는
기름땀에 젖은 얼굴들 불빛에 번쩍인다.

풍성한 가을 맞아 꿈 많은 청춘들이
아름다운 이야기로 한 쉼 끝나면
불ㅅ길도 그들을 도와 일떠서는가!
아득한 평원 우에 햇발처럼 퍼진다。

제철이 아닌 눈바람도 좋다。
바로 지난해까지도 황무지였던 대지여!
백두의 혁신자들 일떠섰거늘
지금은 마음 놓고 광활한 너의 품을 맡기라!

책임량 넘쳐가는 꼼바인의 명수들이여!
한결같이 우등불에 시선을 모으자、
황금빛 보리무지 산처럼 쌓여가는
백두 고원의 가을、 그 빛발 속에 어리거니─

지난 한때는 이 나라 빨찌산들 발굴음소리
밀림 속을 울리며 스며들던 이 땅에
우등불은 한결 더 소리치며 일어서고─
행복의 불빛 장미꽃 노을로 나래 펼친다。

≪조선문학≫, 1955.11

선언

김병두

탄생의 울음소리 올린、
눈동자 또릿한 첫아기를 안아 보며
『어서 커서 영웅이 되라!』
나의 눈가위에 기쁨을 담을 때、

평화의 원쑤들아!
너이들은 꿈을 꾼다、
지동치는 전쟁의 불ㅅ길 속에
어린것도 산채로 파묻을 것을 … 。

바로 너이들이
이 땅 우에 꽃처럼 자라는 아기들을 노리여
무수한 폭탄과 기총탄을 퍼붓던 거리、
옥상 높이 승리의 깃발을 올리고
층층집 담벽도 땅을 차고 일어서는 거리에서
지금 첫아기의 출생증을 나는 받는다。

꼬마증서에 타는 귤빛은
내 아기의 볼에 넘치는 생명의 빛이런가
아니면 평화의 마음을 담은

영원한 희망의 빛이런가,

—김 룡민 …
아직도 잉크색 마르지 않은
그 이름을 몇 번이고 읽으며
고동치는 내 심장의 환희여!

지난날엔 미처 나는 몰랐다,
신기한 배안의 웃음을 짓는
갓난아기에게 젖을 물리며
안식의 기쁨에 젖는 어머니들의 눈매를 …

지난날엔 미처 나는 몰랐다,
볼웃음 귀여운 아이의 손을 잡고
그림책과 사탕 과자를 싸들고 가는
늠름한 아버지들의 마음속에
온실처럼 비낀 희망의 햇살을 …

행복의 별빛 눈동자를 밝히며
아기는 자라리라 …

자유로운 하늘 아래
조선의 마음을 안은 천리 매로 날개 돋히리라。

우리의 땀과 자랑으로 일떠세운
창조의 궁전을 오르내리며
아이들은 기뻐하리라、
살기 좋은 땅
마음 어진 이웃들의 사는
이 땅에 태여났음을 …

기중기도 흰 구름을 달고
먼 미래를 꿈꾸는 거리에서
새 생명의 표증을、 나의 희망을
평화의 마음으로 끌어안거니 …

다시는 아기들의 눈동자에
전쟁의 화염을 비치게 할 수 없으려니
우리 삶의 영원한 승리를
평화의 원쑤들에게 나는 선언한다。

≪조선문학≫, 1955.11

그대에게

전동우

불모래 덮치는 전호턱에도 서 있었다,
총 아닌 탑손을 굳게 잡은 그대는―
나를 찾아 타는 그대의 눈빛은
언제나 내 총의 과녁을 밝혀 주더라.

고지에 속삭이듯 그대는 일렀으니
고향은 따사로워 봄날만 같다고―
그러나 내 어찌 몰랐으랴, 그대,
찬바람 맞으며 두 볼이 튼 것을.

어찌 몰랐으랴, 봄 아닌 겨울 밤,
나의 손을 녹혀 줄 손 장갑을 기우며
침침한 방공호 찬마루바닥에
그대 부드런 두 손이 붉게 언 것을.

그대의 착한 말에 담긴 불을 안으며
내, 총창 드높이 돌격으로 나갔으니
싸움마다 원쑤를 산산이 부신 용사,
오늘은 고향의 논머리에 돌아왔다!

오! 여기에 나는 보는구나!
그대 이마에 비낀 저 푸른 산、
검은 머리、아직도 수집은 어깨 넘어
가없이 물결치는 황금빛 벌판을。

오! 나는 여기 그대와 마주 섰구나!
말이 없어도 좋다、무슨 말이 있으랴、
그대、일에 거칠어진 그 손보다
더 귀한 믿음의 말 나는 찾지 못한다。

새벽마다 작업반의 앞장에 들로 나간
그대는 들일에 외로움을 잊었고
별빛을 이는 저녁 길、때로 몸은 지쳐도
오히려 웃으며 오늘을 새긴 그대 …

그렇다、이 논길에 보는 것만 같구나。
그대 구슬땀 력력히 스민 자욱을、
아침이면 이슬을 밟으며 나섰던 길、
저녁이면 달처럼 그대 웃음 피던 길。

그대여、 어서 그 손을 쥐여 보자!
그대와 함께、 아름다운 고향과 함께
언제나 나는 젊어、 끓는 나의 청춘은
협동의 꽃밭으로 저 벌을 덮으리니、

혹은 먼 훗날 우리 머리 센다 하라!
그때에도 이렇게 말없이 설 수 있으리、
다만 심장으로 미더운 서로의 손
오늘처럼 쥐여 본다면 … 사랑하는 사람이여!

≪조선문학≫, 1955.11

전별

로민손

아침 햇살 드리워 눈부신
남천강 긴 동둑 길로
안해는 전사를、 귀중한 사람을 보낸다、
작업반 동무들도 손 저어 보낸다。

간고한 싸움의 날로부터
이들은 천리에 떨어져 있어도
조국을 위하여 한길에 선 젊은이들
그 가슴 뜨거이 원쑤를 무찔렀네。

자랑스러워라、
총 잡고 쟁기 잡고、 전선과 후방에 싸운 이들
승리 우에 밝아온 영광의 날은 빛나
사랑하는 고향의 품에、 이들 서로 만났음은!

끝 간 데를 모를 사랑의 글발、
보내고 받으며 가슴에 지녀온 사연
아늑한 지붕 밑에、 협동의 들판 길에
실머리 풀어 끝없었어라、

평화의 방선에 지켜온 고향、
고향땅에 꽃피는 안해의 행복、
그를 지켜 다시 떠나는 전사의 마음、
두루미처럼 훨훨 푸른 하늘에 날고… 。

마을을 지켜 농민의 새날 위해
젊은 안해는 맹세를 다졌구나
부요한 안변벌 이 벌판에
협동의 행복을 꽃피울 것을 …

경애하는 수령의 가르침 받아
땅도 힘도 지혜도 합쳐
이 한 해 벌판에 불러온 풍년
안해는 황금의 벌판에 따라서고、

동둑 저리 전사는 간다、
고향 벌판에 울리여 높은
마을 사람들의 아름다운 노래와 함께
전우들이 기다리는 평화의 방선으로!

사람들이여、 눈여겨보라!
이 아름다운 화폭을!
우리의 가슴마다 타는 소원!
평화 통일의 노래를 그들과 함께 부르자。

그림 같은、 단풍 드는 산굽이 돌아
기차는 벌판의 한 끝에 달려오는데
전사는 동둑 넘어로 점점이 사라지고
논벌에 오래도록 서 있는 안해의 모습이여!

《조선문학》, 1955.11

모쓰크바―평양

한윤호

야로슬라브역에 흰 눈이 내린다、
홈엔 푸른 차 말없이 먼 길을 차비하고
한 쏘련 기사、안해와 리별의 키쓰를 나눈다。
―조선은 아직 따뜻하다지만 건강에 주의하세요―
안해 조용히 부탁하는구나。

멀리 쁘라가에서 조선으로 간다는
아직 젊어 보이는 자동차 기사여
졸업장과 함께 고국으로 돌아가는 권 동무여
그대들은 사랑의 눈초리로 모쓰크바와 헤여지는가。

프랫트홈엔 조선 옷을 상징하듯
순정처럼 깨끗한 흰 눈옷을 걸치고
떠나는 사람、보내는 사람、
모두 모두가 석별의 정 나눈다。

평양으로 가는 손님을 기쁘게 실어다 주는
친선의 푸른 새야、

레닌의 고향도 지나

바이칼의 창창한 물결도 굽어보며
밤 전등 반짝이는 찌따도 지나
너는 이제 달려가리라,
서로 말 다른 손님들 한 몸에 싣고
친선의、 한 길로 이끌어 가리라!

다만 빨리만 달려가라、 날아가라
도착의 기쁜 기적소리 높이
평양역 내로 미끄러져 들어갈 그날
평양은 너를 건설의 노래로 맞아 주리라!

원쑤들이 쏟아붓던 폭탄 속에서도
애국의 불人길 더욱 세차게 타올라
온 세계를 평화에의 희망으로 비쳤던 그 땅에서
포성 대신에 기중기소리 요란히
지금 다시 건설을 위한 싸움에 일어선 땅에서
쏘련 기사가 어서 비료 공장을 돕도록、
체코 기사가 어서 자동차를 굴리도록、

맑은 아침에 솟는 새 집、 새 공장을 세우며

배움에로의 갈망에 타는
조국의 젊은 나의 벗들、 온 힘 바치게 하라、

그리고 잊지 말라、 너의 말 없는 손님—
조선으로 가기 위해 도처에서 모여온 편지들도
오、 얼마나 훌륭한 손님들을
너는 모시고 가는 것인가!

—출발의 신호 오른다、
승객과 전송객들 눈 속에 갈라졌다、
—출발이다、 리별이다。
기차는 기적소리 울리며 달리기 시작한다、
활 떠난 화살처럼 한 곳을 향하여。

—잘 가거라、 잘 있거라、
"모쓰크바—평양"의 길은
이미 시작되였다。

친선의 렬차、 원조의 렬차
위대한 쏘베트 나라와 내 조국을 이어주는

영광스러운 국제 렬차여!
빨리 달려가거라,
내 조국 건설의 속도가 더 빨라지게!

야로슬라브역에 흰 눈이 내린다。
이런 날엔 눈도 유달리 내 마음에 드누나!

≪조선문학≫, 1955.12

평화의 불빛 속에

리호일

만년 늪처럼
창창한 물살이 괴이고 또 흘러、
천 가닥 폭포로 쏟아지는
여기 수풍 땜。

고기 떼도 손에 잡힐 듯、
마흔 길 넘는 물속에서
나는 둥실 잠수기를 타고 솟아올랐다。

거울 같은 하늘에 햇발은 눈부시고
강심 깊은 곳、 언제도 취수구도、
샅샅이 살펴본 가슴에
물소리도 반가웁다、 쿵쿵 울려오는데、

―강 밑에서 무슨 사고는 없을가、
기다리던 시선들이 나에게 쏠린다、
보람 큰 ―〇년의 전공 로동 속에
번개도 몰아 잡는 기사로 자란 청춘、
당위원장의 두툼한 손을 잡으며
나는 보고를 한다。

―강 밑은 이상 없습니다。
언제도 취수구도 …
수문을 엽시다。
복구한 六호 발전기를 돌립시다。

동둑 우에 터지는 환성이여!
푸른 강바람에
옷깃과 머리칼을 날리며、
손을 잡고、 얼싸 안고
모두가 발을 구르며 춤을 춘다。

원쑤의 폭격에
발전기의 심장이 멎었을 제、
보복의 주먹을 틀어쥐고
한 덩어리로 뭉쳐 일어선 뜨거운 심장들、

낮과 밤을 이어 석 달!
아름드리 코이루를 칭칭 감으며
곤난을 시련의 고비마다 동댕이치고
발전기를 거인처럼 일떠세웠으니、

조국의 벅찬 심장에
영원한 핏줄기로 뻗어 갈
인민의 강、압록의 수문을 버쩍 열자!
六호 발전기를 돌리자!

철탑 높은 천 리 고압선을 올리며
기중기 높이 솟은 거리마다에
햇불이 타는 공장과 기업소마다에
건설의 동맥을 보내자!

아、우리의 자랑과 영광이 끝없는
조국 땅 우에
전진의 신호들이 총총 …
꽃 전등 밤을 밝혀
전기의 황금시대가 화려하게 안겨온다。

슬기로운 고국이여!
너의 황홀한 미래를 향하여
불사조의 날개를 활짝 펼치라!
찬란한 평화의 불빛 속에、

행복의 불꽃이 만발한 세월 속에。

≪조선문학≫, 1955.12

우리는 선언한다

정서촌

밀보리 이삭 패는 푸른 들、
아침 햇살 퍼지는 밭머리에서
우리는 흙을 판다、
흙을 파서 폭탄 자국을 메운다。

새벽바람 싱그럽던 어느 날
바로 이 자리에 폭탄은 떨어졌다。
들판을 물들이던 붉은 노을
금시 포연에 흐려지고
소 몰던 농부는 연장을 쥔 채 쓰러졌다。
이 땅의 아기들은 한밤중에도
어머니 품속에서 소스라쳐 깨였다。

원쑤들이 퍼부운 무수한 폭탄、
만일 그것들을 긁어모은다면
이 나라엔 무쇠 산이 구름 우에 솟으리다。
허지만 억만 근 원쑤의 무쇳덩이도
이 땅을 꺼지게는 하지 못했거니、
추켜든 우리 인민의 머리를
한 치도 결코 굽히지는 못했거니、

무거운 쇳덩이 그것을 짓누르며
오늘 이 땅에는 무성한다.
그렇다、 바로 우리가 뿌려 놓은
불 속에서도 타지 않은 생명의 씨앗이。

원쑤들이 물어뜯은 잇발 자리、
흉악한 자국들을 영영 묻어 버리며
그 우에 우리는 기둥을 박는다。
행복의 뚝을 쌓아 올린다、
츠렁츠렁 푸른 강물을 끌어 들인다。

정녕 밝은 창문들을 열어제치며
층층이 솟아나는 집들이여、 벌이여、
우리 파고 메우는 이 땅에
풍작의 가을을 펼쳐 들고
설레이는 행복의 나락으로 덮으라、

이제 저 구름발에서
다시 여기에 불이 떨어질 수 있다드냐、
어느 피 묻은 땅크의 뱃대기가

다시、이 두렁길을 깔아 넘을 수 있다드냐、

강철의 신화를 까부신 이 땅、
사회주의 눈부신 태양이
우리들의 머리에 솟아오르는
이 땅에、더는
원쑤들이여、발붙일 생각을 말라、

강토를 껴안으며、기슭을 치며
동해의 푸른 물도、남해의 사나운 물결도
웨친다!

꼼바인 내달리는 황금의 지평선을
남북 三천리에 열어 놓기 위해、
당의 새 선언을 받들고
여기서 행복의 뚝을 쌓으며
우리는 선언한다、

미제여、조선에서 물러가라!

≪조선문학≫, 1956.6

강화도가 보이는 벌에서

박승

풍덕벌 기름진 벌에
황금빛 노을이 비쳐오고
하루 종일 나와 함께 땀 흘린
뜨락또르의 발동을 끄면—

나룻배 오가던 바다
분계선을 시이에 둔 이남땅
내 소꿉 시절이 스며 있는 강화도가
쥐일 듯 보인다.

나루 건너 고향 집、
놈들의 거악스런 발자욱 소리에
언제나 나의 분노를 일으키던
손금처럼 선한 고향 길、

몇 해 전
인민 군대를 처음 맞이하던
눈시울 뜨거웁던 저 길에서
의용군으로 떠나던 날
사랑하는 안해와 그 몇 번 다지였더냐

―기어코 돌아오리라
고향의 자유로운 날 위하여

아! 지금도 저 바다를 내다보며
굶주린 어린것과 함께
남편이 돌아올
그 행복의 날을 손꼽아 기다리고 있을 안해

나룻배 띄우면
뱃머리 닿을 듯 가까운 곳
하지만 서로 오가지 못하여
가슴을 태우나니

이 누구 때문임을 어찌 모르랴
미국 원쑤들 가로 막은 고향의 바다여
너는 오늘도 들으리라
우리 당의 위대한 四월의 선언을、

조국 통일을 앞당기기 위하여
여기 북반부 풍만한 벌판을 달리는

나의 뜨락또르의 경쾌한 음향을、

날으는 기러기는 길 잊을 수도 있으리
하지만 나는 기어코 가리라
열린 창과도 같이 트인 바다
나룻길이 선한 내 고향에

나는 기어코 가리라
三천만은 한결같이 념원하거니
내 억센 손으로 뜨락또르 몰아가리라

그때면 철 맞은 고향에도
이곳 조국의 품에서
기름져 행복한 풍덕벌처럼
쑥밭은 갈아지고 이삭은 물결치리

내 뜨락또르 레바를 틀어쥐고
황폐한 고향의 쑥밭 우로
다우쳐 달리고 싶은 마음이여!

틔여라 어서
고향의 바다여!

≪조선문학≫, 1956.6

비단

김광섭

분기 총화에서
표창과 그리고
상으로 비단을 받았노라
한 일보다도 할 일로 더욱 뜨거운 가슴、
사람들은 박수로 나를 맞아 준다。

손과 손 우에 비단을 펼쳤다
오리마다 정성이 새겨진 폭
나비 날고 꽃포기 싱싱한 무늬에서
보람찬 서로의 기쁨과 로력이
한 가슴에 느껴지누나!

활짝 열린 창문으로
시원히 불어오는 바람에
펼쳐진 비단은 펄펄 날리여
어깨를 스쳐 볼을 쓰다듬는다
어버이 당、 자애로운 그 손길이 …

아、 행복하여라、 나의 조국이여!
새 옷 갈아입고 아기를 안고

구락부로 들어서는
안해의 따뜻한 몸을 나는 느낀다.

비단을 짜는 동무들아!
그대들 우리에게 기쁨을 안겨 주듯이
첸 곰베아로 사품쳐 내리는 고열탄이
꼬리를 물고 공장 지구로 내닫거니
당이 가리키는 영광스러운 한길에서
우리는 한 지향 속에서 일하고 있다.

그렇다、 사회주의를 위하여
모든 일터에서 우리의 모든 로력은
비단처럼 무늬 져 꽃피며
조국의 번영、 그 아름다움을 이룩하거니

모든 로력의 기쁨을 하나로
나의 손길을 어루만지는
부드러운 비단이여!
백 마디 말로 어찌
이토록 내 가슴을 뜨겁게 할 것이냐

조국의 번영, 인민의 행복 이룩해 가는
당의 손길이여! 나의 맹세여!

－一九五六、四、二－

≪조선문학≫, 1956.6

물

한진석

몇 천 년 세월이였더냐, 대동강이여
병남동, 이 절벽 청석을 물어뜯으며
사람의 마음도 몰라주고
너는 바다로 바다로만 흘러갔느냐

강물은 제 갈 데로 가는 것이라고
강물의 길을 막을 장사는 이 세상에 없다고
얼마나한 사람들이 너를 옆에 두고도
메마른 밭이랑을 타며 살아 왔느냐

대동강이여, 더는 참을 수 없었다
올라오라
오늘은 너에게 명령을 한다
병남동, 이 절벽 우로 너는 올라와야만 한다

우리는 믿었다, 이것은 신기할 것이 아니였다
위력한 것은 강물이 아니라 바로 사람이였기에…
그러나 물이여, 제 손으로 이렇게 너를 끌어올리고도
숱한 사람들이 이처럼 가슴 벅차하는 것은
정말로 정말로 네가 그리웠기 때문,

물이여、 얼마나 목이 말라 기다린
우리들의 사무친 심정을 알량이면
폭포로 솟구치는 물줄기를
흐름을 막으며 빨아들이는
땅덩이의 이 크낙한 숨소리를 들으라

―쌀은 사회주의다
깃발 높이 휘날리며
증산의 열의、 너와 함께 소용돌이치는
협동조합 드넓은 논배미마다
물이여 흘러가라

물이여 흘러가라
승호 지구
가없는 이 벌판에
풍년의 노래、 해마다 드높게 하라

― 승호 금란 양수장 통수의 날에 ―

≪조선문학≫, 1956.6

포전 오락회

김조규

한나절 종'소리는 벌에 흐르고
이깔나무 숲속에선 뻐꾹새 소리,
브리가다원들 떼 지어 샘터에 모였네,
삼복에도 이가 시린 수리봉 청수물에.

하늘에 맑은소리 굴러 흐름은
떠나갔던 종달이 찾아옴인가?
잔디풀 곱게 깔린 곳에
부드런 봄날이 내려앉아 있어라.

샘물 마셔 샘물처럼 시원한 눈이
≪파종도 전선일세≫ 한 곡조 부르니
≪처녀의 가슴에도 샘이 솟는가≫
방선에서 갓 돌아 온 총각이 받아 넘기네.

한강수 타령에 풍년가가 맞서고
옹헤야 가락에 처녀들이 춤을 추면
뜨락또르 총각들의 바가지 장단,
어느새 잔디밭은 춤 노래로 덮여라.

하늘의 종달이 부럽지 않아
숲속의 뻐꾹새야 산 넘어 가라!
농장'벌에 퍼지는 집단의 자랑
로동은 노래라네, 춤이라네, 기쁨이라네.

샘물이 흘러 흘러 바다로 가듯
노래야 퍼져 퍼져 3천 리에 날아라.
우리의 로력, 우리의 의지, 소망을 싣고―
사회주의 지평선은 지금 봄이라네.

― 1955, 5 ―

≪조선문학≫, 1957.10

호수'가를 걸으며

김조규

호수'속에는
너와 나, 두 사람만이
락엽을 밟으며 걷고 있었다.

이깔, 소나무 우거진 언덕길
호수는 송진 냄새를 풍기고 있는데,
문득 서면 깃을 찾는 메'새 소리
태고의 삼림에 들어 선 듯
그윽한 고요가 귀'속으로 젖어 들어라.

마음은 거울처럼 흔들림 없고
생각은 깊어 땅 밑까지 젖어 드는
호심을 굽어보며 생각하노라.
하루일 끝마치고 돌아오는 저녁 길,
우리 미더움이 더욱 깊어 행복한 것을 …

호수야, 이 저녁의 그대 마음아
네사 끝없는 사모의 정에 조용할 뿐만 아니라
넘치는 정열을 스스로 삼갈 줄도 알거니
열스무 길 물밑에서도

단풍'잎은 붉게 붉게 타고 있구나.

예전엔 한낮에도 흐렸다는 호수가
집단의 노래와 풍작의 자랑과
흘러가는 구름떼와 별'빛 총총한 밤의 하늘로
지금은 야밤에도 눈 감을 줄 모른다 하니.

이리 다고, 네가 멘 그 장낫을.
그리고 좀 더 가까이 다가서라, 나의 곁으로
노을에 빨개진 네 귀밑을
땀 배여 넓어진 내 어깨에 겨루어라.
물'고기 저녁밥 자주 채는 이런 저녁엔
기러기 떼 호수'가에 내린다하니
기러기 떼 앉기 전 기러기처럼
나란이 걸어가자! 새로 선 농장 마을,
등'불 밝은 행복한 저 들창 밑으로 …

≪조선문학≫, 1957.10

섬

김조규

저 멀리 수평선 한 끝
흘리여 구슬처럼 박힌 아름다운 섬 하나.

해당화 곱게 피여 이름이 꽃섬.
오늘은 흰 연기 곱게 오르고 있네.

그 누가 피우는 행복한 연기일가?
연기 오르니 사람들 사는 게지?

작은 섬이라 사람 안 살랴?
갈수록 살기 좋은 우리나라에,

사람이 산다면야 생활의 요람,
섬은 작아도 로력의 열매는 크게 맺히리라.

창문을 열면 모두가 주인인 고기'배,
바다에 나가면 모두가 노래인 일터,

그터기 일하는 즐거움에
해만 뜨면 수평선 우에 두둥실 떠오르는.

꽃섬, 생활의 그윽한 연기는
더욱 곱게 오늘도 피여오르더라.

《조선문학》, 1957.10

평양

리맥

언제부터냐, 그것은,
평양, 오 정다운 거리여
너는 내 두 번째 고향 되었다.

내 나서 자란 고장 아니언만
내 어릴 때 꿈꾸던 곳 아니언만,
평양이여
너의 아름다운 음향 속에
너의 떳떳한 억양 속에
내 마음을 두고 사는 것은,

언제부터냐, 그것은,
평양, 오 사랑하는 거리여
너는 내 청춘의 요람되었다.

비단 같은 흐름,
대동강반의 푸르른 실가지를,
하루가 몰라보게 달라지는
중구역 사창동,
여기는 내가 사는 거리
여기는 내가 일하는 곳,

창문을 열면
어느덧 푸름푸름한 새벽,
시샘없는 이웃들 문 여는 소리,
출렁 고요를 깨뜨리며
기슭을 떠나는 노 젓는 소리,
이윽고 길'가에 흐르는 웃음소리,

얼마나 좋은가
너의 아름다운 새벽은,
온 조선을 내다보며
당 중앙의 창들이 열린다.

나는 집을 나선다.
이것은 내 열 해 전
중앙을 첨 찾아오던 길 아닌가,
아니 이것은 내
더운 피 흘리며 총탄을 재우던 거리 아닌가.

만나는 사람마다
모두가 내 집안인 듯

이 길을 걸으며
날마다 내 자랑에 찬다.

태양은 비치고
가로수는 설레인다.
담'벽은 일어서고
크레인은 너의 영광 노래 부른다.

평양, 오 조선의 심장이여
온 조선을
온 세계를 내다보며
시대의 위업으로
너는 높이 고동치거니.

어찌 내 늙을 수 있으리,
이렇듯 젊어가는
네 모습,
네 마음처럼
평양, 오 청춘인 나의 수도여.

《조선문학》, 1957.10

상륙지점

정문향

오랜 날을 두고 그리웁게 만난 듯
뜨겁게 뜨겁게 생각에 잠겨라,
가득 차오르는 많은 말을 가슴에
할 말을 못 찾는 안타까움이여!

물'결 설레는 백사장 우에
눅눅히 내리는 안개비,
비에 젖은 화강암 표말 앞에
그는 서 있구나.

마치 듣는 듯, 여기를 달려가던
그 병사들—고향 사람들 발'자국소리—
첫 상륙의 붉은 기'발이 스치던
그 땅 우에, 바로 그 모래를 밟으며…

나는 모른다, 그가 그날에
이곳에 달려 오른
그 많은 병사들 속의
한 병사였는지도,

아니면 그 누구를 이곳에 보내고
먼 곳의 소식을 기다리던
그 어느 병사의
친우인지, 형인지, 아우인지도 …

나는 모른다,
어찌하여 안개비에 얼굴을 적시며
낯선 곳 비오는 바다'가에
그가 오래도록 발을 못 떼고 있는지 …

쏘베트의 벗이여! 내 어찌 모르랴!
기슭에 풀렁이는
저 망망한 바다의 물'결소리를,
떠도는 흰 갈매기, 부드럽게 흔드는 저 날개소리를,

이 모든 것으로 하여
처음 만나는 그대 낯선 나그네여도
나는 느끼노라, 오랜 날을 두고 두고
그리울 게 만난 듯.

끝도 없고 헤아릴 수도 없는
깊은 생각에 잠기며
내 이토록 가슴 뜨겁게
그대와 말없이 이야기하고 있거니

― 1957, 7 청진에서 ―

≪조선문학≫, 1957.10

다시 씨비리를!

리응태

씨비리를 노래한 일 있노라

화물선 오르내리는 오비강 붉은 언덕에서
산울림처럼 들려오는 뜨락또르 음향을 들으며,
황무지 우에 피여 나는 꽃송이, 송이 따라
씨비리의 봄노래를 감회 속에 불렀더라.

노래했노라!
산맥이 뚫리여 공장이 일떠서고
천 년 묵은 밀림을 헤쳐 도시가 들어앉고,
예니쎄이강에 떼'목이 흘러내리는
대지의 개척, 건설의 씨비리를 …

마을 따라 랑랑한 손풍금 소리, 노래 소리
그 웃음소리 그대로 생활인 씨비리,
두 겹 창 유달리 아롱지는 귀틀'집마다
사모왈 끓어오르는 식탁도 따스히
온 집안 모여 앉아 즐기는 새 살림을 …

오늘은 다른 씨비리를 노래하노라

십 년 전 기억도 새로운 오비강 기슭,
지금은 노보씨비르쓰크해가 파도치는 이 언덕에서
십 리 언제에 부서지는 폭포수소리 들으며,
뻗어간 고압선들의 우짖는 소리 들으며 …

노래하노라!
긴 언덕 따라 들어앉은 새 공장 지구를 …
검은 연기 뭉게뭉게 하늘을 뒤덮고,
전동기 우는 소리, 쇠 갈리는 소리
지축을 뒤흔드는 씨비리를 …

기선들이 항구와 부두를 드나들 때
중산 트럭은 꼬리를 물어 오가고
태고연한 황무지의 관개수로 뻗어 흘러
천리 평원에 황금나락 몸'겹치는 씨비리를 …

더없는 감격으로 노래하노라
예니쎄이강을 가로막아 콩크리트 다져 올리고,
세계에 으뜸가는 발전소 세워
여기 또 일어서는 크라쓰노야르쓰크 대 공장 지구를 …

진정 노래하지 않을 수 없구나!
쏘베트 동력을 움직이는 전력의 씨비리.
쇠'물의 대하 연방 촌촌에 뻗어 가는 대공업의 씨비리—
공산주의를 앞당겨 나아가는 씨비리를
내 다시 노래하지 않을 수 없구나!

≪조선문학≫, 1957.10

생활의 흐름

리응태

지금도 가슴에 출렁이는 생활의 흐름이여
그렇게 따사로운 쏘베트 품에서,
우리도 벅찬 삶의 희망 부여안고
위대한 진리를 배워 가던 날이여!

우리 정열은 얼마나 아름다웠더냐!
언제나 바쁜 마음들이 삼층 층계를 올라
마음을 가다듬고 책상머리에 앉으면,
동창 멀리 푸르른 조국이 지키는 시각을
오직 리지의 눈'동자로 불태웠나니.

자리에 누워 다시 래일을 가다듬을 때
어느덧 달려오는 고향 모습—
우리를 보내 기다리마 하던 모습들도 력력해
다시 소스라쳐 책자를 쥐여 들던
마음의 다짐이였다, 가슴 설레던 나날이였다.

일제의 낡은 상처받은 우리들
오직 해방된 조국 위해 이 몸 바쳐
더 좋게 살아 보자는 마음 하나를 다지며

북쪽 강에 굳은 맹세를 남기고 가지 않았더냐.

아, 쏘련! 그렇게도 아름다운 생활을 목표로
우리도 따라가야 할 앞길 우에
몇 번 어려움에 부닥쳤던 것이냐,
그러나 몇 번 이것을 박차고 내달았더냐

읽고는 쓰고, 쓰고는 다시 읽고
듣고는 생각하고, 생각하고는 다시 보고 …
이렇게 우리의 사상은 굳어 갔나니,
우리는 너희들의 아름다운 습성을 배웠고
너희들의 고매한 사랑과 혁명의 정신을 본받았더라.

쏘련ー 위대한 사상의 품이여!
네 품은 어머니보다도 자애로워
우리 앞에 진리를 헤쳐 아끼지 않았나니
우리는 그 생명의 젖줄기를 마시며.
름름한 청년으로 자랐노라.

하여, 오늘은 미더운 조국 일'군

인민의 로동복 단장한 붉은 기수로
민주의 토성을 쌓아 올리는 대렬에 서서
사회주의 조국의 나사못을 틀어 쥐였거니.

회상도 아름다워라,
우리를 키워주던 쏘베트의 품이여!
잊을 수 없는 마음의 고향이여!

≪조선문학≫, 1957.10

몽고양

신진순

운곡 산'골에
멀고 먼 나라 몽고 손님이 한 떼,
살지고 털 깊어
거북할가볘!

환성 올려 쫓아가는
아이들이 또 한 떼,
뒤에 서서 벙글벙글
아버지 한 분,

≪양아버지, 양이 뭬라나요?≫
≪움메 움메
조선 풀이 맛있단다.≫
≪염소는 뭬라나요?≫
≪운곡골이 맘에 든다누나,
너희들과 인사하자누나.≫

그 중 제일 큰 아이 근심
≪몽고에 가고프지 않을 가요?≫
≪그러게 잘 봐 줘야지,

아버지처럼 어머니처럼,≫
≪그리고 제일 친한 동무처럼!
그렇지요, 양아버지?≫
≪오냐, 네 말이 옳다.≫
·····················

운곡 산'골에
친근한 나라 몽고 손님이 한 떼,
고슬고슬 털북숭이
먼 길을 오느라
수고 많이 하였네,

이제는 이 고장을 고향으로 알게나.
해'빛 찬란하고
하늘 더욱 푸르른 나라,
이렇게 좋은 곳
또 다른 데 없다네,
사람들 마음도 산수처럼 다정타네.

— 운곡에서 —

≪조선문학≫, 1957.10

한밤'중에

박승

소란하던 거리도 잠자는 한밤'중,
꿈에서 깨인 나는
잎담배 한 대 두툼이 말아 물며
하염없이 꿈'길 다시 더듬어 본다.

… 미국 놈이 물러간 남쪽땅
호남'벌, 우리도 땅을 받았다면서
기쁨으로 들끓는 마을 한복판
왈랑절랑 둥글소 몰아
황금의 로적가리 해 저물도록 실어 들였다.
그 속에 나도 끼여 …

그러나, 아름다운 생활의
꿈은 꿈대로 사라지고
저렇게 내 어린 것들
부황병에 한 구들 가득 누웠어도
이불 한 자리 가려주지 못 하는구나,
미음 한 술 끓여주지 못 하는구나.

살을 떼 주어도 시원치 않은 이 아비의

피'줄이 닿은 어린것들이여,
무엇 때문에 헐벗어야 하느냐?
무엇 때문에 굶주려야 하느냐?
그만 나는 가슴이 터져
떨리는 두 주먹 틀어쥐였다.

미제여, 네놈들이 남쪽땅에 준
헐벗고 굶주리고 숨 막히는
캄캄한 이 밤을 걷어쥐고
어서 물러가라!

네놈들 착취와 략탈
검은 악마의 발톱을 긁어가는
우리의
귀중한 피,
귀중한 살림,
더는 뜯기지 않으련다.

———

멀리서 또 저렇게

이 새벽 첫 닭이 홰를 친다,
평화 통일의 새날을 힘있게 불러—

진종일 칡뿌리 캐여
온 산판을 뒤진 안해여!
꿈'결에도 책보를 끌어안아 보는
어린 것들이여!

노한 이 심장들의 바다 물'결로
험상궂은 놈들을 밀어내자,
설한 속에 하루하루 봄날이 오듯
평화 통일 그날이 어서 오도록 …

— 1957, 9 —

≪조선문학≫, 1957.10

영원한 사랑아

조령출

바이칼 호수에 황혼이 흐른다,
정열의 대지를 달려 온 사람들의
더운 가슴을 식혀만 주는 듯
호수'가 작은 역에 저녁 비 내린다.

어찌 잊으랴 너 슬류뎬쓰까야
비'발에 젖은 꽃다발 들고
조선의 벗들을 부르며, 부르며
축전 렬차로 달려온 동무들.

한마음 뭉치는 사랑의 힘으로
서로 얼싸안음은 참으로 좋구나
설레는 비'발이 세차게 내린들 어떠냐
젊은 가슴의 샤쯔가 젖으면 어떠냐

말들은 비록 통하지 않으나
역수에 넘치는 환호의 물'결
우리의 신념과 진리는 하나인 것이니
청춘의 영예를 가지고 한 소리로 웨쳐 부름은,

미르! 드루즈바! (평화! 친선!)

어떠한 원자 폭탄도 이 말은 막지 못하리라
이 말을 위하여 우리의 모든 것 바쳐 아깝지 않다.

이 말을 위하여 수천만 리
캄보쟈의 처녀가 모쓰크바로 간다,
이 말을 위하여 탄압의 국경을 넘어
수단의 청년이 모쓰크바로 간다.

바이칼 어머니 한 분은
강보의 어린것, 비 오는 속에 추켜들고
이 말을 한층 더 높이 웨치였다.

─나의 이 귀중한 것을
모쓰크바로!
축전의 선물로 데려 가오!

모든 사람의 즐거운 웃음은 바이칼에 사무치고
수많은 축복과 키스는 어린것 우에 쏟아졌다,

아아, 나의 사랑아
이보다 귀중한 것, 세상에 또 있을 것이냐!

미제의 불속에 희생된 원한의 피로써
내 조국 수백만 귀한 것들의 이름으로
우리는 이 귀중한 것을 지킬 것이니!

영원한 사랑아 잘 있으라,
슬류덴쓰까야!
어머니여, 어린 것이여!

우리들 심장에 끓는
이 붉은 념원을 위하여
공산주의와 평화의 서울인
모쓰크바로 가는 것이니!

— 1957, 7 —

≪조선문학≫, 1957.11

푸른 숲이여!

김학연

대지 우에 파도치는 봇나무의 바다,
련사흘 거기에서 해는 떴고 해는 졌어도
묘망한 산림은 가없이 가없이
우리의 차창을 따라 오고 있었다 …

이른 새벽, 렬차는 지마에 서다.
안개 낀 숲속에 아담한 도시인 지마 …
안개 속에 먼 고향을 보여 주는 아름다운 지마 …
우리를 반기여 거리와 역두는 들끓고 있었다.

나의 이마를 그 넓은 가슴에 껴안으며
로씨야의 한 할머니는 이야기하셨다.
—우리네 도시는 사철 중 가장 추운
겨울(지마)이란 이름을 가졌소 …

—허지만 우리는, 조선의 젊은이들을
이렇게 … 이렇게 뜨거운 마음으로 맞는다우—
나의 어깨를 어루만져 주시는 할머니,
그의 깊은 두 눈엔 이슬이 출렁이고 있었다.

—이 고장을 지나 숫한 벗들이 모쓰크바로 가오만
나를 울게 한 건 언제나 우리와 함께 사는 당신들,
영예를 지켰고 생활을 창조하는 …
눈물이란 사람의 눈에 함부로 고이는 게 아니라우.

이윽고 우리의 렬차는 지마를 떠나,
대지에 파도치는 봇나무의 바다를 달린다.
푸른 숲이여! 너도 너의 고향 사람들을 닮아서
우리의 차창에서 손'길 떼이지 않는구나!

— 모쓰크바로 달리는 렬차 안에서 —

《조선문학》, 1957.11

끊어진 고압선

박우

대압록 강심에서 흘러나온 전류는
맥박 치는 두 가닥 고압선 타고,
산 넘어 강 건너 천리 장공을
부산으로 려수로 또 서울로—

그 맥박 여기서 끊은 자 누구냐!
철탑은 분계선에 형제처럼 섰는데,
맞잡은 두 팔뚝 풍청 잘리워
남쪽만은 안타까이 녹쓸은 고압선.

형제의 정을 담아, 마음을 담아
지금도 예까지 내달아 온 전류,
전류도 통일되지 못한 원한에
지척에 둔 남녘 기슭 바라다보네.

뒤에서는 불야성, 방직기 도는 소리
아, 어두운 동굴 같은 저쪽 땅에선
이 밤도 승냥이가 무리를 짓고
불'빛이 그리워 아기들은 우누나!

그러기에 낮에도 와와, 밤에도 와와
금시라도 뛰여 건너가자고
치떨며 절규한다, 격분에 치떤다,
구리 주먹 추켜들고 울부짖는 고압선.

캄캄하던 광장에서 어둠을 불사르고
만월등 칠색등 휘황한 그날 밤,
헤여졌던 내 님 안고 두둥실
춤을 출 그날이여 어서 오라!

야욕의 칼날에 끊어진 동맥
그리운 정 못 잊어 두 손 내밀고,
남북 서로 맞잡자, 소리치며 오늘도
남으로 남으로 내뻗는 그 힘이여!

— 1957, 7 —

≪조선문학≫, 1957.12

당회의 뒤에

서만일

… 내미는 손'길, 어루만지는 눈초리 피하듯
집으로 돌아가는 지름'길을 부러 에돌아
골목길 골라잡는 그의 느린 걸음엔
진눈까비에 젖은 솜옷도 어깨 우에 무겁구나.

낯'익은 방안에서
손 더듬어 전등'불 켜면,
어둠은 구석 찾아 숨어도
가슴속은 왜 이다지도 어두우냐.

차라리 안해도 어린것도 잠들어 다행한
이 한밤, 팔꿈치 베개 삼아 뒤친다.
그러면 생활의 나날
책장처럼 자꾸만 번져지나니 …

간고하던 시절엔
죽음의 고비인들 몇 번이나 넘었던가,
되찾은 공장의 몸을 녹여 주려
녹쓸은 철판 우에 얼마나 얼었던가,

그런데 이 밤엔 다정한 벗들이
그를 당 회의에서 비판했다.
마치도 좋은 일이란 아예 없었던 듯
생활에 뒤떨어졌다고 흠'집만 들어 ....

차라리 안해도 어린것도 잠들어 다행한
이 한밤, 뜬눈으로 밤을 새워 뒤치면,
담배도 쓰구나, 잠도 오지 않누나
벗들을 잃은 듯한 공허한 마음에는.

물을 떠나 고기를 살 수 없는 법—
그는 괴로움의 물'굽이 헤염쳐 간다.
제 잘못의 물'줄기 찾아 한 굽이 또 한 굽이
바위에 부닥치는 굽이굽이 마음의 흐름 바로잡으며··

··· 기적 소리 공장 지구의 어둠을 걷어 가는데
당중 품은 그의 가슴에도 훤히 동이 튼다.
벗들의 충고는 고기에 물이 아니더냐!
쓰라린 비판을 기둥처럼 의지함이니 ···

— 1957, 9 —

≪조선문학≫, 1957.12

제4장

천리마운동기(1958~1967)

어머니 만나기 돌격대

조벽암

첫 작업에 지쳐 모두들 곤히 잠들었는데
느닷없이 어머니 부르는 잠꼬대소리
깜짝 놀라 동무들은 벌떡 일어났다.

모두들 잠간 크게 웃다가
깨우자거니 가만 두자거니
꿈을 아끼는 듯 부러워하는 마음들.

덩달아 제각기 깊은 생각들에 잠겼는데
그제사 열적게 일어나는 동무의
향긋한 고향'꿈 이야기가 버러진다.

≪이 강'둑을 곧장 남쪽으로 걸어갔더니
어머니가 마중을 나오셨겠지
글쎄 어머니가, 어머니께서 말야 … ≫

모두 무거운 게 가슴을 메꾸는데
들려오누나, 밤도와 일하는 기중기 소리가
벅차게 일어서는 조국의 숨'소리가.

≪아니다, 그건 꿈이 아니다
우리의 현실이다.≫
남에다 고향을 둔 동무는 목메게 웨친다,

≪민주·기지를 다지는 것
그것은 바로 고향으로 가는 길,
우리 모두 <어머니 만나기 돌격대>에 나서자.≫

그날 밤은 무척 어두운 밤이였다
그러나 일어 선 동무들의 마음은 환히 밝았다.
고향으로 다가 가는 삽소리, 곡괭이소리에.

연방 물과, 감탕과, 자질과 싸우면서
이렇듯 첫 돌격대의 자랑찬 이야기 속에
대동강 기슭엔 새 기적이 피여 났느니라.

― 1958, 5, 13
송도 대학생들의 일터에서 ―

≪조선문학≫, 1958.7

동백꽃

안룡만

사시철 한바다 출렁이는 물'결
조선 해협 거칠은 파도 소리
자장노래로 귀담아 들으며 자란
제주도 태생의 섬 처녀.

네 고향은 서귀포라
뭍에서 배로 하루'길
수평선에 해 뜨고 달 지는
자그만 마을 나루터랬지.

귀밑머리 땋늘인 어린 철
미역 따고 꽃조개 줏고
산으로 오르면 말을 먹이며
굴레 벗은 제주'말처럼 자랐더란다.

쪽빛 짙은 바다를 넘어
남풍이 불어오는 봄
이른 봄 몽오리 여는 동백에
사랑을 피우기도 전,

원쑤를 몰아 싸우는
항쟁의 홰'불을 들고
마을 사람들 뒤따라
산'발을 오르내렸더란다.

그 뒤의 사연을랑 부디
물어 무엇 하리 … 나는 아노니,
조국의 품을 그려
섬 처녀야, 너는 오늘 북쪽에 있구나.

고향 하늘 그리운 마음
나라에 바치는 충성을 고여
기대 사이를 제비처럼 달리며
천을 짜는 방직공 처녀,

―고향에 가고 싶지요?
이렇게 물어 볼라치면
―바로 고향 가는 길을 위해
천을 짜고 있다오―

작업량 넘친 저녁마다
노을에 비쳐 생각나는 것,
… 하루하루 짜내는 천이
한 달 두 달 해를 바뀌면 얼마나 될가? …

저 남쪽 끝 제주까지는
류도 삼천 리, 배'길 몇 백 리
네가 날마다 짜는 천을 재여 보면
고향'길 몇 번을 오고 갔으리.

견우직녀 만나던 오작교마냥
통일의 한길을 뻗은 다리—
조국에 드리는 사랑으로
무지개'빛 다리를 놓고 있어라.

≪조선문학≫, 1958.7

쏘베트 대지 우에서

안막

모쓰크바를 향하여

지난날 나는 파리 엣펠탑 아래서
멀리 조국의 하늘을 바라보며
압박받는 부모 형제들을
생각하였고,

뉴욕 마천루 아래서는
10월의 광명을 우러러
이 나라 천대받는 사람과 함께
인터나쑈날을 높이 불렀다.

그러나 나는 지금
조국의 기'발을 머리 우에 이고
찬란히 꽃핀 문화의 사절로
모쓰크바를 향하여 간다.

자랑스런 조국을 가진 영예보다
더 큰 행복이 어데 있는가
반백이 넘은 나도
청춘처럼 젊어지누나.

우리는 영원한 불사조
굴함을 모르는 크나큰 힘으로
원쑤들을 물리쳐
불속에서 조국을 구원하였고,

오늘은 천리마를 타고
폐허와 재'더미 속에서
웅대한 조국을 일으켜 세우며
사회주의 대로를 달리고 있나니 …

나는 불타는 감사의 정으로
은혜로운 쏘베트 사람들에게 전하리라,
해와 달을 앞질러 새 력사를 창조하는
조선 사람들의 용감한 이야기를.

≪조선문학≫, 1958.8

렬사의 아버지

김상오

우리들이 둘러앉은 둥근 탁자의
한 자리에 그는 앉아 있었다.
고요한 눈'동자와 정중한 얼굴,
허옇게 서리 내린 머리와 수염 …

박수 속에 주연은 시작되고
사람들은 일어서서 잔을 들었다.
중국말과 조선말이 번갈아 울리고
번쩍이며 술'잔들이 부딪치였다.

조 중 인민의 친선 단결을 위해,
김 일성 원수의 건강을 위해,
모 택동 주석의 건강을 위해,
승리를 위해 우리는 잔을 들었다.

누군가가 렬사 유가족의 건강을 위해
한 잔 들자고 제의했을 때
로인은 조용히 자리를 일어섰다.
그리고 높지 않은 목소리로 말했다.

≪동지들! 조선에서 오신 벗들!
나를 위로하려고 애쓰지들 마시오.
나는 나의 아들을 조선에서 잃었소.
그 대신 조선 인민을 가족으로 얻었소.

당신들이 나에게 아들을 생각나게 한
오늘'밤처럼 기뻐 본 일은 없소.
우리들의 고귀한 우의를 축복하여,
우리들의 승리를 축복하여 둡시다.≫

잔들은 잔들과 맞부딪쳐 울리고
우리는 붉디붉은 포도주를 마셨다.
로인은 바위처럼 고요히 앉아있고,
다만 두 눈'동자만이 불처럼 탔다.

아무리 한 애상도 또한 수심도
나는 렬사의 아버지에게서 보지 못했다.
그는 엄숙하였다! 만약 미국인들이
그를 보았더면 전율하였으리만큼

그렇게 로인은 엄숙하였다.

― 남경에서 ―

≪조선문학≫, 1958.12

새 집에 드는 날

로재룡

그저 바라보기만 해도 배가 부른
내 고향 살진 땅인 드넓은 운전'벌
이 벌에 태어난 오붓한 새 마을
집집마다 대문 앞까지 큰길 뻗었어라

가도 가도 가슴 후련히 트이는 들'길로
이 아침 나는 류순의 어머니 모시고
영각 소리 흥겨이 이사'달구지 몰아
마당 끝이 전야인 새 집에 들어서네

어느새 모여들 왔느냐
방 치장 도우러 온 조합원들
저마다 선물을 안고 와 반겨 맞네
이사'짐 부리우며 웃음꽃을 피우네

이웃들의 두터운 인품에
감격에 목 메인 방안의 어머니
밝은 창'가에 손자의 책상을 놓고
며느리 불러 이불장, 재봉기를 앉히네

아 어머니는 한뉘 처음 흰 벽 집에 든다며
이마의 깊은 주름 활짝 펴시누나
열어젖힌 창문으로 유선 방송이 울리고
누런 벼이삭들은 축하의 절을 하네

이 기쁨 어찌 장가드는 날만 못하랴
나는 가슴 자꾸만 설레여 정원을 돌아치네
이제 칠악산 골짝마다 발전소를 세워
산허리 뙤약밭도 보'물을 받게 하리

그때면 관개로 활개 치며 퍼져 간
저 논밭들에선 모든 일 기계가 하리니
로동은 얼마나 더 즐겁고 보람차랴
꽃 같은 살림은 얼마나 더 늘어가랴

어머니는 더 마음 펴고 살으리라며
단 하나 소원은 더 젊어지고 싶다네
바라노니 일제 때 부대껴 굽은 허리
더 더 대처럼 곧게 펴시라

그저 바라보기만 해도 배가 부른
운전'벌 이랑 이랑에 낟가리를 높여
당신의 여생을 행복으로 수놓으리니
이 좋은 세월을 부디 장수하시라

— 1958년 10월 —

≪조선문학≫, 1959.1

3.1 회상

—3.1 봉기에 참가했던
강 기택 로인의 이야기에서—

리정구

그때 나는 더벙머리 탄광 로동자,
하루 열 네 시간의 노예 로동을 겪고 나면
조수처럼 밀려드는 굶주림과 헐벗음, 고된 피로
그러나 나의 손엔 겨우 일급 15전이 쥐여졌다.

왜놈들은 곳곳에 고루 거각을 지어놓고
우리의 피땀을 빨아 흥청거리고 살았거니
조선 인민이 어찌 참을 것이냐.

드디어 1919년 3월 초하루,
치미는 울분과 원한을 참지 못해
미림의 벌판을 내달으며
청오리 뒤'산에 오른 ≪조선 독립 만세≫ 소리

그것은 삶의 권리를 부르는
인민의 거세찬 목소리
그것은 어머니 조국을 그리는
근로하는 인민의 붉은 마음,

지금도 눈에 선하여라, 나와 나의 동료들,

손에 손마다 작심을 들고
달려드는 왜경을 갈기며
떼 지여 거연히 흘러가던 인민의 대렬,

그때로부터 탄광 속에도
한 점의 불꽃은 타올라
왜놈을 항거하는 뭇동지들의 혈전은
저 백두의 홰'불에 의해 더욱 세차졌나니,

오, 잊지 못할 그날의 ≪조선 독립 만세!≫ 소리
내 나이 비록 70이 넘었으나
그 소리 아직도 귀에 쟁쟁하여
내 심장은 언제나 늙지 않았나니

사회주의 나라, 아름다운 동산을 가꾸는
여기 고향 마을의 인민반장으로
내 여생을 다해 일하리라
오직 조국과 인민의 행복을 위해.

― 1959.2.19 ―

≪조선문학≫, 1959.3

당신은 공산주의에로의 인도자

박세영

우리는 기쁨 속에 일을 합니다.
사회주의 건설자의 영예를 지니고,
천리마 청년 작업반의 긍지를 안고,
더없이 황홀한 래일을 바라보며.

우리는 하냥 즐겁게 일을 합니다.
당신이 언제나 옆에 계신 것처럼,
오늘은 어느 공장, 래일은 어느 농촌에서
현지 지도를 몸소 하시느라 바빠 못 오셔도,

당신의 뜻대로 산'골의 물레방아가
갖은 기계들을 쉴 새 없이 돌리고,
무료히 흘러가던 첩첩 산'골 물이
라지오와 전기'불로 변했습니다.

그러기 당신이 그 어데서 말씀하시건
이는 우리에게 주시는 가르치심이오니,
우리가 미처 알아채지 못한 것
그렇게 많이 일깨워 주십니다.

마치 처음 찾아가는 사람들로 하여
가야 할 곳까지 친히 이끌어 주시듯,
어떤 어려운 일에 부닥친다 해도
우리는 수고로움 모르고 일합니다.

일제의 혼담을 서늘케 했을 때는
축지법을 쓰신다 사람들 말을 했건만,
오늘은 공산주의 지상 락원을 위하여
인민이 모두 축지법을 쓰게 하신 듯.

당신께선 사람들이 더 잘들 살며,
어느 합숙과 가정의 식탁에서나
어서 고기와 우유가 듬뿍 오르도록
우리로 하여 천리마 타고 달리게 했습니다.

허기에 당신을 뵈온 백발의 할머니
눈'시울 뜨겁게 하시는 말씀,
《장군님 덕에 이제야 잘 살게 됐습네》
이는 그대로 인민의 목소리입니다.

혁명의 기수, 당을 령도하시는 당신은
위대한 공산주의에로의 인도자,
가는 곳마다 꽃동산을 열어 주시니
김 일성 시대에 사는 이 영광이여!
당신의 만수무강을 비옵니다.

— 1959. 3. 17 —

≪조선문학≫, 1959.4

백양나무

김광섭

가림천 시내'가에 한 그루 백양
너는 나무다,
그러나 자랑스럽구나
너 이곳에 뿌리를 내리였기에
인민 혁명군 사령관께서
왜적을 쳐부신 싸움의 지휘터로
만 사람 찾아오는 영광 지니였어라.

그 밤엔 너도 정녕 무심치 않았으리라,
돌격의 신호 네 귀를 스쳐
조국의 하늘 높이 솟았을 때
확확 타 번지는 불'길을 바라보며
들었으리라, 오늘의 행복, 자유의 노래를.

너도 정녕 기뻤으리라
높이 쳐든 홰'불 아래
전사들과 인민들 감격의 상봉은 …
삼천만 형제 가슴마다에
해방의 믿음 불러 일으킨
수령의 말씀, 승리의 선언은,

백양나무여!
무심한 길'손으로 보지 말라,
내 오늘 너를 찾아왔음이
공산주의를 향해 천리마로 내닫는
위대한 힘의 원천이 여기 있음을
그를 잊을 수 없어 이곳을 찾았노라.

꺼질 수 없으리라, 보천보의 불'길
력사의 증인, 백양나무여!
더 무성한 푸른 아지로
오래오래 조국의 가슴에 싱싱하게 서 있으라
수령을 모신 자랑을 영원히 안고 …

≪조선문학≫, 1959.4

축복

백석

이 먼 타관에 온 낯설은 손을
이른 새벽부터 집으로 청하는 이웃 있도다.

어린것의 첫 생일이니
어린것 위해 축복 베풀려는 이웃 있도다.

이깔나무 대들보 굵기도 한 집엔
정주에, 큰방에, 아이 어른—이웃들이 그득히들 모였는데,
주인은 감자국수 눌러, 토장국에 말고
콩나물 갓김치를 얹어 대접을 한다.

내 들으니 이 집 주인은 고아로 자라난 사람,
이 집 안주인 또한 고아로 자라난 사람.
오직 당과 조국의 품안에서
당과 조국을 어버이로 하고 자라난 사람들.

그들의 목숨도 사랑도 그리고 생활도
당과 조국에서 받은 것이어라.
그리고 그들의 귀한 한 점 혈육도
당과 조국에서 받은 것이어라.

이 아침, 감자국수를 누르고, 콩나물 메워
이웃 사람들을 대접하는 이 집 주인들의 마음에,
이 아침 콩나물을 놓은 감자국수를 마주하여
이 집 주인들의 대접을 받는 이웃 사람들의 마음에
가득히 차오르는 것은 어린아이에 대한 간절한 축복,
그리고 당과 조국의 은혜에 대한 한량없는 감사.

나도 이 아침 축복 받는 어린 것을 바라보며,
당과 조국의 은혜 속에 태어난 이 어린 생명이
당과 조국의 은혜 속에 길고 탈 없는 한평생을 누리기와,
그 한평생이 당과 조국을 기쁘게 하는 한평생이 되기를 비노라.

≪조선문학≫, 1959.6

어머니의 마음

리효운

그이가 지금이라도 눈을 뜨시고
백발성성한 머리칼을 날리며
이 자리에 와 앉아 있다면
그 얼마나 더 좋을 것인가! …

나라의 지령으로 인민의 심장 틀어잡는
당의 목소리를 온 세계에 아뢰는
≪로동 신문≫의 활자를 낟알처럼 고르며
7년을 하루같이 살아온 그이가 …

그 얼마나 자랑도 많고 기뻐하실가,
주름'살 깊은 눈을 문지르며
≪천리마 작업반≫장으로 저 붉은 연단에
선뜻 나선 막내아들을 보신다면 …

놈들에게 학살당한 남편을 회고하는
어머니의 가슴은 한없이 설레이는데
쏟아지는 종업원들의 환호소리는
가슴에 새 청춘의 폭포수로 흘러드네.

≪서로 사랑하며 모두가 서로 도우며
천리마 진군 속에 당의 전사가 되여
세월 앞당기며 공산주의로 달려 나갈
이 대렬에 선 이상 결의대로 잘 하리라! … ≫

만장의 박수소리 구락부에 차 넘치는데
홍조 어린 얼굴을 떳떳이 쳐들고
뚫어지게 보는 아들의 시선은
어머니의 마음에 청춘을 심네 …

… ≪어머니 · 어머니!≫ 하고 어리광을 부릴 때
언제면 어른이 되겠는가 생각케 하던
저놈이 훌륭한 로동자가 되다니
이게 다 천만 번 당의 덕분이로구나!

얼마나 좋은 세상이냐!
한 사람은 만 사람을 위하여 살고
만 사람은 한 사람을 위하여 일하며
서로 사랑하고 도와주는 이 세상이!

얼마나 젊어질 세상이냐!
캄캄하던 지난 날 그이가 늘 원하던
그 세상을 세워 가지 않느냐
저 애와 같은 름름한 아들딸들이!

어머니는 일어선다,
깨끗한 무명 옷깃을 여미며
40 년 전 그이를 처음 만날 때처, 럼
두근거리는 심장으로 말한다—

≪나도 천리마 작업반원이 되리다!
집에서는 내 아들을 더 잘 도와주고
인민반의 일에 내 일처럼 더 잘 참여하고
누가 잘 하나 아들 녀석과 경쟁을 걸어 보리다!≫

— 1959. 3 —

≪조선문학≫, 1959.7

나는 그려 보았네

박종렬

국화꽃 만발한 공장 마당에서
어여쁜 처녀들 춤을 춘다.
아코디은 반주에 맞추어
가락도 늘어지게 독창도 뽑으며
너울너울 원무는 더욱 흥에 겨워 …

어데서 찾아 온 예술딴일가
몸 맞추 차려 입은 옷매무새,
멋에 겨운 어깨춤, 노래'가락을 두고
내 황홀하니 바라보고 섰노라니

한 동무 슬그머니 귀띔하는 말
―일도 잘 하고 춤도 잘 추는
길 확실 천리마 작업반이죠―

때마침 교대를 알리는 신호 울리자
처녀들 나는 듯 달려 간 기대
뽀얀 안개 서려 도는 탕물에,
숨으로 쥐여 놓는 흰 고치 속에
진정 잽째기도 하여라

해엄치며 달리는 부드러운 손들은,

모든 것 나라에 바쳐 자랑스런 마음들
그 념원의 금선을 뽑아내는 것이랴
천만 오리오리 자새에 감겨드는
하얀 명주실'발은—

그 우료 기폭 같은 경쟁 그라프
기세도 좋게 날아올랐구나
전 확실 이름 우의 한 줄기 붉은 줄은,
그 줄 따라 키 다툼하듯
총총히 붉은 선 늘어섰고 …

아, —뒤떨어진 반을 도와 함께 가는 것
이것이 우리 참된 경쟁,
동지애로 뜨겁게 서로 얽히고
낡은 것, 침체한 것 짓부서 나가는
이것이 천리마의 정신이라고—

방금 내 곁에서

한 동무 일러 주던 말
문득 생각하며 생각하며
나는 그려 보았네

일 잘해 좋고 춤 잘 춰 좋고
서로 도와 좋은 이런 집단으로 해
더욱 더 빠르게 튼튼히 꾸려지는 조국
그 어디서나
사람들이 잘 입고 잘 산다는 것을!

≪조선문학≫, 1959.12

더 밀어 가리라

김광섭

40만 탄량을 마련케 한
5개년 계획 앞당기게 한
2갱과 3갱 관통을 축하한다며
아이들께서 편지 왔다
함흥, 청진, 대학들에서 …

이것이 사회주의다,
나라의 주인 된 보람 여기 있다.
마음 놓고 배우며 일할 수 있는,

생각하면 기막히누나
내 어릴 적 막장을 드나들 때
주림에 지쳐 갱구는 천 리 같은데
그래도 아는 것이 힘이 된대서 …

토필을 감춰 쥐고
탄차에 ㄱ, ㄴ를 써 보며,
감독 놈께 매를 맞아 가며,

글이 아니라 눈물이더라

한 자 한 자 알아갈수록
세상은 더 어둡고 억압은 모지여 …

다 말해 무엇 하리
오늘 우리 세상 오지 않았던들
무서운 일 얼마나 닥쳤으랴
살 도리는 없지, 자식은 많지 …

영예로워라
천 길 땅 속에도 천리마 몰아
탄을 캐며, 벽을 밀어 달리게 하는
위대한 당의 힘─ 크낙한 배려여!

내 어찌 받들지 않으랴, 따르지 않으랴
당 중앙을, 우리 당 중앙 위원회를
경애하는 삼천만의 수령
김 일성 원수를 …

더 밀어가리라, 굴진을
넓고 살진 장벽면을

채탄장에 웃음이 가득 쏟아지게
온 조국에 소리가 더욱 높아지게

― 1959.10.2 ―

≪조선문학≫, 1960.2

뜨락또르 운전사

박종식

우리 로동자 김 경천 동무는
≪떼-28≫ 천리마호 몰고
청산리 벌판에서 으뜸가는
모범 뜨락또르 운전사

맏형도 뜨락또르 운전사
둘째 형도 뜨락또르 운전사
그는 금년에 스물세 살인데도
벌써 칠급공 뜨락또르 운전사

그는 하늘 아래 장사인 듯
그는 대지 우에 거인인 듯
천마 우에 거연히 앉아서
천지를 뒤흔드는 운전사

그는 붉은 뜨락또르 이끌고
칼날 같은 보습 날 뻔쩍이며
이 땅에서 논'둑의 구슬픈 이야기를
모조리 쓸어버리는 농촌의 선구자

그는 로동 계급이 파견한
여기서 로동 동맹의 대표자
그러기에 그의 마음 속 깊이에
계급의 영예를 지키는 농촌의 선구자

그러나 이 모든 평범한 말들도
우리 김 경천 동무를 말함에는
때로 그럴듯하기도 하나
아직은 멀리 떨어진 어'구를

그는 이곳 조합원들이
가장 사랑하고 아끼는 한 사람
그는 이곳 조합원들의 마음을
속속들이 알아차리는 운전사

그는 태양과 경쟁을 무은 일 없어도
아침 해보다 훨씬 앞서 나와서
깊숙하게, 알맞게 논 갈아 주고
구석구석 빈틈없이 밭 갈아 주고

신문에 반가운 소식이 나오면
그는 의례히 달려와 알려주고 읽어주고
그는 이렇게 조합원들 속에서
≪우리의 운전사≫ ≪우리의 운전사≫

그러나 이 모든 적당한 말들도
우리 김 경천 동무를 이야기함에는
어덴지 아직도 부족함이 있어
어덴지 아직도 허술한 것 같어.

그는 우리의 꿈속에서 자주 만나 본
그리운 사람처럼 그리운 천사처럼
수정 눈알 영채 나게 빤짝거리며
귀밑머리 바람에 훨훨 날리며 …

청산'벌, 십리'벌 눈 아래 두고
다가오는 지평선 끌어당기는
이 청년의 곁에 가까이 서기만 하면
아! 나의 가슴은 저절로 뛰네,

≪조선문학≫, 1960.7

하나의 마음, 하나의 눈

김화견

소소리 솟은 탑식 기중기가
수림처럼 **빽빽**히 서 있는데
또 하나 일어서는 키 높은 탑─
하늘 높이 휘영한 높은 곳에서
시험 운전공은 좋아서 손을 쳐든다
─흥남이 보이오,
비날론 공장이 굉장히 일어서오─

흥남은 이곳에서 아득히 먼 곳
그래도 그래도
비날론 터전이 보인다는 동무야!
어쩌면 그 말이
이다지도 가슴을 후더웁게 하는가?

─30대의 탑식 기중기를
한 달 어간에 보내야만 하겠소─
비날론 공장 건설장에 서신
수령의 간곡한 부탁의 말씀

전 같으면 반 년 간의 생산량이나

누구나도 어렵다는 생각조차 안 했다
그 분 따라 승리 찬 얼굴과 얼굴들
그 분의 손'길을 똑바로 보았거늘,

자! 보라!
전기로는 오늘 또 아홉 번째 기운다
쇠'물이 폭포마냥 련달아 떨어질 때
땀방울 주렁진 용해공도 웨친다,
—이처럼 비날론이 쏟아지겠지—

또 저기
노을'빛 물든 유리창 넘어에선
축포마냥 불꽃이 튕겨 오른다
선반공은 고속도 섬광 속에 싸여
히쭉이 웃으며 혼자서 말을 한다
—나도 비날론을 훌륭히 생산하눈—

운전공이고 용해공이고 선반공이고
우리는 언제나 하나의 숨'결
그분이 준 벅찬 심장을 안고

한길로 도도히 나아가나니

보라! 하나의 마음이 지금
키 높은 기중기를 세워 놓는다
그 분 따라 사는 하나의 눈이
기중기 우에 올라 흥남을 바라본다

그래서이구나
이다지도 가슴 더워 고동침은
한 사람처럼 즐거운 땀을 문지르며
무늬 고운 비날론의 춤 물'결을 생각키에
하나의 마음, 하나의 눈이
그 분의 손'길을 바라보고 나가기에 …

— 락원 기계 공장에서 —

《조선문학》, 1960.11

청산리에서

정서촌

이삭

그 이는 다시 논머리에 서 계신다,
그이는 다시 여기서 들을 바라보신다,
가을 하늘 밑에 청산은 푸르고
싱그러운 바람이 전야에서 일어 온다.

대지는 누런 가슴을 빛내이며
설레이고 또 설레이기만 한다,
이삭들은 땅에 머리 숙이여
그 이 앞에 깊이깊이 절을 드린다.

참으로 위대한 결실을 맺었구나,
그이께서 떨구신 붉은 씨앗은
사철을 자라고 다시 자라서
이제는 온 들을 덮어 놓았다.

참으로 변하고 또 변했구나,
안개를, 약수터, 청산'벌들이
락엽이 뒹굴던 골짜기들이
달구지 천천히 굴러가던 길들이 …

…그날도 그이는 여기 서 계시었다,
그이는 여기서 들을 바라보시었다,
그때는 2월, 아직 청산에 눈이 희슥했고
쌀쌀한 바람이 옷깃에 스며들었다.

그이는 사람들께 간곡히 말씀하시며
수첩을 꺼내여 적기도 하시며
오래도록 오래도록 발'걸음 멈추시고
언 땅에 뜨거운 발'자국을 남기시였다.

그날부터 그날부터 밤이 깊도록
어디서나 환히 바라보이게
당 위원회 창문에선 불'빛이 흘러나왔다,
그러더니 온 벌에 변혁이 일어났다.

붉은 씨앗을 간직한 사람들
무서운 힘의 날개가 돋쳤다,
그들은 다만 걸어가는 것이 아니라
뛰고 달음치고 날아다녔다.

청년들은 동삼에 얼음'장을 끄고
물속에서 개'바닥을 긁어 내였다,
이고 지고 치마폭에 싸안아
그것으로 땅을 두터이 하였다.

수령께서 주고 가신 귀중한 씨앗
땅이 넓어서 못 다 심으랴,
산'굽이를 에돌 때도 한 포기 심고
어스럼 달'빛에도 또 한 포기 심었다.

얼마나 자랐는가, 그 씨앗들!
얼마나 무성했나, 그 씨앗들!
그이는 지금 논머리에 서시여
위대한 전변을 바라보신다.

얼마나 얼마나 영광스러운 일인가!
청산리여 너의 땅에 자란 이삭을
그이는 소중히 가슴에 대이고
황금'빛 지평선을 바라보고 계신다.

그렇다, 그이는 바라보신다!
여기서 여기서 보고 계신다!
지평선 더 멀리 다시 더 멀리
이삭과 열매와 노래로 덮인
우리 시대의 온 청산'벌을 내다보신다!

≪조선문학≫, 1961.1

천리마의 기세로

김광섭

땅이 부른다, 이는 곧 전투
전투는 지체 없이 막장으로 막장으로
온 교대가 벽을 밀며 올라간다
7개년 계획의 높은 고지를 향해

버력을 받아 삽으로만 떠넘기던
2호 내리'굴에도 자동 적재기 돌아간다
곡괭이 선수들 기계를 다루며
수첩에 천공 방향을 기록한다

탐스러운 탄'발을 만지시며
앞으로 탄층은 더 높아진다면서
기뻐하시는 지주공 아바이
그 안광에는 감격의 불이 번쩍인다

어찌 기쁘지 않으랴
마니똘 틀어잡기까지 일 년 내내
100 매터 장벽을 마련한 완충의 나날은
그 보람 꽃피는 7개년의 첫 해는 …

운동장 같이 넓은 채탄장
무너져 내리누나 고열탄 고열탄
선산의 신호를 받아 나도 소리 지른다
교대가 이어 서기 전 몽땅 실어 내자고 …

들끓어 번지는 운반갱도
쿵쿵 부딪는 탄차와 탄차
처녀들이 줄달음친다
안전등 불'빛 그대로 번개 친다

우리는 내닫는다 이렇게
그날 계획을 그날로 넘쳐 내며
일곱 해 세월을 바로 이 순간처럼
앞질러 나아가리라 천리마의 기세로!

《조선문학》, 1961.2

청춘

안충모

밤새도록 당 위원장실에는
등'불이 꺼질 줄 몰랐다
한 소년의 화상을 두고
련'이어 열리는 당 협의회―

어째서 잠들지 못했는지
불같은 토론, 무엇을 결의했는지
맞은 편 실습생 호실에서도
오래오래 등'불이 밝더니,

먼동이 틀 무렵
름름한 대학생들이
당 위원장실 문을 두드렸다,

―저의 살을 떼 붙여주십시오
하수에게, 심장 가까이에 …
쩡쩡―만 사람의 가슴을 치며
울려 퍼지는 청춘의 목소리―

삶을 사랑하는 고동소리

적 화구를 틀어막는 심장의 숨'결
죽음보다 억센 사랑의 노래,
인민의 나라 조선의 노래여!

―고맙소! …
떨리는 음성, 흐려지는 눈들 …
젊은 이 어깨를 무겁게 내려 덮는
당 위원장의 두툼한 손'길 …

이제 졸업 시험만 치면
당당한 의사로 나아갈,
그들은 의술도 배웠지만
먼저 생을 사랑할 줄 알았거니,

오오, 대학이여, 대학이여,
이 붉은 청춘들에게
주자, 의사의 자격보다
먼저 공산주의적 인간의 영예를.

≪조선문학≫, 1961.4

로력일

상민

반장도 아닌 분조장도 아닌
작업반원 현숙 엄마 로력일을 적는다
흙내 나는 자기의 로력 수첩에
다름 아닌 자기의 하루의 로력일을,

글씨가 서투른 것을 탓하는 건 아닌데
몇 번이나 연필 끝에 침을 묻혔나
박아 쓰던 손'길을 다시 망서리며
눈을 들어 잠간 생각에 잠긴다

정량이사 의례히 재고 따졌지만
흙일의 실속이란 하기에 달린 것을 …
적어 넣는 로력일이 많은 것만 같아서
오늘의 일한 몫이 적은 것만 같아서 …

평가를 따로 하랴 하나로 뭉친 집단아
믿음과 자각에 자기를 맡기는 남을 맡기는
아아 우리의 마음은 또 얼마나
맑고 신성한 길을 들어서는 것이냐

비약하는 전원의 력사 우에
다시 하나 새로운 이야기가 새겨지는구나
구태여 생각하랴 하나의 밭둑을 두고도
이웃 시비 없지 않던 일제의 나날을

평안도라 승호'벌 여기 밭머리에
반원들이 제 로력일 적기 시작했는데
저만치 평가 위원들 즐거이 보내는
호탕한 웃음 이마에 받으며
수첩에 쓰는 현숙 엄마의 아름다움이여

그는 아직 모르리라 몰라도 좋다
진한 연필 자국, 자국마다 따르는 그 심정에
위대한 새 생활이 탄생하고 있음을!
위대한 공산주의가 탄생하고 있음을!

《조선문학》, 1961.6

조합의 딸

정동찬

해 질 녘 마을 어귀를 벗어 나
저 멀리 언덕길을 따라
부기원 처녀 날아가네,

날개 돋쳐난 듯 옷자락 날리며
봄보리 수확 통계도 끝내고
작업 분장마다 돌아가네,

마른 풀 찌는 냄새 구수한
축산반 뜨락에 당도한
부기원 처녀,
파아란 머리'수건 반쯤 열고
수첩을 펼쳐 드니
소여물 주던 사양공 아바이
돌아서며 반기네
≪오늘도 200%다≫
≪어마나, 그럼 두자루애요≫

기뻐서 손'벽 치며
연필 끝에 침 발라 매기네

눈웃음 지으며 돌아서네,

몇 달 전에 중학을 마치고
열일곱 나이로 조합에 들어올 땐
벌로 나가 일하구 싶다고
관리위원장을 괴롭히더니,

조합의 그 누구도 탓하지 않건만
제가 하는 일 어쩐지 부끄럽다더니,

부기원의 일도 보람 높아
남모르는 기쁨도 샘솟는다네,

하루도 어길세라
로력 점수 매겨 주면
저마다 알곡 분배 받듯이 기뻐하거니
마치 그 기쁨을 자기가 주는 듯,

영숙이 아버지, 그리고 돌이 엄마
모든 사람이 풍년 수첩 받아 안고

일하는 보람에 겨워 돌아설 때
부기원 처녀의 가슴 더더욱 뛴다네

비 내리는 저녁이면
펼쳐든 수첩 우에 옷자락으로
≪천막≫을 쳐 주며
로력 점수를 받으며
웃음 짓던 그 얼굴들,

마을은 작아도 벌은 넓어
작업 분장도 퍼그나 되지나
처녀는 힘든 줄 전혀 모르네,
온 조합 한 가족의 하루 실적
총화 짓기란 참으로 성수난다고,

해 저무는 저녁마다
의례 처녀를 기다리는
조합원들의 마음이여,
마을에서 먼 논머리에서도
처녀를 기다리는 조합원들의 웃음소리

처녀의 마음 불러 불러 가누나,

김매는 조합원들 푸른 논'벌에서
처녀의 귀에 익은 노래소리에 반겨
하나 둘 허리를 펴네
≪허허, 우리 조합 비둘기 날아오네≫

— 1961. 4 청산리에서 —

≪조선문학≫, 1961.7

나는 당의 품에 자랐다

안룡만

사람들은 당을 가리켜 말할 때
어머니라고 사랑의 마음으로 부른다.
슬기롭고도 무한히 너그럽고
준엄하고도 따사로운 당,
내 또한 당을 생각할 때마다 말한다.

그 넓고 자애로운 품을 두고
이 어머니 품에서 나는 자랐노라고!

언제였던가. 벌써 열 몇 해 전
공장 지구 벌'빛 밝은 밤
감격에 고동치는 심장 우에
붉은 당증을 안던 잊지 못할 입당의 날,
그날로부터 지혜로운 어머니
나의 빛이며 희망인
당의 품에서 나는 자랐다.

당 총회가 있는 저녁이나
한 달에 한 번 당비를 물 때
자랑스럽게 붉은 책가위를 들친다.

그러면 거기 적혀 있구나.
나의 당중 번호가!

나는 본다. 백만 동지들의 이름과 더불어
수령께서 이끄시는 혁명의 대군단,
로동 계급의 위업을 위한
인류의 성스러운 미래를 위한 싸움
평화와 자유의 결전에서
하나의 전투 단위를 알리는 수'자를!

백만의 뜨거운 심장들이
당의 뜻으로 생각하고
당의 의지로 고동치며 불타는
위대한 영웅의 대오 속에서
싸워 오고 자라 온 투쟁의 나날 …

얼마나 간고하고도 영예로운 날들이냐
얼마나 짧고도 긴 세월이더냐
바로 우리 당이 걸어온
영광의 기치 밑에, 승리의 길을 따라

아로새겨진 내 성장의 기록이여

지난 날 천대받고 가난에 쪼들린
품팔이'군의 집에 태여난
한갓 이름 없는 나를 품에 안고
혁명의 빛나는 길에서 키워 준 어머니

아, 어머니―당은
　　나의 용기의 샘,
　　　　희망의 불'빛!

정녕 괴로울 때 기쁠 때
언제나 너그럽고 따사롭게 맞아 준 당,
나에게 무한한 용기와
지혜를 주고 길러 준 당이여

나는 자랑하노라.
당이 맡겨 준 전투의 초소
기대 앞에서 무쇠를 깎으며
그날마다 하는 일이, 땀 흘리는 로력이

당의 크낙한 사업의 자그만 치차
보이지 않는 나사못으로 되는 것을!

내 오늘도 다짐하노라.
백만 동지들 전투 대렬에서
나의 초소를 지켜 당의 위임에 충실할 것을
오늘도 래일도 먼 앞날까지
자애롭고도 준엄한 당의 품에서
영원히 자라고 싸워 갈 것을!

≪조선문학≫, 1961.9

축로공들

백하

어디로들 갔는가 축로공 동무들
이틀을 꼬바기 불'길 속에 소리치며
로벽을 쌓더니 자취 없이 사라졌네
로장 아바이 미처 인사도 하기 전에

용해공들 로 앞으로 몰려오네, 들어서보네
뜨거운 로 바닥에 발을 들었다 놓으며
그들은 생각하네, 밤새 그속에서
심장의 뜨거움으로 열도를 이긴 동무들을.

평로 우에 웃통도 벗어 던진 이들
무거운 벽돌'장이 손 끝에 붙어 돌더니
보수 시간을 당기려고 그리도 마음 달더니
더운 입김을 로 안에 남기고 어디 갔느냐

출강의 기쁨도 그 즐거운 종소리도
고스란이 용해공들에 물려주고서
그 모든 보람을 살뜰히 마련해 주고서
스스로는 말없이 옮겨 간 이들

하지만 천장 녹아 구멍이 질 제면
문득 젖은 가마니 쓰고 나타난다네
벽돌'장 세워 든 채 끝까지 꽁초를 빨고는
씽긋 웃어 뵈며 불 아가리로 날아든다네

가장 요긴할 때면 나타나는 이들!
가장 어려울 때면 찾아오는 이들!
그지없이 아름다운 그들의 마음,
아, 더없이 미더운 당의 축로공들아!

한 장 한 장 심장을 담아 고인 로벽이
백물을 곱쳐 뽑아도 끄덕 않을 때면
용해공들 삽자루 짚고 깊이 생각한다네,
강철 위해 바친 축로공들의 가슴팍들
붉은 로벽이 되여 둘러 섰는 거라고!

≪조선문학≫, 1962.2

들끓는 조국에

김순석

들끓는 조국에

쇠'물이 녹는다, 쇠'물이 녹는다
천만 년 땅 속에 굳은 광석이
한 방울 한 방울 쇠'물이 되여
뚝뚝 … 뚝뚝 …
끓어 번지는 로 속에 떨어진다.

화로를 안고 폭풍을 안고
소용 도는 쇠'물의 물'결 우에
한 방울 한 방울,
떨어지는 쇠'물을 위해
온 조국은 지금 소리쳐 달려오고 있다.

뻗어 나간 광맥은 땅속에 번쩍이며
세찬 물'살은, 언제에서 떨어진다,
측정계의 바늘은 분주히 돌아가고
분석실 시험관에서 약물은 끓는다

눈발이 울부짖는 첩첩한 산'발이여!
흘러오고 흘러가는 고압 전류여!
설령에 옷자락 펄럭거리며

들을 쫓는 탐사대원의 흥분된 목소리여!

착암기 틀어 쥔 젊은 돌격대원의
불타는 눈동자, 더운 숨소리
침묵을 누르며 산'굽이를 달려오는
긴 화물 렬차의 차륜 소리여!

조국의 저 끝에서 또 한 끝에서
달려오고 달려오고 모이여 오는
이 뜨거운 숨소리 이 더운 고동 소리
한 가슴에 걸어 안고 …

젊은 용해공은
천천히 출강구로 다가간다
한 손으로 보안경 모자 우에 제끼며.

이제 터져 나오리라
이 나라 일천 물'줄기
한 곬에 떨어지는 쇠'물의 폭포가 되여
땅을 뒤흔들며

하늘을 뒤흔들며

바이트가 쇠를 깎는 기대 곁으로
검은 흙무지 굽이치는 넓은 벌판에
차륜은 돌아간다 산'굽이를 돌아서
비단이 되여 노래가 되여 날개가 되여
조국의 한 끝으로!

아 자기 로동이
조국의 맥박으로 흘려 듦을 느끼며
천만의 심장은 뛰나니
들끓는 조국이여!
하나로 숨 쉬며 고동 하는
그대는
　　위대하고 강대한
　　　하나의 브리가다여라!!

《조선문학》, 1962.4

탄부의 기쁨

리병철

화차마다 그득그득 짐을 싣고
어김을 기다리는 렬차 많기도 하여라
급행차가 잠시 정거하는 곳
어느 역 할 것 없이 넓은 그 구내엔 …

아마도 시발역에서 탄 모양
차창 밑에 자리 잡고 평양 간다는 탄부
장난'군 아이처럼 입김을 뿜어
차창의 성에를 녹이고 또 녹여라.

내다보는 차창 밖 이 홈 저 홈에
스물, 서른 석탄 화차 검은 횡관에
≪아오지≫ ≪아오지≫
갈겨 쓴 흰 백묵 글씨 눈에 떠움이여!

보는 동안에, 보고 있는 동안에
소중히 풍으로 덮은 어느 화차보다도
기중기며 뜨락또르 철근보다도
≪아오지≫ 석탄 화차 급히 떠나감이여!

아마 한 차 칸의 어느 누구도
마주 앉은 사람조차 뜻을 모르티
기차가 섰는 동안 떠나서도 한동안
탄부의 얼굴에 흐뭇한 그 웃음 …

그러나 내사 알 수 있어라
그와 그의 중대원들 땀의 보람이
해'빛에 번쩍이며 스물 서른 차판씩
김책에도 홍남에도 와서 닿은 것
평양으로 송림으로 앞서 가고 있는 것 …

차창에 오래오래 이마를 대고
탄부는 손마저 흔드는도다
―어서 가라 내가 캔 석탄아
네가 가야 탄부들의 충성도 간다 …

아무렴 어찌 손을 흔들지 않고
온 얼굴에 웃음을 담지 않으랴
이제 그가 참가할 당 중앙 전월 회의는
당 대회가 내린 지령 그대로

막장마다 기적을 일으키고 있는
온 강토에 ≪아오지≫를 퍼쳐 보내는
탄부들의 위훈을 이야기하리니 …

≪조선문학≫, 1962.5

보천보

박팔양

보천보, 그곳에서 인간 도살자들을
분노의 불속에 무리로 쓸어 눕히고
간악한 독사들의 둥지 재로 날리며
조국 해방의 불'길 높이 타올랐나니

장엄한 이날 밤하늘의 불'길이여!
너는 보았다 도살자들의 끝장을
그리고 들끓는 천만 인민의 기쁨을
슬기로운 항일 유격 용사들의 모습을

이 밤을 춤추며 흘러 간 압록강 물아
너도 들었다 패망 일제의 아우성을
전설의 령장 김 장군 만세!의 환호를
그리고 인민 혁명군 승리의 노래를!

그대 압록강 물'결과 더불어 온 겨레가
그 아우성 그 환호 그 노래 들었노라
조국 광복의 앞날 비치는 밝은 화광 속에
승리의 그 노래 강산에 메아리쳤노라

그 노래 부르고 부른 긴긴 세월이여!
승리의 그 노래 해방의 노래로 되고
다시 미제를 짓부시는 혈전의 노래로
그리고 오늘은 천리마의 노래로 되였어라

노래는 황철에서 흥남에서도 들리고
노래는 청산'벌에서 창성에서도 들린다
노래는 나라 삼천리의 통일을 부르며
창공 높이 온 세계에 울려 퍼지누나

보천보! 우리의 높은 자랑 깃든 곳
우리 전진과 투쟁, 광명과 승리의 고장
그곳은 우리 혁명의 승전고 높이 울린
영광스러운 력사 길이 빛나는 땅이여라!

—1962.5.15.—

≪조선문학≫, 1962.6

야금 기지에 대한 이야기

최창섭

이 땅에서 포성이 멎고
포연이 가신 지 사흘째 되던 날이였다.
황철 구내가 한 눈에 안기는 언덕 우에
그분이 서 계신 것은.

부서진 벽돌'장, 해골 같은 철골들,
비비꼬인 무봉 강판, 헝클어진 전선'줄 …
야금 기지는 땅'바닥에 쓰러졌는데
재'더미엔 아릿한 연기 서려 돌았다.

이렇듯이 원쑤들은 불을 퍼부었다,
이렇듯이 원쑤들은 미처 날뛰였다
이 땅에 아무 것도 없으리고,
이 땅에 죽음만이 있으리고.

정녕 아무 것도 없었다, 허나
불사조인 양 사람들은 살아 있었거니
불속에서도 당과 수령을 받든 그들
오늘을 위해 싸움을 이겨 냈더라!

환호하며, 기'발처럼 팔들을 내저으며
너무나 많은 것을 이야기하는 그 얼굴들을
그분께선 낱낱이 알고 계신 듯
손을 들어 일일이 답례하신다 …

바로 이들이였다
왜놈들이 까부신 령토를 살린 그 사람들이,
때도 잊고 끼니도 잊고
건국 일념에 불타던 그 사람들이 …

… 나는 동무들이 그리웠소.
나는 오늘을 믿었소,
해방 직후 폐허 우에 평로를 살린
그 손들을 예서 다시 잡을 이 시각을 …

폐허가 숨을 쉬는 듯
격동된 숨'결들이 한데 엉켜 물'결치는데
그분은 전화 속에 구상하신
작전 아닌 건설의 설계도를 펼치시였다.

… 또 한 번 조선 사람의 본때를 보입시다!
원쑤가 파괴한 이 폐허 우에
얼른 평로를 세워 쇠'물을 뽑읍시다
초가집 자리엔 벽돌집을 지읍시다 …

이는 굴함 없는 정신의 위대한 선언!
승리한 조선의 기세를
세상에 선포하는 단적인 말!
그 말 속에 사람들은 만능의 열'쇠를 잡았나니 …

세기를 고하는 새 승리에의 돌격소리
온 땅에 메아리치며 끓어올랐다—
… 수상님, 전쟁에서처럼 건설에서도
조선 사람의 본때를 보이겠습니다 …

새 승리를 다지는 돌격소리 끓어올랐다
전선에서 금방 총'자루를 놓은
젊은 용해공들에게서또,
후방 요소에 있던 늙은 용해공들에게서도.

불굴의 열'쇠를 잡은 사람들이
보복에 불타는 뜨거운 심장들이
기적을 낳는 억센 손들이
허리띠를 졸라매고 밤도 낮도 달렸거니

그분이 펼치신 설계도 따라
설계도에 그려진 제 자리를 찾아
숨죽었던 모든 것이 숨을 쉬였다,
철골이, 철판이, 벽돌이, 온 재'더미가!

그리하여 전설과 같이
평로가 일떠섰다,
용광로도 일떠섰다,
웅장한 야금 기지가 불을 뿜었다!

수만의 강철 전사를 한가슴에 안으신 듯
그분은 다시 언덕 우에 오르시였다—
… 우리의 힘은 이렇소,
원쑤들이 치를 벌벌 떨고 있소! …

이런 이야기 세상엔 없은 이야기,
우리에게만 있는 이야기.
나의 이야기는 끝났다, 허나
야금 기지에 대한 이야기엔 끝이 없다.

오늘은 120만 톤 강철 고지를 향해,
래일은 공산주의 강철 고지를 향해,
쇠'물은 흐르고 강재는 뻗었으매
거기에 희한한 이야기 그칠 날이 있으랴…

그렇다! 원쑤들도 인제는 알아야 한다.
오직 하나 당을 받든 이들이
그 어떤 인민인가를
이들이 어버이로 모신 그분이
그 어떤 분이신가를!

《조선문학》, 1962.7

그대는 나에게 주고 있구나

정문향

푸른 하늘과 맑은 해'빛이
높은 산 우에 번쩍이는 곳,
바다'가에 잇닿은 계곡들과 무연한 벌판
그 사이 사이에 수놓은 듯 펼쳐진
마을과 거리거리 시원한 길목과 높은 창문이여!

산'기슭에 주렁진 과일들
목메는 향기 풍기고
익어 가는 황금 나락 설레는 저 끝에선
돌아온 어선들이 고기 푸며 노래 불러라.

서로 부르며 대답하듯 울려오는
크고 작은 공장의 고동소리—
그 어느 시각 그 어디 가서도
노래로 울려오는 그대 목소리—

나는 듣노라 조국이여 그대의 노래를
그대 추켜세운 터전 우에
산'발처럼 일어 선 높은 집 창문을 열어제끼고
이른 아침 가슴에 단추를 여미며

나는 그대의 목소리를 듣고 있노라

맞물리며 돌아가는 기차 소리
울렁이며 끓어 번지는 쇠'물의 사품소리,
논'둑을 덮은 황금의 물'결을 타고
들려오는 노래와 웃음소리, 발구름소리—

온 땅을 보석으로 번쩍이며
조국이여! 그대는 다그치고 있구나..
원쑤를 짓누르며,
황금의 여섯 개 고지 우에
더욱 높이 울려 퍼질 그날의 기쁨을 안고
우리를 부르는 그대의 목소리여!

험난한 장백의 눈'길을 헤치며 걸어오신
그 이의 발'걸음 따라 가꾸고 꽃핀 땅—
가슴 설레는 마음을 안고
다시금 다시금 바라보노라.

피 흘리며 싸운 땅,

나에게 자유와 주권을 주고
밭과 일터와 생활을 안겨준 당이여!

강철의 봉우리로 하늘을 떠받들며
조국이여! 그대는 나에게 주고 있구나
천리마 나래치는 사회주의 나라에서
공산주의로 향해 가는 로동 계급 주권에
영광스러운 이 한 표를 바치는
크나큰 기쁨을 …

≪조선문학≫, 1962.10

그치지 않는 호각 소리

리범수

준공 전투 번창한 건설장에서
흰 기'발 붉은 기'발 어겨 두르며
길게 짧게 호각을 불며
기중기를 지휘하는 젊은 사나이여!

그대는 불소나기 쏟아지던 전투장에서
나의 고사포를 지휘하던 용감한 지휘관—
언제나 내 마음속에 잊을 수 없던
옛 중대장의 그 모습 방불하구나

바로 저런 호각소리 아니였던가
높이 들었던 그의 령기가
원쑤의 폭풍에 찢기웠을 때,
오, 그때 집채 같은 흙더미 몸에 들씌워도
드팀 없는 바위처럼 두 다리 버티고 선 채
그가 불던 그 호각소리는,
《사격!》을 웨치던 그 호각소리는—

그때 그 호각소리는
쓰러진 전우들의 원한을 풀어 주련 듯

멸적의 포신을 받들어 올리며
조국의 하늘 멀리 울려 갔었다

≪원쑤를 쏘라! 원쑤를 쏘라!≫고
전사들의 심장에 결전가를 울리며
적기의 폭음을 몰아내던 그 호각소리는
진정 조국에 바친 그의 심장이 분
총탄도 못 뚫은 충성의 나팔소리,
불'길도 못 태운 투쟁의 노래소리.

마지막 숨'결을 모아
불고 또 분 그 호각소리는
불'길을 헤치고 포연을 가르며
승리의 결전에로 용사들을 부른
다름 아닌 우리의 령기였다.

하기에 맑게 개인 조국의 하늘'가에
적기의 폭음은 사라졌어도,
승리의 장엄한 선언처럼
전사들의 심장마다 메아리치며

호각소리는 그칠 줄 몰랐거니,

아! 그렇듯 젊은 나이에
백발의 나이에도 이르지 못할
높디높은 삶의 봉우리에 가 닿으며
그치지 아니 하던 호각소리여!

보라! 그 소리에 받들려 받들려
저렇듯 벽체며 블록크는 날아오르고
층층 … 조국의 지붕은 높아 가는가
지금도 저 사나이의 심장 속에서
이 땅에 영원할 투쟁의 노래인 양
충성의 그 호각소리는 울리고 있다.

— 1962. 9 —

≪조선문학≫, 1962.11

한 농민과의 담화에서

강립석

방금 콩달구지를 부리고 난 그를
작업반 선전실에 청해 앉은 나는
더듬는 몇 마디 그의 말에서
한 인간의 운명에 대하여 생각하였다.

몇 번이고 눈'빛을 흐렸다 개였다 하며
그는 다만 몇 마디로 밖에는 말하지 못했다.
파란 많고 곡절 많은 한 생애엔
잊혀진 사연도, 못 잊는 아픔도 많고 많았다.

마당을 처음 아는 네 살 철부지 때
이끌어 줄 어머니는 영원히 가시였고,
서른 살 나이 들어 살림을 차리자
어미 없는 두 애의 홀아비로 되였다.

남의 집 찬밥은 몇몇 끼이며
헛간의 쪽잠은 몇 밤이더냐?
하루해가 서산에 저물어 가야
그날도 하루해를 산 것으로 알던 신세

살고저 살고저 하는 그의 생애에
어쩌면 그리도 죽음의 고비 많았더냐?
그 저주롭던 세월
나라 없고 주권 없던 그 시절엔!

　… 방안엔 서리는 무거운 담배 연기,
문 밖에선 녀인들의 떠드는 웃음소리
나는 그에게 오늘을 물었고
우리의 얘기는 한 시대를 비약했다.

그는 가장 자랑스레 말하였다,
농장을 뭇던 첫 해 그날의 이야기
―명단의 첫 줄에 내 이름이 적혔소!

겸손한 그의 말에서 나는 자랑을 읽을 줄 알았다.
작업반에서도 제일 높은 그의 로력 점수와
아들 손자 한 상에 둘러앉는
매일 저녁의 즐거움에 대한 자랑을.

남보다 앞서 나가는 그의 새벽일,

힘든 줄을 모른다는 그의 로동,
죽어도 한이 없고, 그러나 더 오래 살고 싶다는
오늘의 우리 시대에 대한 기쁨을.

죽음과 삶, 식민지와 조국,
가난과 부유, 어제와 오늘…
이러한 말들이 무수히 오고 간
우리의 담화는 시가 아니랴!

그가 나가고 잠시 혼자 있는
선전실 빈 방에서
더듬던 그의 말 뜨거운 여운을 들으며
나는 거듭 생각하였다,
한 인간의 운명에 대하여!
우리 시대 생활의 력사에 대하여!

≪조선문학≫, 1963.3

그리움

한진식

아득히 먼 옛날
항쟁의 폭풍 소용돌이치던 그 날
사랑하는 어머니를 나는 작별했어라
락동강 강마을의 그 조촐한 초막집에서
밭 갈고 씨 뿌리며 어머니를 모시고
해방 조국의 자유로운 하늘 아래
환희에 찬 나날을 노래 부르며
평생을 오손도손 살자 했건만

잔악한 미국 놈은 남의 땅에 기여 들어
총칼로 우리 살림 뒤집어 놓았더라
헝클어진 검은 머리 거두지도 아니 하고
분통 같은 그 가슴에 날 껴안고
내 어머니 날 보내며 속삭였더라
≪아들아, 가라, 항쟁 속으로 …
미국 놈을 몰아낸 내 나라 내 땅에서
우리끼리만 살아갈 세월을 보자≫

아 몰아낼 미국 놈은 상기도 남아 있고
내 머리 나도 몰래 반백이 되었어라

그리움의 나날이 날 늙히여
내 머리에 검은 오리 찾을 길 없더라도
날 기다리는 내 어머니는 늙을 줄 몰라
그 모진 탄압과 고통 속에서도
그날 그 락동강'가에 날 껴안던
색시 같은 어머니만 내게 있어라

《조선문학》, 1963.6

조국

정서촌

노한 불'길은 보천의 시가를 휩쓸고 있는데,
빨찌산들 한밤에 다시 행군하였네,
그리운 땅, 울창한 수림 속에 자국을 남기며,
총을 메고 한 걸음, 한 걸음 멀리 떠나갔네.

앞에는 장강, 다시 또다시 뒤를 돌아보며
조국의 마지막 지점인 산'기슭을 내릴 때,
길'가의 오막집 한 채 사립문 열리더니
맨발 채로 할머니 한 분 길을 막아섰네.

한 생을 돌처럼 살아 온 이 나라의 할머니,
대원들을 껴안고 쓰다듬으며 뜨거운 눈물 흘렀네.
아니 눈물을 삼키고, 해'빛과 비'바람에 그슬은
대원들 이마에서 굵은 땀방울 씻어 주었네.
살뜰히 살뜰히 깊은 상처도 어루만져 주었네.

얼마나 멀고 험한 길을 걸어 왔으랴!
이제 가면 다시 돌아올 그날은 언제이랴!
앞에는 장강, 어서 가자 어서 가자 기슭을 치는데,
돌'부리에 채이며 할머니는 오솔'길 더듬었네.

마치도 태산을 머리에 떠이고 오는 듯,
할머니는 가쁜 숨 쉬며 물 한 동이 길어 왔네.
─내 고장의 물이네 뼈근히 이가 시릴 길세,
뚝배기에 퍼서 허물없이 대원들께 권하였네.

대원들은 마시였네, 동이에 넘치는 차디찬 물을
한 모금도 한 방울도 남기지 않았네.
그리고 떠나갔네, 어머니 땅 마지막 기슭에서
모자 벗어 공손히 작별 인사드리고.

아, 그 밤 기약없이 떠나가는 아들딸들을
조국은 이렇게 배웅했나니,
마르지 않았더라! 빨찌산들 심장에 젖어 든 물은.
밀림을 헤쳐 준엄한 세월과 행군을 거쳐
승리하고 돌아오는 그 날까지도

세상에 흐르는 장강보다도 대해보다도
한량없이 깊었더라, 할머니가 퍼 주던 뚝배기의 물은…

≪조선문학≫, 1963.8

계급의 가수

백인준

나는 계급의 가수
혁명에 나선 시인이노라.

나의 시 비록 거칠고
나의 목소리 아직 약하나
나는 위대한 프로레타리아트 앞에
나의 시와 운명을 바치고 나섰다.

나의 영생을 계급의 노래 부르리니
내 거침없이 간주하기를
나는 계급의 전사,
조선 혁명의 기수이노라.

혁명은 아직 끝나지 않았고
혹시 나의 일생은 계속도 되리.
남조선 해방의 위업은 기다려 있고
2천만 형제를 구원하는 길에 서
때로는 시보다 생명도 요구되리.

아프리카 땅 우에는 노예의 울음소리,

메콩강 기슭에서도 혁명도 위해
나의 전우들 -그렇다! 전우들이
피를 뿌리며 총을 쥐고 나간다.

내 여기서 저녁에 홀로
대동강의 아름다움을 읊조린다 하여도
노래는 물'결이 되여 황해에 흘러
지구 우의 큰 파도에 합쳐지리니,

내 길을 걸어도
한낱 뜻 없는 움직임이 아니며,
한 송이 꽃을 어루만져도
할 일 없어서가 아니노라.

내 스스로를 귀중히 여기며
다함 없는 영광 속에 간주하노니
그렇다! 시는 나에게서 혁명!
나는 세계 혁명을 위해 싸우는
조선 로동 계급의 시인이노라,

≪조선문학≫, 1963.8

해산 없는 대회장에서

정화수

우리나라 선수들을 환영하는 대회는
목메여 부르는 만세 속에 마치고
찬바람 얼어 오는 밤도 이미 깊은데,
누구 하나 동포들은 떠나질 않네.

선수들, 협의회랑 마치고 가자면
언제 갈지 모른다고 마이크는 전하고,
자동차도 가자고 경적을 울리는데
줄을 서서 대회장을 막아섰다네,
수천 명이 선수들과 손을 잡고 간다네.

어쩔 줄 모르는 행동대 청년들,
—밤늦은데 동포들 빨리 돌아가시지요.
—선수들은 래년에 다시 찾아오잖아요.
이리 뛰며 이 문어귀
저리 뛰며 저 문어귀
이제 그만 떠나자고 권하고 권하는데,

—아이구, 이 젊은이,
난 평생 한 번도 우리 대표 못 본 내가

손도 한 번 못 잡아 보고 돌아가다니 …
련 사흘을 별렀건만
소원 아직 못 풀었다는 어느 할머니

—조청 동무 보시이소
이것만 내 손으로 전해 주고 가리다.
정성 들여 지녀 온
선물을 꺼내 드는 아주머니.

이 문어귀 로장패들,
—수상님이 그리워
선수 한 번 더 보겠다.
저 문어귀 청년들
—조국 땅에 닿는 듯이
그 손 한 번 잡겠다.

총각이나 처녀나,
늙은이나 젊은이나 어린이들이나
날이 새도 다시 한 번
안 보고는 못 간다네.

사람들은 알려 하네, 승리자의 래력을.
저고리에 몸맵시도 아릿다운 처녀가,
손'등으로 미소 가리우는 수줍은 처녀가,
어떻게 은반에선 마구 차고 날아 돌며
그처럼 세계를 뒤흔들었는가를 …

조국이 미제를 짓부시던 전쟁의 날엔
그 어느 저수지 혹은 개울'가에서
널판자로 얼음 지치며 뛰놀았을 그들이
어떻게 또다시 강적을 후려치고
우리 기개 유감없이 떨쳤는가를 …

소문 없이 떡을 빚어 먼길을 나르시며.
―내 가슴 후련히 풀어 달라던
할머니도 감격의 눈물에 젖고,
미제의 전초 기지―이 일본 땅에서
슬기로운 우리 민족 본때 보여 달라며
김치를 나르시던 어머니들도,
아아, 설레이는 가슴들은 진정할 줄 몰라
단꺼번에 껴안고 하나로 타오를 듯,

―너를 안고 돌았으면…
―너를 안고 날았으면…

어떠랴, 아무리 행동대 청년인들.
그들이 뒤'일을 감당 못 해낸 들…
반생을 끌어 온 설음마저 북받쳐
이리도 오늘 따라 혈육을 못 잊는,
우리 시대, 우리 제도에 대한 다함없는 송가의 마당을,

아아, 어두움이 짙어도 떠날 줄 모르는
　　해산 없는 대회장
　　　나는 처음 보았노라!

― 재일본 문학 예술가 동맹 문학부 기관지.
　≪문학 예술≫ 6호에서 전재 ―

≪조선문학≫, 1963.9

나는 전로공!

김병두

나는 전로공!
나이는 아직도 젊어
가슴에는 희망의 구름이 뭉게뭉게 피여나고
전기로의 아크소리만 들어도
팔뚝에 힘'줄이 일어선다.

그 어데 가나 누가 물으면
화학 기지의 심장―전기로에서 일하는
나의 자랑 높이 고둥쳐
≪나는 전로공이요!≫
가슴 내밀고 떳떳이 대답한다.

보라! 오늘도 투입삽을 틀어쥐고
전기로의 불'빛에 붉게 물든 방화복 자락을 날리며
2천도의 카바이드 돌물이 끓는 로심에
푹푹 원료를 퍼 넣는 내 일솜씨를…

황백색 불'덩이를 안은 전기로
살아 숨 쉬는 생물체처럼
번개 치며 우레 치며 불'길을 내뿜지만

내 주먹 앞에 질이 들어
어느덧 그 불'길을 내 뜻대로 다루거니,

전로공이 되여 첫 투입삽을 쥐였을 제
내 일솜씨 서투름을 보고
비웃는 듯 날름거리던 전기로의 불'길이
오늘은 춤추듯 반겨 준다.
―전로공 동무! 나는 다 알았다
너는 참된 우리 사람이다.

나는 전로공!
온몸에는 계급의 피가 끓어
토대 우에 눈보라가 쌩쌩 몰아쳐도
무더운 더위가 몸을 물쿠어도
나는 일'손을 잠시도 쉬일 수 없다.

한 삽, 한 삽 원료를 퍼 넣으며
내가 흘리는 땀'방울마다
펄펄 끓는 카바이드 물이 되여
비날론, 비닐 폭포로 쏟아지고

조국 땅 그 어느 막바지에서도
내 로력의 보람은 웃음으로 피여나거니 …

아, 조국의 만년 대계를 이룩하며
누가 보건 말건
누가 알아주건 말건
꾸준히 일하여 가는 내 마음도
세월과 더불어 자라 올라
지평을 깔고 앉은 웅대한 전기로도
오늘은 한 손에 다루듯 작아만 보이는구나!

아크 소리 자동치는 벅찬 나의 일터
좋다! 사나이의 성미에 알맞아
이 나라의 전로공 된 기쁨과 자랑
활활 치솟는 전기로의 불'길처럼
내 마음속에 자꾸만 솟구쳐 올라
그 누가 묻지 않아도
나는 온 세상을 향하여 자랑하고 싶구나!
≪나는 전로공이요!≫

≪조선문학≫, 1963.12

새 파종기

박세영

만 리 붕정을 세차게 달려온 너,
지금은 농장 뜨락에서 땀을 들이는 듯
장중하고도 아담한 새 파종기,
너는 시대를 앞서 우리 손에 태여난 것,

농민들의 품을 덜어 주려는
그분의 뜻이 여기도 깃들어,
날씬한 품이 날아라도 갈 듯
슬기로운 우리 사람들 같구나.

제비같이 날랜 조절수를
그들의 손들을 빌지 않아도
마치 자동화된 하나의 작은 공장처럼
네 스스로가 씨앗을 헤아리는 새 파종기.

그러니 초롱같이 눈 밝은
작업반의 처녀들이며,
농사의 농수들이 골라낸
그 정성을 너는 저버리지 않는 듯.

마치 줄을 친 듯 싹들이 돋으라

그리도 잽싸게 포전을 달려오가건만
너는 금싸라기를 다루기나 하듯
한 알도 허실없이 섬기였다.

수없이 돌아가는 바람개비들처럼
귀개만한 작은 숟가락들로
하나하나 너는 씨앗을 품에 안아다
고이고이 땅에 묻어 준다.

네가 심은 벼포기들이
어쩌면 이렇듯 길찬 것이냐.
탐스런 겉가지들마저 곧추 뻗어
만 풍년의 꿈속에 싱싱하구나.

하여 네가 씨 뿌린 논밭에
살초제로 김을 대접하니 걸맞누나,
사나흘 사이에도 잡초들을 마냥 자래워

어느새 제 자리에 스러지게 하면서.

천리마 시대의 또 하나의 자랑, 새 파종기야 달려라,
어느새 온 강산에 울려 퍼질
경쾌한 너의 동음 소리는,
그대로 억 년 풍년의 노래로 되리라.

― 1963.12 ―

≪조선문학≫, 1964.2

락원이여!

김화견

4립방 굴착기 무쇠 팔뚝을
어느 새에 척 쳐드는구나, 락원이여
사람들이 읽어 가는 천리마 시대의 서사시
또 한 장을 번지누나, 락원이여!

그대 구내에 줄지어 선
양수기들, 기중기들, 그리고 굴착기들,
그것은 마치도
투지가 넘치는 정열의 시'줄인 듯,

그렇다, 폭탄이 터지는 싸움의 날에
그대는 석수산에서 기계소리 울리여
승리와 새 시대를 소리쳐 고했나니,
앞에 흐르는 압록의 도도한 흐름은
전투에서 쉬임 없는 그대의 의지가 아닌가

―승리도 우리 손으로!
―복구도 우리 손으로!
수상님께 다짐한 10명 당원이
앞서서 땅을 파고 기둥을 세운 높이,

새 기계를 내야 하는 과업을 안고 선
낮이랴 밤이랴 끓던 가슴의 깊이.

폭탄에 받은 상처로 눈을 감으면서도
복구를 부탁하던 주물공 아주머니 …
…………
전화를 이겨 낸 선반기에서
저저마다 첫 기술을 익혀 가는 젊은이들,
새 기계를 조립하던 때에
몇 날이건 하루같이 밥을 안고 온 할머니들,
아, 투쟁을 떠나서는 행복을 모르는
순한 주인공을 보아 가나니

저기 용접불이 번쩍이는 곳에선
밤을 지샌 세 사람이 얼싸안누나,
산소기의 수만 개구멍 뚫기 다 해낸
기쁜 숨'소리, 말'소리
아버지의 뒤를 따라 달려온 아들이
벌써 출강을 맡아 울리는 종소리,
당원처럼 일하리라, 다짐한 처녀들이

집채 같은 기계를 싱싱 돌리는 소리
············
락원이여! 그대는 이제
기계의 대오를 얼마나 내세우랴!

난관이면 뚫고
매듭이면 풀어 나가는 그대,
지금은 기술 혁명의 령마루로 거침없이 오르며
노래의 절정을 준비하나니
울리라, 락원이여, 진군고 더 크게
―승리도 우리 손으로!
―행복도 우리 손으로!
이 노래를 세계가 소리 합쳐 부르도록

천리마 서사시로 고동치는 락원이여,
그 이름 그대로 어김이 없이
락원으로 달리는 어머니 고향이여,

≪조선문학≫, 1964.3

밤의 제강소

박세영

밤하늘에 번개'불일 듯
제강소 구내의 눈부신 섬광은,
증산으로 싸우는 용해공들
불타는 그 마음인 듯.

지심을 울리며 돌아가는 이 제강소,
빼놓지 않고 왜놈들이 부시고 간 공장이,
그분의 뜻을 따라
어느새 이렇듯 세차게 돌아갑니다.

창밖의 거물 같은 전기로들
별 같은 눈으로 쏘고 보는 배전공 처녀,
3천 볼트 전류를 가봉에 넣을 때마다
전기로는 몸부림치며 이지직 이지직
어지럽게 번개'불 튀는데.

잉잉 소리 천만 벌 떼 소리보다 크건만
로동의 자랑이 모두 거기 있는 듯,
분초를 다투어 녹여야 된다고
웃통 벗은 로장 정 동무

팽이 같이 돌아갑니다.
석회석도 수북하니 삽질을 하며.

아침노을도 무색할 듯
이글거리는 쇠'물은,
어서 강괴가 되고 싶은 듯
사품 치며 끓습니다.

제강소 안에 그득히 쌓여 가는
여기도 저기도 강괴 더미,
나타의 부강이 거기 다져 가는 듯
우리의 행복이 거기 들어 있는 듯

이따금 굳어 가는 강괴를 바라보는 정동무,
그는 지난 봄 석왕사 휴양소에서
쉬고 온 기쁨이
아직도 사라지지 않는지.

쩍 벌어진 앞가슴의 땀을 씻으며도
그의 념원은 그지없어,

끓는 쇠'물에서도 가늠합니다.
시간과 량에 대하여,
또는 그 강도에 대하여,
바로 그의 심장도
전기로처럼 끓습니다.

진정 인민의 나라의 로동자 된 긍지를,
로동 계급의 선봉대인 오늘의 영예를
생산에서 마음껏 날개 피겠느라고.

만민의 행복을 위하여
민주의 대로를 펼쳐 주시고,
벌써 몇 차례나 친히 제강소에 오시여
우리 가슴에 불을 지펴 주신,
김 일성 장군의 뜻이
오늘도 세차게 불꽃으로 튄다고.

《조선문학》, 1964.4

나이에 비해선 해 놓은 일이 더 많은 …

박호범

이야기를 계속하라, 그대 젊은 선반공이여
분주하게 흘러가는 하루하루의 생활을 두고,
이야기를 계속하라, 그대 젊은 선반공이여
그 하루하루로 하여 사람들이 먹는 나이를 두고,

여느 날 다름없이 일을 끝내고 구내를 나서자
어서 와 안아 달라는 듯 그대에게 손을 흔드는
저 유치원의 어린 것들이야 알 수 있으랴,
그대도 해방과 함께 이 공장 유치원에서 자랐고
이 공장 기술학교에서 기계 이름을 익혔고
이 공장 야간 대학에서 배우는 선반공이란 것을 …

사람이 도달하는 기술과 능력의 한도는 어디까지냐
아침마다 작업 계획은 그대의 능력을 타산했다만
언제나 엄청난 실적으로 사람들을 놀래웠거니,
알 수 없었더라, 그 엄청난 실적에
전선에서 못 돌아온 아버지의 몫이 있다는 것을,
알 수 없었더라, 그 빛나는 실적에
바이트의 날에 그대 충성이 번뜩이고 있었다는 것.

아름도 버는 어마어마한 프레스의 기둥을 두고
현실은 그것을 깎을 설비를 요구했을 때,
깊은 밤 연길 폭탄의 력사를 번지기도 하며
때로는 저녁에 가서야 점심을 생각하기도 하며,
없는 것을 만드는 것이 우리 시대의 력사가 아니냐!
그 작은 선반과 선반을 합쳐 기둥을 깎아 세우고야 만,
아, 그대는 우리 시대 력사를 빛내인 영웅!

정말로 가슴 뿌듯해지는 그러한 나날을 거쳐
조국이 맡겨 준 5개년 계획을 절반으로 앞당겼고
7개년 계획도 이제 석 달을 바라보는,
장하도다! 그대는 그 젊은 나이에 비해
해 놓은 일이 더 많은 로동 계급의 아들!

원하노니, 그대 젊은 선반공이여!
나도 이 좋은 세월에 백을 넘겨 살았으면…
그러나 백을 살아 되려 조국에 부담이 될진대는
차라리 쉰을 살아 백 살의 일을 함이 더 좋을,
아아, 우리에게 사는 법을 배워주는
그대의 나이를 쉰으로 세이랴 백으로 세이랴

나이에 비해선 해 놓은 일이 더 많은 그대는 스물다섯 청춘!
젊어서 좋구나! 어서 오라 우리를 부르며
세기의 언덕을 날아 넘는 그대 폭풍 속의 기수여!

≪조선문학≫, 1964.8

조국기행 (관서편)
―천리마의 고향에―

함영기

초행'길은 아니여도
강선 제강소 구내'길 거닐며
다시 한 번 다시 한 번 느끼노니,
이 세상에 단 하나인 고향!
천리마의 고향이 우리에게 있어
내 조국 한없이 미더워라,

초면 사람들도 구면인 듯 반가와
인사드리며 강철 더미 에돌면
전기로엔 쇠'물이 이글거리네,
열풍에 받들려 끓는 쇠'물이
쇠'물 속에 비껴 있는 채운이
나를 사로잡고 놓지 않아라,

오, 여기로구나!
갑옷 떨쳐 입은 강선의 아들들이
쇠'장대로 로심을 휘저으며
채운 속에 천리마를 키워 온 곳,
하늘 나는 천리마가 네 굽을 안고
크게 소리치며 뛰여 나온 곳이 …

달리고 달리여도 성차지 않아
번개 같이 날아가자, 날아가자는
조국의 그 마음 남 먼저 알았구나,
강철 그대로인 강선의 아들들아!
쇠'물처럼 펄펄 심장을 불태우며
기어코 천리마를 안아 낸 영웅들아!

그대들의 성미를 닮아선가?
저 혼자 날기를 원치 않는 천리마는
쌍을 찾아 분주히 오고 가더니
쌍이 쌍을 불러 천만 쌍 되였더라,
조국의 아들딸들 앞을 다투어
금'빛 안장 우에 올라탔더라,

멀리 더 멀리 날아가고 싶어
은'빛 채찍으로 바람을 가르며
한 번 굴러 천리를 달려 나갈 때
노한 바다도 저 만큼 물러섰고
두 번 굴러 만 리를 달려 나갈 때
산악도 길을 비켜 머리 숙였더라,

지칠 줄 몰라라, 천리마들은
조국의 그 마음 닮아선가?
제 힘을 믿어 자력갱생하는
슬기로운 기수들께 충성 바치며
혁명의 폭풍 속을 번개처럼 나누나,
다시 한 번 대고조에로 비약하누나,

오, 휘황찬란한 금별들을
조국의 앞가슴에 달아 드리는
날개 돋친 천리마가 우리에게 있거니,
원쑤의 덜미에 비수를 박아 주는
강선이여, 너는 천리마의 고향!
조선 사람만이 가진 자랑이여라,

≪조선문학≫, 1964.9

메아리

김병두

내 나라 력사의 어둡던 밤
신음하는 조국땅 형제들을 불러
항일의 불같은 말을 아로새기던 소리
청봉의 구호목들에 깃들이
내 가슴에 그 날의 메아리로 울려오는구나!

눈보라 만 리' 길 가시덤불 만 리' 길
꿈에도 못 잊던 어머니 땅에 온 빨찌산들
불타는 심정을 아로새긴 나무마다
총에는 총으로 대답해야 하는 진리를
조국 강산에 울려 주던 그날의 메아리,

그 메아리 전투 구령으로 들으며
공장은 파업의 긴 고동을 울렸고,
농민들은 낫을 들고 쟁의에로 떨쳐나섰고,
청년들은 무장을 들고 김 장군을 찾았고,
조국 광복의 아침노을 가슴에 안고 안고
온 나라는 태풍처럼 물'결쳐 일어났어라.

그 메아리 전투 구령으로 들으며

해방된 내 나라의 공산주의 봄을 위해
나는 한 장 한 장 벽돌을 쌓았노라.
낮이면 해'빛이 웃어 주고
밤이면 별'빛이 웃어 주는
행복의 창문을 달았노라.

이깔 분비 황철나무 …
백두 산록 그 어데 가나 보통 있는 나무여도
황금의 기둥처럼 빛을 뿌리고 선
청봉의 아름드리 구호목들을 바라보면
내 가슴에 울려오는 메아리!

나는 보노라,
우리의 행복의 후대들도
시대와 시대에로 울려가는
이 메아리 전투 구령으로 들으며
우리처럼 혁명의 무기를 든든히 틀어쥐는 것을!

≪조선문학≫, 1964.10

군복 입은 곳

오영환

고향처럼 정겨운 마람 땅이여
나는 여기서 싸움의 길을 떠났다
단 하루 머물고 떠나 곳이언만
영원히 즐거운 맘으로 추억하노라

전표를 몇 번이고 고쳐 달면서
선 채로 부산 피던 저 언덕이며
나의 체중과 키와 심장의 크기를
조국에 보고하던 의사의 얼굴이며
무기를 내여 주며 번호를 외우라던
첫 지휘관의 목소리도 기억하노라

눈'송이 비스듬히 날아가는 길로
전투 서렬에 발맞춰 떠난 곳이여
나는 여기서 나를 바래주러 오신 어머니 앞에
처음 경어를 쓰며 작별하였다.

어릴 때 어머님이 들려주신
옛 장군들의 슬기와
이 강토에 피 흘린 선렬들의 용맹과

나의 복된 앞날을 위해 바친
사람들의 로동과 맹세,
그 강직한 모든 것을 안고 전선으로 갔다.

그 때 펄펄 날린 나의 입김과
날창 끝에 란무하던 백광은
아직 눈 덮인 저 련봉들에 서려 있어라
그날붙터 내 언제 한 번인들
태평스런 마음으로 숨 쉬였던가!

강점자와의 판가리 싸움에로
나를 떠내 보낸 잊을 수 없는 땅이여
내딛고 선 언덕을 저울 삼아
다시 맘속으로 자신을 달아 보노라

나이와 함께 성숙한 모든 생각!
어찌 그것이 년령이 가져다 준 것이랴
나는 남으로 천 리, 북으로 천 리
전투와 행군으로 강행한 사람!
죽은 양키들을 수많이

짓밟고 넘고 넘어 온 로병!
두 팔 쳐든 ≪유엔≫의 병정들을
눈 아래 꿇어앉힌, 나는 승리자!

그러나 나에게 총을 준 고장이여
아직은 마지막 승리를 누리기엔 이른 때거니
그 때문에 나는 군복은 벗었으나
잠들면서도 목단추 하나만 열던 나날처럼
영원히 전선이 준 습관을 버리지 않고 살련다.

≪조선문학≫, 1964.12

로동자의 노래

박호범

짧지 않은 세월을 로동으로 보내며
나는 엇바뀐 두 제도에서 살아 왔다.
그리하여 흘러 간 한 생을 돌이키며 나는
이 세상에 두 번 태여났다고 말한다.

어느 핸가 비 내리는 가을도 저문 날에
아버지는 한 자루의 삽을 남기고 갔다.
운명은 나를 아버지가 걸은 길로 떠밀어
열세 살부터 삽은 나의 밥술을 대신했다.

세 식구야 굶기랴 젊은 몸을 일에 던지며
해와 달을 머리에 이고 삼 년 또 삼 년,
청춘의 날에 흘러 간 로동의 나날이여
너는 거짓을 모르는 내게 무엇을 남겼던가.

요행을 바라며 속아 산 조상들 다름없이
재산이라 남은 것은 다만 삽이 한 자루,
삽은 천에 천만 자루 날이 모지라졌는데
굶은 사람은 뉘며 배불린 자 그 뉘냐.

말 하거라, 푸르게 번뜩이는 삽이여
력사 앞에 지닌 너의 사명을 말 하거라,
피땀으로 ≪황금≫을 빚어 놈들에게 바치자고
내 이 세상에 로동자로 태여났던가 …

… 오, 하늘이 열리고 땅이 생긴 때로부터
사람이 사람을 속이던 세월은 흘러 반만 년,
너는 서슬 푸른 날을 장검으로 비껴 들어
착취의 력사에 영원한 종지부를 찍었다.

너는 혈전의 령마루에 전호를 팠고
그 전호에 침략자들을 묻어 버렸다.
너는 어제'날의 가난을 잊지 않으며
이 땅의 끝에서 끝까지에 궁전을 세웠다.

네 가는 곳에 수로는 천 리에 굽이 쳤고
웃으며 활개 치며 새 생활이 태동한다.
네 가는 곳에 준령은 머리 숙이고
성미 사나운 장강은 호흡을 멈춘다.

어디가나 로동의 숨'결이 굽이치는 이 땅 …
내 아들이 살고 내 손주가 태여난 이 땅 …
너는 사람들을 입혀주고 먹여 주며
진군하는 조국의 앞길에 오늘도 길을 열어 간다.

어제'날의 나와 같이 속으며 사는 형제가
아직은 우리네 남녘에서 피 흘리고 있고
메콩강과 콩고강에서 신음하고 있거늘
내 어찌 순간인들 일'손을 놓을 수 있으랴.

략탈로 피 묻은 ≪황금≫의 낟가리를 높이며
최후를 발악하는 제국주의,
나는 제국주의를 지구 깊이 묻기 위해
이 세상에 삽을 든 로동자로 태여났다.

≪조선문학≫, 1965.2

누구의 아들이냐

조벽암

기아와 모멸의 짙은 안개 속을
너무도 일찍이 헤매여서냐
≪별 하나 나 하나≫ 세여 보던 네 눈에
그 반짝이던 별들은 다 어디 갔는가

저 푸르디푸른 하늘 아래
저 넓은 들판을
잠자리 쫓아 내달리며 부르던
네 노래는 어데다 두고
≪살려 주세요
애기 낳고 굶고 있는
우리 엄마
살려 주세요≫
산악을 무너뜨릴 애절한 목소리에 지쳐
이젠 목까지 쉬였느냐

책가방이나 멜 가냘픈 앞가슴에
서투르게 쓴 구원의 광고판을 메고
서울도 한복판 종로 네거리에
해 저물도록, 해 저물도록

너는 못 박힌 듯 서 있구나

아— 너는 누구의 아들이냐
너에게 묻는 것이 아니다
너의 부모에게 묻는 것도 아니다
내 마음에 묻고 내가 대답하는 것이다—
너는 이 땅의 아들,
우리 겨레의 아들
내 조국의 아들이 아니냐!

너를 바라보는 내 눈에
번개가 이누나
이 가슴은 무너져 내리누나

아니다, 너는 너로 하여
천근으로 굳어 붙은 이 발을 떼여
걸음을 더 재촉하여야 겠다
너의 절박한 사정에 비친
조국의 절통한 이 시각을 두고
내 어이 화약의 불심지를 돋구지 않으랴

내 몸이 부서지는 한이 있더라도
기어이, 기어이 찾아 주마―
네가 잃어버린
별을,
노래를,
어머니의 품을 …

≪조선문학≫, 1965.6

일번선으로!

권태여

멀리서 울리는 기적 소리에,
정다이 들려오는 바퀴 소리에
전철수는 전철기를 제긴다
―일번선으로!

칠칠 그믐'밤비 뿌리는 속에
붉고 푸른 신호등을 흔들어
길고 긴 화차들의 행렬을 바래운다
순간을 지체하랴, 일번선으로!

온 나라의 시선이 쏠린 교차점에서
강철 전선의 길라잡이―전철수는 서 있다
포화 속의 그때 그 시절에
멸적의 화선으로
탄약차를 바래웠듯이―

달아 오른 궤도, 숨 쉬는 땅 우로
전철수는 보낸다
무산령을 뛰쳐나온 광석들을,
서해의 먼 고장 로인들의 지성,

농사'집 아이들이 모아 보낸 파철도
한 마음 한 길—일번선으로
강철 전선—1211고지 사수에로

오 전철수는 부른다
일번선으로!
출강의 불꽃을 축포마냥 머리에 인 그
마치 틀어 쥔 전철기가 자석인 듯
온 나라의 쇠붙이를 끌어당긴다
—강철 고지 점령에로!

《조선문학》, 1965.7

어느 네거리
어느 골목에서 만나도

전우민

어느 네거리
어느 골목에서 만나도
젊은이여, 양키에게 길을 대주지 말라
어느 산'골
어느 외동다리에서 만나도
젊은이여 양키에게 길을 비켜 주지 말라.

놈들 피 묻은 구두'발이 들어선 골목에 무엇이 남았느냐?
꽃나이 누이들은 넘어지고 아우들은 쓰러지고
집 한 채, 놋수저 하나 제대로 남았느냐?
땅크와 대포를 굴리고 간 자리에
곡식 한 대 제대로 서 있느냐?

놈들이 류황내를 풍기고 지나간 곳마다
샘'줄기는 마르고, 풀'잎은 시들고
나무'잎은 떨어졌다.
문 닫은 공장, 빼앗긴 농토,
불탄 마을에서 밀려난 형제들 이제
황토 고개'마루턱에서 흩날리는 황진을 씹고 있다

절벽강산에 선 남조선 정치
남조선의 살림
한숨과 비분의 백설이 분분한 그 우에서
그래도 아직 아메리카는 더 략탈할 것을 찾고 있다.

오, 젊은이여, 남녘의 형제여
어느 때 어느 네거리, 어느 골목
어느 먼 두메 외진 부두에서 만나도
양키에게 한 치도 더는 길을 비켜주지 말라
장'대 같은 놈들 정갱이를 꺾어 주자.

한 몸이 천 쪼각이 나도
영원히 강토를 지키는 민족의 꽃이 되자!

《조선문학》, 1965.8

별 많은 하늘

박호범

별 많은 초소의 밤 …
여느 날 달리 노래 흥겹던 중대
장령을 맞은 기쁨에 더욱 설레였다.

≪ … 장령 동지! … 식당으로 가십시다 … ≫
특무장의 엉뚱한 보고를 입 속으로 외우며
애써 그 무엇을 생각하던 장령은
그제서야 오늘이 자신의 생일임을 기억했다

≪ 생일 … 그거야 해마다 돌아오지
별걸 다 알아 맞혔군 … ≫
흘러간 나날에 평범하게 맞고 보낸
그 생일을 이제는 쉰 번도 더 맞는,
잊지 못 하리라, 해마다 이런 날 밤이면
한 줌 매수수를 찧던 고향의 발방아 소리여!
그 수수떡을 열여섯 번 받던 해에
때를 써서 총을 매던 장백의 언덕이여!

천리 로정에 오르던 어느 해엔가의 밤
≪ … 생일이야 조국이 해방된 다음에 맞지 … ≫

한 줌 옥수수를 슬며시 쥐여 주며
뜨겁게 손을 잡아 주던 중대장의 손'길이여!

어느 때 한 번 편히 쉬여 봤으랴
짓밟힌 조국이 해방되는 날을
자신의 생일날로 맞으리라 생각하며
혁명의 한 길에 몸 바친 사람!

생일로 기억한 그 새벽을 전투로 맞았고
때로는 기억도 못하고 두세 해를 보냈고 …
그러한 나날 속에 살아 왔구나,
격발기가 얼어붙던 장백의 설령이여!
련대를 돌격에로 부르던 락동강의 모래 언덕이여!

평생을 원쑤와 가슴 맞대고 싸워 오며
오늘도 조국의 초소를 돌아보는,
장령은 이 땅의 사람들이 즐기는 생일에서
자시의 기쁨을 알고 있는 사람 …

아, 이런 밤에 생일로 태여나는

어린 것들을 어떻게 다 세일 수 있으랴,
이슬에 젖는 장령의 어깨 우에
별 많은 조국의 하늘이 비껴 있구나,
혁명을 위해 걸어 온 그 하루하루가
저 하늘에 뿌려진 별처럼 빛나고 있어라!

≪조선문학≫, 1965.10

공장신문을 받아 들 때마다

리선을

기름내 풍기는 조그만 신문
너를 놓고 생각나는 일 많기도 하구나!
나는 한때 너의 애독자
나는 한때 너의 열성 통신원이였으니.

지나온 모든 일 옛말 같구나,
무너진 공장 한복판에서
쪼각난 벽돌을 주워 간을 막고
쇠붙이를 줏어 등사판을 만들며
네 첫 호를 찍던 날부터 오늘까지.

네 모양 그렇게 작아도
우리의 자랑 하나도 빼놓지 않았다.
때로는 칸칸이 줄을 치여
잉크빛도 진한 조그만 네 도표 우에
우리 온 작업반이 얼굴을 묻고
서로가 어깨도 밀치며 웃음에 넘쳐
너를 다시 다시 본 것은 그 몇 번이던가?

그중에도 나의 위훈을 처음으로

네 꽃테두리 표제 아래 크게 적어 줄 때
내 이 세상 나서 처음으로
이름 석 자를 활자로 보았을 때,
내 얼마나 신기함과 황홀한 마음으로
너를 오래오래 가슴에 품고 다녔던가?

생각하면 철부지만 같구나
허지만 너와 함께 살아온 나날
내 공장을 사랑하기 그 무슨 살붙이처럼 여겼으니
거기 어느 짤막한 기사 한 줄도
나의 로동 송가, 나의 청춘 송가
내 심장—불의 노래여라!

3개년과 5개년의 혁혁한 나날들이
네 우에서 마련되였거니
아, 지금은 저기 하늘땅을 구르며 세상을 놀래우는
어느 크나큰 기대를 두고 말하랴
우리 공장 어느 기적을 두고 말하랴
거기엔 내 불같은 사랑과 더불어
네 별 같은 공훈이 깃들었어라!

그러기 내 너를 받아들 때마다
내 스스로 생각하는 것
네 모양은 그렇게 작아도
너는 그렇게 큰 목소리로 온 공장을 지휘하고
너는 그렇게 세기를 놀래우는
크나큰 기적도 창조하누나!

≪조선문학≫, 1966.1

서울을 지나며
—1950년 전선'길에서—

방금숙

예가 서울이란 말인가
피'기 없는 어머니를
등'짐에 가슴이 패인 아버지를
왕십리 개천 바닥 거적 속에 누워
숨지는 어린 것을 부여안고
뜨거운 이슬을 떨구는 이 거리가.

아, 내 만일 이 거리를 해방한
전사의 대렬 속에 끼여 있지 않던들
얼마나 목 놓아 울었으랴 서울이여
네가 겪은 쓰라린 참상을 바라보며 …

한 많고 설음 많아 눈물에 잠겼던 거리
그 눈물을 밀고 원한을 짓부시며
보라, 우렁찬 인민 군대 발'자국소리
하늘 땅에 가득 찼다.
우리의 포소리—봄 우뢰가 온다.

아이들아, 가슴을 펴라
큰 숨을 쉬며 나와 함께 걸어가자

위수 사령부 정문엔 인민군 병사
날카로운 눈으로 혁명을 보위하고
거리의 게시판에
최고 사령부의 보도가 새로 나붙었다

≪수원 해방 … ≫
포병 아저씨 한 소녀를
포가 우에 세우고 붉은 넥타이를 매여 준다
기폭처럼 펄럭이는 넥타이에 담긴
조국의 큰 사랑을 안고 너희들은
한 떨기 꽃으로 활짝 피여나리라

인민 위원회 간판을 끌어안고
뜨거운 눈물을 삼키는 동지여
그대 감방에서 곧바로 달려왔구나
쇠사슬 자국 뚜렷한 손아귀에
우리의 주권을 튼튼히 틀어 쥐였거니
아무도 다시는 앗아 내지 못 하리

웃으라, 서울이여!

그대 아들들 돌아오고
태양으로 가득 찬 이 거리
모두가 우리의 것인 이 거리에
삶의 포소리 울린다.

봄 우뢰가 운다
민주의 락원을 마중하러 가자
서울이여, 네 우에 이제 북방의 생활은 시작되리라

≪조선문학≫, 1966.5

그대 천리마 시대에 바친 위훈은

박세영

흐르는 구름결도 떠가다 걸릴 듯
산봉들을 내려다보며 솟은 굴뚝,
비게도 안매고 연공들은 쌓올렸더라.
한 단 한 단 그냥 들어다 올려논듯,

이제 눈뿌리 아찔한 저 말기에
그대 피뢰침을 꽂으려니,
사다리가 그대로 눈금인 듯
한번 치떠올려 보는 것인가.
젊은 연공들의 부러움에 떠받들리여
그대는 말없이 허리바를 다시 조인다.

구름위에 오른 듯 저 허공에서 꽂는 일,
다름 아닌 자신에게 맡겨진
다만 그 한 생각으로 하여 오르는 것인가,

피뢰침을 메고 오르는 그대,
마치 해방된 도시 하늘 높이
공화국기발 날리려 올려가는 듯,
먹장구름을 가르며 내려치는 번개를

번개처럼 휘잡아치는 거인인 듯.

언제였던가 언저리를 깊숙히 파고
거기에 쌓올린 거창한(구조물)기초건물,
영원이 드놀지 않을 초석으로
그대의 의지를 다져넣던 때는.

그리고도 한 일이란 아무것도 없는 듯,
편편하니 흙으로 덮어버린 그대,
보이지 않는 그것을 두고
새벽바람에도 그처럼 땀 흘리지 않았던가.

먼 훗날 그대 흰머리 흩날릴 때
칼바람 눈가루를 날리는 맵짠 아침에도,
훈훈한 아빠로 방안마다에서
자고난 맨몸으로 뛰노는 아이들을 바라보며
그대는 더없이 흐뭇해하리.

그대 어디서나 굴뚝을 바라볼 땐
지난날 전우를 만난 듯 웃음 머금으리니,

그대 천리마시대에 바친 로력의 위훈은
언제나 기발처럼 그 우에서 휘날리리라!

≪조선문학≫, 1966.8

창밖엔 풍년눈 내리는데

송돈식

창밖엔 풍년눈 소리 없이 내리는데
삼동에도 방안에는 꽃이 피는 탁아소
잠결에도 웃음 짓는
어린것의 요람을 조용히 흔들며
어머니여 그대 무슨 생각에 잠기는가

그날도 이렇게 눈이 내렸지,
끝까지 교단을 지켜
어린 가슴마다에 불씨를 안겨주던 남편이
말없는 사연을 담아 불타던 눈길을 남긴 채
눈 우에 발자국 찍으며 걸어가던 그날도.

무엇인가 속삭이듯 눈 내리는 소리에도
그대는 듣고 있어라,
저 어린것들의 미래를 두고
다하지 못한 남편의 뜨거운 말―

…………
그대는 쏟아 부었더라.
샘처럼 마를 줄 모르는 어머니의 사랑을.

치마폭에 돌을 날라
탁아소의 주추를 다지던 그날부터
그대 마음 아이들과 함께 뛰놀며 …

걸음마를 떼는 아이들의 첫 걸음에서도
황홀한 조국의 앞날을 보는
그대 마음 더없이 기뻤어도
장난군이 코플리개들 시중을 드노라
그대 손 마를 줄 몰랐거니

지극한 그 사랑 쏟고 쏟아도
아, 이런 날은 그 정성 모자라는 것만 같아
지금은 곁에 없는 남편 앞에
스스로 묻고 대답하는 어머니여

잠든 아기의 요람을 조용히 흔들며
생각에 잠긴 그대의 눈길에서
나는 본다,
시련의 나날에 겪은 그대의 그 아픔이

지금 저 아이들의 행복한 미래를 밝히며
사랑의 불길로 타 번지고 있음을.

≪조선문학≫, 1966.9

병사들은 또다시 산을 넘는다

리범수

잘 있거라 푸른 숲이여!
이름 모를 산골짜기여!
숙영의 밥 가마 걷어지고
우리는 떠나간다 잘 있거라

정 들었구나 그 모든 것에
총탁을 기대였던 애솔나무에
젖은 옷을 말리우던 흰 바위 우에
유쾌히 노래하던 봇나무 아래,

고마와라 숙영지 정든 곳이여!
네 품에 배낭 하나 풀어놓고
우리의 하루생활 시작됐더라
취사장 국 가마엔 김이 오르고
누구는 미끈히 수염을 밀고
어데서나 병사들 사는 법대로
직일병의 구령소리 다시 울리며

아득히 병영을 뒤에 남기고
떠나온 고향집을 더 멀리 두고

낯설은 숲속을 가고 또 가도
병사의 발걸음 지칠 줄 몰랐거니
너를 사랑한다, 푸른 숲이여
그래서 병사들의 군복도
너를 닮아 푸른빛이 아니랴

오 아름다운 강산이여!
산새와 짐승들의 화려한 왕국이여!
너의 숭엄한 골짜기와 덤불 속에
말없이 충성의 땀을 흘리는
보람찬 청춘이 여기에 있고
봉우리와 봉우리를 날아 넘으며
승리의 만세를 높이 웨치는
아름다운 노래가 여기 있나니

산발이여 더 높을수록 나는 좋다!
골짜기여 더 깊을수록 나는 좋다!
내 오늘 너와 친숙하지 않는다면
조국을 수호하는 싸움의 나날에
빛나는 전술을 어이 떨치랴

창검인양 높이 솟은 이깔나무숲을 헤치며
철조망인양 뒤엉킨 덤불속을 지나며
화점인양 우뚝 솟은 바위를 넘으며
그리고 저기 호랑이가 잠을 깨는
이끼 푸른 절벽을 타고 오르며
너의 억센 기상으로 날개를 키운
나는 용맹한 산악의 수리개!

영웅들의 위훈이 살아 숨쉬는
그 어느 결전의 령마루에도
용감한 후대들의 인사를 드리며
이 나라의 봉우리와 골짜기들을
가슴 뜨거이 나는 걷나니

고이 간직하라 푸른 숲이여!
우리의 취사장과 병실자리도─
미래의 등산가와 벌목부들에게
그 많은 대통로와 유보도를 두고
길 없는 숲속을 헤치며 나간
우리의 이야기 길이 전하라

내 피 끓는 병사시절에
조국의 산을 넘고 들을 지나며
가본 일 없는 조국 땅 그 모든 곳에
병사의 뜨거운 입술을 대이며
성스러운 복무의 길을 건나니

아름다운 산천이여!
사랑하는 나의 조국이여
일당백의 용사로 나를 키워준
그대의 높낮이와 바위 하나도
걸음마다 소중히 안아 지키며
병사들은 또다시 산을 넘는다
승리의 고지를 넘는다!

≪조선문학≫, 1966.11

조국을 수호하는 사람들에게…

정동찬

가랑잎들이 날리는 고개길을 벗어나
사단으로 가는 길,
련락병 가는 길에 나루터의 물결이
거품을 안고 소용돌이친다,

강가의 허리 굽은 소나무 그늘아래
나룻배 한 척 기우뚱거린다,
칠칠한 곡식단을 한 단 두 단 싣다 말고
백발이 성성한 로인 노를 잡으신다,

기슭을 따라 가까이 내려오는 나루배
강물 속에 노대를 박는 로인,
배전의 빈자리를 말없이 눈짓하시더니
다시 물 건너로 배길을 헤아리신다

전선 가까운 산골짜기 여울가에서
수난을 겪어온 남강의 수수한 나루배,
그 어느 전란의 새벽녘에는 안개를 헤치고
습격조원들이 목을 축이며 이 배길 지나갔으리.

몇 마디 물음도 없이
례사로운 이 보통 가을날에도
젊은 병사의 길에 배머리를 대여주신
나루의 뜨거운 손길이여,

이 나루를 건너 멀리 가파로운 산길 돌아
남으로 뻗은 황토 길이여,
이 나루터의 품에 받들려
결전의 길로 떠난 병사들은 그 얼마냐.

묻지를 않아도, 네 답은 없어도
드세게 노를 젓는 로인의 눈빛 속에 말이 있구나
≪조국을 수호하는 사람들에게
선 듯 자리를 내여 주라≫

오오, 그것은 가장 준엄한 때
강원도 두메의 눈보라 울부짖던 길가 집에서도,
여울소리 높던 림진강의 기슭에서도 울리였던 말
우리 인민의 목소리였다!

해볕이 따사로운 가을날에도
사단으로 련락 가는 길에 선 듯
나에게 내여 준 불같이 뜨거운 이 자리에
어찌 내 한 몸 그저 싣고만 가랴,

병사와 함께 노를 젓는 로인의 마음은
몇 천 몇 만 리를 흘러가는 것이야
나의 행군 길에 끝나는 먼 곳에까지 바래고선
인민의 그 마음속에 병사의 충성 가득 채워 주리라!

《조선문학》, 1966.11

선고

백하

이 온정령 마루에 올라
원산을 굽어보려던
맥아더의 ≪꿈≫이 여기 얽혀있었다.

늙다리장군의 허거픈 꿈을
쓰거운 조소 속에 회상하며
남쪽 산발들을 굽어보니
1211고지 쪽엔 노을이 얽혔구나.

하늘땅을 불연기로 채우던
릿치웨이며 밴플리트.
그 어리석은 야망들은 구름처럼 흘러가고
유리로 조각한 듯 맑은 금강의 련봉들은
가벼이 안개 우에 떠있어라

눈길 닿는 저 넘엔 련천,
어이 있으랴, 저 하늘아랜
그 악착하던 워커의 주검이 썩고 있다.

세계의 해안을 정원처럼 짓밟고 다니며

포고문을 펄펄 날리던 미국 장군들
여기서 다 죽고 포로가 되고 쫓겨났다
식민지들에서 희여진 그 오만한 백발들이
조선의 골짜기들에서 피에 젖었다.

아메리카 백년의 선승사가 부서진 곳에
쾅쾅 바위를 들부시는 구룡폭포,
통쾌한 웃음 그칠 줄 모르는구나
이 땅의 푸른 기개를 휘뿌리며
산악을 들어 흔드는구나

이 나라의 근엄한 금강의 련봉들
붉은 빛발 속에 장엄히 일떠선다
만 이 천 자루 칼을 갈아 여기 세운 뒤
구룡연 오천년에 승전고 멎은 날 있었더냐

오, 다시 출진의 북을 울려라
샤만호를 불태워버린 민족이여,
영원스럽고 긍지 높은 나의 인민이여
우리의 양키 섬멸전은 백 년이 흘렀다

아메리카의 패전사를 우리가 시작했으니
마지막 종말도 우리가 지어야 하리!

― 1966. 9. 온정령 우에서 ―

≪조선문학≫, 1967.2

경사로운 아침

김선지

진달래 망울지는 4월의 첫 아침
집집의 문들이 활짝 열린다.
온몸에 감겨 도는 아이들의 손목잡고
어머니들 이 아침 집을 나선다.

산뜻한 옷차람, 티 없이 밝은 얼굴들
세상의 모든 행복 저들만 지닌 듯
웃으며, 떠들며 …
앞서거니 뒤서거니 길을 메워라.

창문들은 해빛을 받아 번쩍여라
공원의 분수가엔 무지개 비껴라
아, 넓고 곧게 트인 큰길너머로
운동장이 시원스레 한눈에 안겨라

눈시울 뜨겁구나,
만일곱살부터 누구나 무료로 배울 수 있는
전반적 9년제 기술의무교육,
경사로운 개학의 첫 아침이여!

꿈속처럼 학교 문을 지켜보았다던 저 어머니들,
해방 후 깨우친 국문으로
자기 이름 석 자 써보고 다시 써보며
이제도 이 세월이 고마와
눈물을 흘렸다던 그 마음들,

아, 배움에 목말랐던 우리의 부모들
오늘은 그 소원 마음껏 풀어가며
글 못 배운 그들 일하며 배우고
아이들은 저렇듯 배움의 넓은 문으로
거침없이 활개 치며 선뜻 들어서는구나

아 빛나는 력사에 영원히 기록될
1967년 4월의 첫 아침이여!
이 아침 우리의 자랑찬 교원대오가
당의 끝없는 사랑, 크나큰 믿음을 한 몸에 지니고
교단 우에 오른다

당이 열어준 배움의 넓은 문에서
조국의 래일은 얼마나 휘황해지랴

태양이여! 더 높이 솟아 축복하라!
날을 따라 번영할 우리의 미래—
세계를 진감하며 전진할
수천수만의 문명한 대오를 약속하는
이 땅, 경사로운 이 아침을!

≪조선문학≫, 1967.4

천리마의 선서

리호일

나는
상선의 불속에 날아올랐다
혁명의 산상봉 백두산아

너의 기슭에 붉은 안개는 피여오르고
울울창창한 밀림에 폭풍이 설레인다
하늘에 찬란한 별들을 뿜어 올리며
천지의 물결이 끝없이 파도친다

나는
밤도 없이 낮도 없이
계급의 뜨거운 불길을 안고
너의 거센 숨결소리를 듣노라.

오, 백두의 성악아
너의 머리 우에 서광을 얹고
하루에 천 리 길 원쑤를 무찌르며
조국으로 달려온 그분들의 발구름소리를,

그 정기,

그 숨결,
　　그 피줄을 이어 내 오늘은
너의 준엄한 산발에 선서를 아로새기노라.

나의 가장 크나큰 권리
　　그것은 피맺힌 원쑤를 끝까지 소탕함이여라
나의 가장 영예로운 의무
　　그것은 꽃피는 이 땅을 목숨으로 지킴이여라
나의 가장 성스러운 임무
　　그것은 기적과 속도를 창조함이여라

그 모든 것을 위하여
너의 봉우리우를 날며 영생하리니

나는 부르노라,
너의 련봉에 높이 솟은
빛나는 태양아래
삼천리강산을 락원으로 꾸려갈
력사의 거인들을.

《조선문학》, 1967.5-6

그이를 우러러, 그이를 따라

김화견

그이 걸어가심을 생각하노라,
15개성상 백두의 눈길을 헤쳐오시고
밤도 지새이시며 언제나
조국의 곳곳을 밟아가심을 …

해질 무렵 산골길
책가방 메고 가는 아이 모자 벗고 인사할 새
품에 안고 볼을 맞대여 비벼주셨도다,
뒤따라 아이 집에 찾아 가시여 학습장도 보시고, 연필도 보시고
좋은 사람 되는 길 가르쳐 주셨도다,

어느 한 공장에 오셨을 때에는
보이지 않는 기능공의 이름 불러 찾으셨도다,
그 다음 해에 오셨을 때
먼 시가에서 남편과 함께 돌아와 일하는 모습을 보시고
공장을 지키여 떳떳이 서 있음을 기뻐하셨도다.

그이 열어 가시는 길
어느 한 집에서랴, 어느 한 공장에서랴,

메부리 마주 솟은 마을에 오서서는
험한 산 오르시여 칡밭도 보시고 양우리도 보시고
그렇게 해마다 알아보시고 가르쳐 주신 다음
창성에서 다시 더 밝은 길 펼쳐주셨나니,

인민의 천만가지 요구와 운명을 걸머지시고
험난한 앞길에 서계시는 그이,
오늘은 남녘땅의 고통을 한 몸에 안으시고
경제와 국방건설의 큰길 열어 가시는 그이,

황철과 룡성기계 쇠내 나는 직장들과 구내에는
그이께서 밟으신 발자국, 발자국…
다시 한 번 천리마 대고조에로—부르신
그 거세찬 자국마다에선 새것이 움터 만발하여라,

억만년 변하지 않을 강철이 쏟아지도다
땅속 깊은 곳에서는 석탄이 솟아나 폭포처럼 내리도다.
천만가지 무기를 벼리는 소리…
바라보면 들에는 오곡, 산에는 백과,
나의 조국 어디서 살아도 힘은 용솟아

새 창안으로 청동가슴을 풀어헤친 로동자들은
얼마나 신념에 넘쳐서 쩡쩡 쇠메를 내려치는 것이냐.

아, 사람마다 승리를 환히 바라보는 이이여!
진두에 억세게 서계시는 그 모습이여!
그이를 우러러, 그이를 따라
인민들은 공장과 개발지에서, 먼 바다에
또 하루 천리마의 나래 창공 높이 펴나니,

오늘보다 래일은 다르게
더 많은 일을 하려는 사람들,
그이 열어 가시는 이 길을 내달려 원쑤 부시고
아! 이 큰 길에서
기어이 남녘형제 얼싸안으리,

《조선문학》, 1967.9

또다시 선거날이 온다

한진식

또다시 선거 날이 온다, 동무들이여
그대가 누구든
그대가 어느 곳에서 무슨 일을 하든
나서 처음 우리가 선거장에 들어서던
그 감격 그 기쁨을 들이켜 보아라.

노예 살이 암담하던 긴 세월에
애타게도 그리던 그 모든 소원이
우리 주권 고마운 제도 아래서
이루어지지 않은 그 무엇이 또 있느냐

먹고 입고 사는 집— 이 세 가지가
천 년을 두고 몇 천 년을 두고
사람에게 첫째가는 위협으로 되여 오던
이 세 가지가
우리 모두 골고루 부유해진 나라

그대가 로동자건 농민이건 권리는 같고
그대가 남자건 녀성이건 차별이 없어
마음대로 배우고 마음대로 뜻을 펴

사람마다 젊은 힘 솟아오르고
사람마다 희망이 나래치는 나라

그대가 어느 곳에 살든 그곳에는
사람의 애정이 흘러넘치고
그대가 무슨 일을 하든 일은 신성해
일터마다 기적의 불길이 솟고
일터마다 행복한 노래 울리는 나라

이 세상 가없이 넓고 넓어도
사회주의 우리나라 같은 나라를 나는 몰라라
강력하고 기백 높은 우리의 주권 같은
그러한 주권도 나는 몰라라

선거 날을 앞두고 동무들이여
우리 제도 고마움에 가슴이 찰 때
우리 주권 고마움에 가슴 설렐 때
우리 제도 우리 주권의 그 뿌리를
다시 한 번 깊이깊이 생각해보자

망국의 설음 안고 우리 모두 목메여 울 때
노예의 쇠사슬에 우리 모두 매여 있을 때
일제의 악독한 총검의 숲을
15년을 헤쳐오신
우리의 수령

조국도 주권도 우리 제도도
수령께서 이룩해 주신 것이요
우리가 누리는 스무 해의 행복도
수령께서 우리에게 주신 것이라

엄혹하고 준렬한 오늘 세상에
제국주의 미국 놈의 코대를 꺾으며
혁명을 한 길로만 이끌고 나가시는
위대한 수령,
김일성동지를 수상으로 모시는
이 행복, 이 영광에 비길 것이 있으랴

또다시 선거 날이 온다, 공민들이여
한없는 행복 누려온 우리의 스무 해

그 스무 해를 백 천 곱절
우리가 누려야 할 행복을 위해,
조국통일의 위대한 시각을 앞두고
우리 주권 반석같이 다지기 위해
신성한 선거의 날— 그날을 맞자.

≪조선문학≫, 1967.11

영웅에 대한 시

양운한

혁명군의 앞길을 일제가 막고 있다
대륙에도 안도땅에 화점을 꾸리고,
입 다물고 분연히 나선 불같은 투사
화점을 노리고 기여가는 김진동지여!

지금 그대가 기여가는 자욱마다에서
나는 듣는다
그대의 손목 잡으시고 ≪ㄱ,ㄴ,ㄷ,ㄹ …≫
글자의 획을 함께 그어 가시는
사령관동지의 음성을 받아 외이던 그대의 목소리를

땅을 떼우고 고향에서 쫓겨나
조국을 뒤에 두고 살길 찾아 먼 길 떠나며
슬픔과 눈물에 젖었던 그대의 눈,
그러나 나는 지금 본다
화점을 노리고 조여 가는 그대 눈동자에서
수령을 따라나선 그 순간부터
온 겨레의 원한을 한데 모다 내뿜던 멸적의 불길을!

아, 두 번 다시 태여날 수 없는 삶

그러나 영원히 있어야 할 것은 오로지 조국!
위대한 수령께서 조국을 향해 진군하는 길에
그대 서슴없이 한 삶을 바쳐
조국과 더불어 영원히 있으려는 김진동지여!

우리 수령이 여는 앞길
어느 원쑤가 막는다더냐
오, 원쑤들의 화점을 깔고 앉아
사령관동지의 신호총소리를 들은 빨찌산의 영웅이여!

조국진군의 앞길을 비친 저기 저 별
찬연히 흐르는 저 별빛 아래서
빨찌산들은 그대의 말 외우며 왔다
≪동무들, 혁명이 승리할 때까지
잘 싸워주오 … ≫

아 그 말을 받아 안고
또 다른 원쑤 미제를 족치며 우리 남진하던 날
막아서는 원쑤의 화점을 목숨 바쳐 까부신
수령의 전사 ≪김진≫은 얼마였던가

리수복, 김창걸, 한계렬
그리고 또 아, 얼마나 많았던가

지금은 온 나라에 ≪김진≫으로 찼나니
수령을 호위하여 나선 붉은 심장들이
그대가 밟고 간 그 충성의 길을 따라
혁명의 최후승리를 향하여 나아간다

≪조선문학≫, 1967.12

제5장

주체 시기(1967~1980)

오늘도 뜨락또르 행렬이 떠나간다

안창만

둔중한 발굽으로 대지를 구르며
뜨락또르 행렬이 출하장을 떠나간다
스빠나를 든 채 기름 묻은 손을 흔들며
이제는 벌써 수천수만 대 떠나보냈건만
보낼 때마다 감격이 파도치는 가슴이여

굴러가는 바퀴 밑에
기름진 땅이 춤을 춘다 …
수령님께서 우리에게로 찾아오셨던 그 길로
꽃피는 우리 땅, 번영하는 우리 세상을 향하여
오늘도 뜨락또르 군단이 떠나간다

한 장의 도면도 성능 높은 단 한 대의 기계도 없었건만,
제 힘으로 일떠서서 시대를 떠밀고 나가자고
우리와 마주 앉으시여 뜨락또르 생산을 의논하시던
수령님의 그 높은 뜻과 두터운 믿음을 안고
아침노을 불타는 기름진 들판을 향하여
끊임없이 떠나간다

가없는 논판 한가운데로 몰로 가는 젊은 운전수가

히죽이 웃으며 틀어잡은 조종간이여
바퀴를 굴리는 강력한 열구기관이여
농민들의 어깨에서 등짐을 벗겨주자는
수령님의 말씀이 가슴에 불탔기에
작은 하나의 부속을 놓고도 밤을 지새우지 않았던가! …

뜨락또르여
너를 어찌 하나의 기계라고만 하랴
너는 자력갱생의 빛나는 창조물
수령님의 위대한 주체사상을 몸에 지닌 천리마의 기상,
너는
수령께 바치는 우리 로동계급의 충성의 상징—

보수와 침체를 불사르고
간계와 얄궂은 조소를 짓부시며
시련의 날에 우리가 쌓은 그 모든 기적들과
우리가 흘린 그 많은 땀방울을 지니고
너는 기름진 들판에 나섰구나

들에 울리고 산이 화답하는

거창한 동음이여
땅이 숨 쉬는가?!
디젤기관이 숨 쉬는가?!
우리 심장의 고동이
전변하는 땅과 화답하는 소리여
대지에 울리는 우리 시대의 목소리여

네가 많으면 많을수록 농민들의 일이 흥겨워지는
뜨락또르—너는 혁명의 철마!
갈 길은 얼마나 멀고 할 일은 얼마나 많으랴
힘차게 발을 내짚으라
이 땅 어디에 가나 너는 반가움, 너는 기쁨…
삼천리 기름진 들판과 산굽이가
네 바퀴에 잇닿아있다
수령님의 테제의 빛발을 대지 우에 펼치며
꽃피는 농장벌로 달려가라 뜨락또르여
네 발굽 밑에서 황금물결이 파도치게 하라
너를 보내준 수상님의 은덕에 목메여
너를 붙안고 삼태성이 기울도록 쓰다듬었다는
농장벌 할아버지들의

영원한 기쁨이 되고 행복이 되여라

오직 수령님께서 요구하실 때는 못 해낸 일이 없는
우리 로동계급의 불타는 심장을 지니고
나의 뜨락또르여, 너는
사회주의 들판에 더더욱 빛나는 새 아침을 불러오라
우리 심장의 열도로 부어낸
네 무한궤도로 진펄을 헤치며
우리 의지로 벼려낸 네 보습으로 대지를 번지며
사랑하는 천리마호 뜨락또르여
우리 로동계급의 뜨거운 손길이 되여
농민들이 가는 길을 받들어주라

≪조선문학≫, 1968.9

그 계단을 딛고 오릅니다

김석추

오늘도 계단을 딛고 오르면
뜨거운 그 사랑이 나를 이끌어주고
다정한 손길이 나를 부축여 줍니다.
날이 가고 달이 가도 영원히 잊을 수 없는
내 언제나 그날의 감격 속에 살며
계단을 오릅니다.

화창한 봄날이였습니다,
수상님께서 만면에 환히 웃음을 담으시고
승용차에서 내리시던 그날은.
꽃다발을 흔들며 달려 나오는 영예군인들,
불편한 몸들을 념려하시여
수상님께선 큰 걸음으로 마주 오셨습니다.

우리들이 깎아낸 각가지 제품이며 부속들을
하나하나 보배처럼 만져보시던 수상님,
귀여운 자식들의 서툰 일솜씨나마
기특히 여기시는 어버이심정으로
자그마한 성과를 높이 치하해주셨습니다.
혁명의 붉은 꽃을 계속 피우라시며.

층계를 천천히 오르시던 그이께선
복도에 어스름이 깃들자
벽에 다가가시여 손수 전등을 켜 주셨습니다!
한없는 어버이사랑을 담아
층층마다 눈부신 불빛이 흘러넘치는데,

그리 높지도 않은 층계이건만
우리들이 오르기 불편하겠다시며
안색을 흐리시고 지켜보시던 수상님,
계단을 다시 내리시여
저를 부축하여 주셨습니다.

걸음마를 익히는
귀여운 자식의 손을 잡은
친어버이심정으로
한 걸음 한 걸음
조심히 계단을 오르실 때…

가슴에선 뜨거운 눈물이 솟구치고
계단은 흐리여 보이지 않았건만

그이께서 품에 안아 이끄시는 계단으로
한 층 한 층 또 한 층 딛고 올랐습니다.

아아, 감격에 넘치는 눈물을 삼키며
≪차렷≫자세로 서 있던 어제날의 병사들,
이 순간 그들도 나와 함께
수상님의 크나큰 사랑에 이끌리여
계단을 밟아 오른 것이 아니였습니까!

이 사랑 이 힘이 있어
불타는 조국의 고지를 지켜
한 치의 땅도 물러서지 않았고
불 뿜는 적의 화구를 가슴으로 막아
부대의 진격로를 열어놓았습니다.

내 병사시절의 그날처럼
가슴 뜨겁게 맹세 다졌습니다.
그이께서 세워주신 초소에서
혁명의 붉은 꽃을 계속 피워가리라고,

세상에서 가장 밝은 불빛이
흘러넘치는 층계여!
한 층 한 층 부축여 주시던 계단을 딛고
한걸음도 헛디딤없이 나는 오릅니다,
수상님께서 이끄시는 혁명의 한 길로
온 공장이 충성의 발자국을 찍으며 걷는 길—

아, 날이 가고 달이 가도
영원히 잊을 수 없는
내 언제나 그날의 감격을 안고 삽니다.

《조선문학》, 1969.6

보통강, 행복의 흐름이여

김송담

5월의 그날,
여기 보통강기슭엔
강바람도 따사로이 불어 스치고
해빛도 유난히 맑게 빛났다,
새 조선 건설의 첫 환호성이 터져 오르던 그날,

가슴벅차올라 눈물짓던 사람들이
소리높이 웨친 만세소리, 환호소리
보통강개수공사의 착공식에서
수령님께서 몸소 첫 삽을 뜨시였다.

새로 새로 나붙던
새 법령들을 목메여 읽어가며
해방의 기쁨에 터질듯 부풀었던 가슴들이
얼마나 큰 감격에 다시금 끓어올랐던가
김일성장군님을 가까이 우러르며…

백두의 험산준령 눈보라 세찬 길을
승리로 이어오신 간고한 15성상
푸른 하늘, 기름진 땅, 빼앗겼던 모든 것을 되찾아 주시여

우리 인민의 설음을 다 풀어주시고도
또다시 그것을 아름답게 가꾸시는
건국의 선두에서 첫 삽을 뜨신 김일성동지!

해방된 땅 우에
하많은 일들이 그이를 기다리셨건만
강선의 로동계급을 먼저 만나시고
농민들 속에서 토지개력의 기쁨도 나눠주시던
그 사랑을 안으시고 첫 삽을 뜨시던 여기는
그 옛날엔 토성랑이라 불리우고 있었다
우리의 눈물이 흐르던 기슭이였다…

쫓기는 겨레들이 갈 곳 없어
옹기종기 오두막 속에 운명을 맡겼던 곳,
한 줄기 소나기가 지나간 뒤면
흘러간 집들의 빈터 우에서
땅을 치는 곡성이 하늘에 사무치던 땅—

거칠고 어두웠던 이 기슭에 서시여
아프신 마음 누르시던

수령님 모습을 우리는 보았다,
건국의 첫 삽을 깊숙이 박으시던 그이의 눈빛에서
인민을 위하시는 위대한 결심을 우리는 읽었다 …

강산도 사람들도 감격에 흐느꼈어라,
세상 처음 가꾸어주시는 사랑의 손길을 느끼며
장군님의 넓으신 품에
이 땅은 자기의 몸을 맡기지 않았던가,
그이의 번쩍이는 삽날 끝에서
쌓이고 쌓였던 세기의 빈궁이
봄 맞은 강 얼음처럼 터 갈라지지 않았던가!

피어린 싸움 속에 안고오신 해방의 빛발을
이 땅 우에 활짝 펼쳐주시고도
위대한 구상을 꽃피우시려 잠시의 휴식도 없이
혁명의 길을 걸으신 높으신 뜻이여!
보통강, 보통강, 행복의 흐름을 낳은 크나큰 손길이여!

넘쳐나던 홍수의 사태와 눈물의 기슭이
오늘은 꽃피는 행복의 기슭으로 되었거니

저 굽이굽이에 끝없이 늘어선 궁궐 같은 집들과
아슬한 철탑들, 흰 연기 뿜는 높은 굴뚝들도
뚝 너머 물결치는 황금의 파도도
저 모든 것이 있기 전에 새 설계를 안고 걸으신
어버이수령님의 위대한 자국들 우에
높이 솟아있구나, 끝없이 설레누나!

아, 조선의 하늘, 조선의 산, 조선의 강줄기를
인민에게 찾아주신 것도 하늘같은 은덕이여서
가꾸는 것이야 우리에게 맡기셨어도 좋으시련만
건국의 큰일을 시작하는 인민의 앞장에서
몸소 첫 삽을 뜨신 인민의 수령님

아, 력사에 길이 아로새겨진
새 조선 건설의 첫 환호성이 터져 오르던 그날이여!
수령님 떠 얹어 주신 그날의 그 흙발 우에
보통강기슭의 아름다움이 솟아났어라,
인민의 앞장에서 건국의 주추돌 놓아 오신
위대한 수령님의 그 뜻에 받들려
이 나라에 차 넘치는 행복은 있어라!

《조선문학》, 1970.5

심장의 말

김재윤

열흘날의 낮과 밤을
교형리들을 놀래우며 그는 살아있었다.
숨죽은 듯 신음소리 하나 없는 그에게
교형리들 악에 받쳐 짖어댔다.

-조선 사람은 부자지간에
인정이 많은 사람들
마지막 남기는 말이라도 있으리 …
놈들은
아버지를 불러왔다.

… 검은 철창문이 열리자,
가볍게 끄으는 짚신소리 …
어두운 감방 안은 금시에
고향집 앞마당으로 변하는가
번쩍-그 소리에
투사는 눈을 떴다.

주름 깊은 아버지의 얼굴을 바라보며
불타는 눈과 눈이 마주치는 순간,

투사에게는 들려왔다.
유격대에 입대하여 떠나던 날의
그 엄한 목소리가 …
—장군님의 훌륭한 전사가 되기 전에는
아예, 고향집에 들어설 생각일랑 말어라 …

교형리들의 어리석은 망상을 짓부시며
천천히 다가서서 아들을 안아 일으키는 아버지,
피 흐르는 상처를 어루만지며
설레설레 머리 가로젓는 그 아픈 마음
뜨거운 눈물이
아들의 이마를 적시며 흘러내린다—
철창에 갇힌 몸 되였어도
유격대의 비밀만은 끝끝내
장군님께로 보낸 아들을 끌어안고 …

아아, 말과 물음이 따로 있으랴
맞대인 그 심장과 심장을 통해
거기에 아버지와 아들의
영원한 사랑과 믿음이

태양마냥 굽이치고 있어라 …
몇 억 천 마디의 말보다 뜨거운
심장의 말이 흐르고 있어라 …

―살아도 죽어도 일편단심 우린
그이를 따라가야 한다!
김일성장군님의 훌륭한 전사가 되여야 한다!
불같이 다지고 다지는
아버지와 아들의 심장의 말은
이렇게 흐르고 또 흘러갔거니
그 어떤 원쑤가 이 말을 들을 수 있으랴,
그 어떤 힘이 이 이야기를 막을 수 있으랴.

화석마냥 굳어져있는 원쑤들,
원쑤 놈들을 굴복시키며
아버지와 아들은 헤여졌다.
저벅, 저벅―
다시금 무거운 정적이 깃든 감방에
멀어져가는 그 발자국소리 …

오오, 세월은 흘러갔다.
위대한 수령님의 혁명사상을 신념으로 안고 사는
우리 인민의 가슴과 가슴에서
오늘도 심장의 그 말은 흐르고 있어라.
아버지와 아들은 영원히 우리와 함께
헤여지지 않고 있어라!

≪조선문학≫, 1971.1

어머님의 위대한 사랑이여!

윤두만

은혜로운 태양의 빛발 흘러넘치는 땅 우로
행복에 젖어 걸어갈 때
부풀어 오르는 우리들 마음은
이 강산에 위대한 태양을 받들어 올리신
강반석 어머님의 그 사랑 잊지 못하여라

간고한 수난의 날 …
첫 무장대오를 이끄시고 떠나시는 장군님께
달비를 깔아 떠나보내신 어머님,
어머님의 그 사랑이 아니였다면
우리 어찌 해빛 밝은 이 땅 우로 걸어갈 수 있으랴

아, 그것으로 아드님과의 마지막 리별이 되였던
그날 그 아침
소사하의 초가집 … 병환에 계신 어머님께서는
아드님의 손길 한없이 그리웠으련만
좁쌀 한말 높으시고 엄하게 타이르시며
혁명의 장도우로
장군님의 발걸음을 재촉하신 어머님

밀려드는 갖은 고초와 가슴 무너지는 슬픔도
김형직 선생님의 뜻을 이어갈 아드님을 보시며
꿋꿋이 이겨오셨거니
짓밟힌 나라를 구원할 혁명의 길이 앞에 있어
한순간의 지체함도 그렇듯 안타까우셨던가

그날 장군님께 하시고 싶은
수천마디 말을 달비에 다 담아 깔아주신 어머님,
이제 장군님께서 떠나가셔야 할 길이
너무도 간고하고 준엄하기에
비 뿌리고 눈보라 앞을 가리는 험산준령마다
무적의 힘이 되고 날개가 되라고
장군님을 받들어주신 어머님의 사랑이여

우리 어찌 그 사랑의 높이를 다 헤아릴 수 있으랴,
생각하면 그대로
충성의 눈물이 되고 뜨거움이 되거니
이 세상 어머니들의 사랑을 다 합쳐도 비길 수 없는
어머님의 사랑은
장군님께서 가시는 길마다 함께 따라가며

그이의 크나큰 위업을 받들어주었고

그 사랑으로 십오성상
장군님께서 대원들을 안아주셨기에
아직 그 누구도 헤쳐보지 못한
백두 장설을 녹여내리며
영광의 길로 그렇게도 도도히
우리 혁명의 대오가 걸어온 것이 아닌가,

아, 한없이 넓은 어머님의 품에서 시작된
조선의 사랑이여!
그 사랑은
조선혁명의 첫 무장대오가 영광의 오늘에로 떠나올 때
그 어떤 위대한 힘에 떠받들려
걸어왔는가를 뜨겁게 이야기하여주는 위대한 사랑!

자신께서는 한생 고생 속에 사시면서도
우리들에게는 사랑만을 주고가신 어머님,
어머님께서는
그토록 바라시던 사회주의 이 락원이 한없이 귀중하시여

오늘도 뜨거운 달비의 그 사랑으로
4천만의 발걸음을 말없이 받들어주며
혁명의 한길 우에
영원한 사랑을 주고계시여라!

《조선문학》, 1971.7

빛나라, 불멸의 자욱이여!

김송남

바람결에 설레이는 나무숲도
여기서는 숭엄한 노래를 들려주고
길을 막는 진대우 푸른 이끼도
여기서는 뜨거운 생각을 불러주어라
천년장설에 덮인 백두의 밀림―

어디선가 류량한 나팔소리
저벅저벅 발구름소리도 들리여올 듯,
눈보라의 장막을 뚫고나가던
척후행군의 기나긴 대오
흰 두루마기자락들이 언뜻언뜻 보여 올 듯…

조선의 아픔도 조선의 열망도
누구보다 깊이 느끼시고 헤아려보시며
혁명의 위대한 수령 김일성동지께서
앞장에 서시여 길을 내여 가시던 그 걸음,
성좌인 듯 빛나는 영광의 자욱들을
밀림이여, 너의 푸른 가슴은 소중히도 안고 있구나.

마음속에 불러보노라

얼음 덮인 조국의 기슭,
광복의 맹세 남기시던 포평나루여!
겨레의 수난을 한가슴에 안으시고
잠 못 이루시던 화전의 별 많은 밤,
카륜과 남호두, 동강을 거쳐
보천보의 밤하늘에 타오르던 불길이여!

땅 잃은 설음에 눈물이 얼룩지던 밭머리
가대기 끌던 피멍든 가슴에,
교대고동 구슬피 울던 저물녘 구내길을
시름에 겨워 걸음 옮기던 그 마음들에
투쟁의 불씨를 안기며 길은 뻗어왔구나.

조선아, 조선아, 너는 어디로?
밑줄을 그어가던 두터운 책들과
밤 가는 줄 모르던 그 론쟁 속에서는
끝끝내 찾지 못한 갈 길을 두고
꺼질듯이 한숨짓던 그 사람들에게로
가슴을 틔워주며 길은 넓어졌구나.

여기였다 …
그이의 품속에서
우리 혁명무력의 첫 병기창들과
젊은 나이의 지취관들이 태여난 고향,
인민정권의 주추돌이 놓여지고
우리 당의 첫 숨결이 태동하던 땅.

여기엔 모든 것이 있었다,
새 조선의 룡마루를 받들어 올릴
불멸의 사상, 고귀한 경험 …
기쁨도 고난도 함께 나누는
동지의 사랑이 여기 뿌리내리고
한순간을 살아도 수령님을 위해 사는
가장 귀한 우리의 마음이 여기서 움텄다.

생눈을 씹으며 가던 끝없는 행군,
한 걸음 내디디는 발걸음소리도
조국의 땅 우에 희망의 새싹들을 불러내고
일제의 아성에 퍼붓는 멸적의 총포성도
식민지사슬에 얽힌 대륙과 대륙들을 잠 깨워

총을 쥔 싸움에 불러 세우던 길이여!

아, 눈보라 몰아치고 궂은비 휘뿌려도
혁명의 도도한 흐름을 모으고 합치며
세월을 넘어 영원히 빛을 뿌리누나
력사에 없는 시련을 이미 이겨낸
그날의 그 길 우에 우리를 세워
어떤 역경 속에서도 흔들림 없는 신념을 안겨주누나.

빛나라, 불멸의 자욱!
자랑하노라, 영광의 행로!
보이는 것, 안기는 것 걸음마다 소중한 조국 땅에
귀한 것 중에서도 더 없이 귀중한
≪주체의 조국≫이 디디고 선 튼튼한 터전이여!
불패의 당이 뿌리를 깊이 내린
우리만이 지니고 있는 위대한 혁명전통이여!

아, 혁명의 위대한 태양 김일성동지께서
주체의 홰불 높이 드시고 걸어오신 길,
식민지 무산자의 터 갈린 주먹에

무장을 쥐여 주시던 그날에 시작된 이 길은
온 세계를 로동계급이 자신의 힘으로
바라는 모든 것을 틀어쥐는 그날까지
다져지며 넓어지며 앞으로만 뻗어있으리라!
언제나 혁명대오를 승리에로 불러 주리라!

≪조선문학≫, 1972.7

우리 시대의 이야기

채영도

이깔나무 무성한 숲을 지나면
또다시 펼쳐지는 아득한 초원 …
강을 건너 또 다른 국경을 넘어
렬차는 끝없이 달리는데

오르고 내리는 수많은 외국의 벗들,
옛 친구들 마냥 우리 조선 사람들의 손잡으며 묻노라,
―김일성수상님께서 건강하십니까?

우리와 한자리에 앉아 가고 싶어
한 발자국이라도 더 가까이에서 려장을 풀며
누구는 그이의 로작을 펼치고
누구는 그이를 모시고 찍은
사진을 내보이며 회상담을 시작하여라.
―그이께서 이 손을 오래오래 잡고계실 때
그만 이 흑인의 눈물이
막을 길 없이 흘러내렸소.

오, 사람들의 가슴속에 높아가는
차바퀴소리, 차바퀴소리 …

외국의 벗들은 우리와 함께 다투어 흑인의 손을
뜨겁게 뜨겁게 잡아 흔드는데
기적소리 차창 밖 아득한 초원을 넘어
끝없이 끝없이 울리여가라.

이 세상 끝에서 끝까지―
그 모든 일터와
        길가와
            가정에서
그이에 대한 이야기로 날이 밝고
해가 지는 우리 시대

광장에서
    극장에서
        회의장에서
그이를 우러러 그칠 줄 모르는
박수소리, 만세소리 …
우리 시대의 시간과 공간을 가득 채우는
끝없는 흠모의 격정이여!

오, 세계의 심장을 틀어잡으신
그 이름 위대하신 김일성동지!
그이를 모시는 무상의 영광이
어디에서 어데까지 펼쳐졌는가

위도와 경도를 넘어
렬차는 끝에서 끝을 향해 달리여라.
친애로운 그이의 영상이 가득 찬 온 누리에
주체의 빛을 뿌리며 뿌리며 …

≪조선문학≫, 1972.8-9

룡성이여!

전병선

여기서는 동해의 불어오는 찬바람도
뜨거운 열풍에 익어간다,
여기서는 나이도 성미도
태여난 고향도 서로 다르건만
천만 심장이 하나로 고동친다,

여기서는 흰 갈기 날리며 밀려드는 저 푸른 창파도
대고조의 불 바람을 받아 안고
난류가 되어 멀어져간다,

룡성이여, 그 무슨 위대한 힘이
너의 가슴에 뜨거운 숨결을 부어주고
힘과 열정으로 충만된 너의 어깨 우에
비약의 억센 나래를 달아준 것이냐,

룡성, 너는 대상설비생산의 선코에 선 기수
수령님께서 짚어 가시는 이 땅의 무수한 지점들에
새로운 공장을 낳아주며
공업의 지구를 넓혀가는 어머니공장,

그렇듯 중한 임무를 지녔기에
네가 걸어온 영광의 자욱처럼
8메터 타닝반과 3천 톤, 6천 톤 프레스는
이 땅 우에 그리도 빛나는 것 아니냐,

아직은 그 누구도 해보지 못한
경제국방병진의 새 로선 받아 안았을 때에도
그이께서 키워주신 혁명적 대담성의 불씨를 안고
주체공업의 선발대가 되여
한 발자국의 헛디딤도 없이
수령님께 충성을 다해온 룡성땅,

너는 또다시 일떠섰구나
특별렬차를 보내시여 몸 가까이 부르시고
몸소 당 중앙 정문에까지 마중 나오시여
룡성이 대상설비생산의 선코에 서야
6개년 령마루도 점령할 수 있다하시며
두 손을 뜨겁게 잡아주시던
수령님의 그 크나큰 신임과 믿음을
부풀어 오른 가슴에 깊이깊이 되새기며 …

하기에 여기서는 낮과 밤의 계선도 없다
잠시 구내길 걷는 사람들의 어깨 우에도
단김 풍기는 소재가 메여져있다,
지축을 울리는 프레스 우에도
불 바람 안고 돌아가는 만부하의 선반대 우에도
뜨거운 구슬땀이 돋쳐있다.

수령님의 명령을 관철하지 않고선
그 어느 한 기대 앞에도 설자리가 없음을
스스로 자각한 사람들이
올해계획은 10월10일전으로
넌 말까지는 6개년계획의
1973년도 말 생산수준을 돌파할 불같은 마음 안고
하나로 뭉쳐 달려가는 룡성땅,

아, 여기서는 그리고 아름차고
그리고 높아만 보이던 대상설비고지도
다만 눈 아래로 굽어보이거니
룡성이여 너는
공산주의 령마루로 치달아 오르는

6개년의 노을 비낀 언덕 우에
또다시 주체로 빛날
기계의 무성한 숲 설레이게 하리라
기계들의 장엄한 노래 차 넘치게 하리라.

≪조선문학≫, 1972.10

받아 안는 행복이 크면 클수록…

최국산

하루에도 그 몇 번
내 받아 안는 행복이 크면 클수록
눈시울 뜨겁도록 생각에 잠긴다.

푸짐한 밥상에 마주앉았다가도,
단잠 든 어린 철이의 얼굴을 바라보다가도
한 지붕 아래 함께 모여앉아
이 기쁨, 이 행복 나누지 못하는
아, 남녘땅, 우리의 형제들…

이런 순간이면 멀리 운하를 타고
울렁이는 마음, 나래 쳐 가는 생각이여
령남땅 내 고향이 해방되던 날
의용군으로 떠나는 아들들을
그토록 대견히 바라보며
미제살인귀들을 남해바다에 처넣으라고
두 어깨를 밀어주던 고향사람들,

대대로 종살이하던 머슴군의 아들들을
김일성장군님의 품으로 떠나보내며

어서 빨리 그이의 해빛을 안고 오라고
그처럼 간절히 간절히 당부하던
아, 그날의 잊지 못할 얼굴들!

미제와 박정희괴뢰도당들의 극악한 학정아래
투쟁의 해불을 높이 쳐들고
수령님의 주체의 빛발을 우러르며
이 시각에도 전구와 전구를 넓혀가는
싸우는 남녘땅 형제들이여!

그 길을 가로막고 서 있는
원쑤 놈들에게 천백배의 복수를 안기라
싸우는 그 길에서
한 걸음도, 단 한 걸음도 물러서지 말라

아, 저 극악한 미국 놈들로 하여
매국배족의 무리들로 하여
가지 못하는 남녘땅을 두고
보지 못하는 형제들을 두고
우리의 가슴에도 복수의 피가 끓어 번지거니

이 땅 우에 분렬을 영원히 강요하려는
미제와 박정희괴뢰도당들의 책동을 짓부시고
끊어진 민족의 피줄을 어서 빨리 이어가자.
그처럼 딛고 싶던 남녘땅에
그처럼 보고 싶던 겨레들 앞에
어서 빨리—
수령님의 뜨거운 사랑의 해발을 안겨주자

위대한 수령 김일성원수님의
주체사상의 해발아래
긴 긴 세월 막혔던 장벽을 무너뜨리고
통일의 환호성이
온 조국강산에 차 넘치게 하자!

≪조선문학≫, 1972.10

5월의 봄밤

김응하

이슬내리는 5월의 봄밤
동강의 밀림 속에 빛나던 불빛이여,
어깨에 털외투를 얹으신 장군님,
숭고한 그 영상이 새벽까지 어리던 귀틀집 창문이여,

짓밟힌 조국을 생각하시며
그 많은 밤 등불의 심지를 돋구시던 손길,
그 손길로 조용히 그어가시던
조국광복회10대강령의 마지막 글발이여,

얼마나 놀라운 일이
그 밤에 이루어지고 있었던가,

지구도 길을 잃고
암흑 속을 달려가던 그 밤
이 땅에 봄이 움트기 위해서는
10년의 세월이 더 흘러야 했던 그때,

황희에 넘친 제강소구내에서
장군님을 맞이했던 45년의 용해공들도

아직은 맨발 벗고
쇠가루 날리는 길가에 헤매 다니었다.

분여 받은 밭머리에 박을 말뚝들은
애어린 뿌리를 심산 속에 내리고 있을 뿐
미제를 함정골에 처박은 근위병들도
아직은 어머니의 품속에 잠자고 있었다

밤하늘을 물들이는 저 용광로의 주홍색 불빛,
행복을 속삭이는 무수한 창문들,
오늘에 이룩된 이 모든 것을
그때 그 누가 생각인들 할 수 있었으랴

우리의 세월이 오기 전에는 아직 멀었던
그날 밤 공장으로 팔려가는 딸을 붙안고
이 나라 가난한 어머니들은
눈물 속에 한밤을 지새웠거니,

그들이 어떻게 알 수 있었으랴,
자식의 운명을 두고 비통하게 울부짖는

그 밤, 그들의 머리우로
조국광복의 밝은 빛발이 비껴오고 있었음을.

아, 사색에 잠기신 장군님의 발자욱소리에
다가오는 봄을 예감하며
밀림도 감격에 넘쳐 귀 기울이던 그 밤,
새벽까지 꺼질 줄 모르던 동강의 불빛이여

깊은 밤
김일성동지께서 손수 돋구어주시는 등불,
밝은 그 빛발 속에는
짓밟힌 조국이 아닌
사회주의강국의 우렷이 솟아올랐어라.

얼마나 놀라운 일이 이루어졌는가
이슬내리는 5월의 봄밤이여
오늘을 그리시며 잠 못 이루시던 수령님
불멸의 그 영상을 력사에 새긴 동강의 봄밤이여!

≪조선문학≫, 1973.5

위대한 사랑의 창조물

박세영

푸른 숲 설레이는 공원속의 도시
평양, 평양이여!
대동강 맑은 물도 그 위용 담아 싣고 흐르는데
또다시 전하누나, 전동차의 기적소리
지하철도의 탄생을 온 세상에 고하누나.

천만 사람의 마음 자석같이 당기는 지하역,
열백 번 걸어서 오르내린들 지칠 수 있으랴만
위대한 어버이사랑에 받들려
날아오르고 내리듯
계단식승강기에 들어서면
마음까지도 어릴 때처럼 되누나.

인민의 태양의 빛발이
여기에도 그대로 비쳐들어
정다운 형광등 함박꽃처럼 피여나고,
눈앞이 신비경으로 휘황하거니
대리석 지하궁전이 온통
투명체같이 얼른거린다.

예술의 궁전을 자랑하듯
호화찬란한 대벽화로부터
다채로운 조각에 이르기까지
눈길을 뗄 수 없게 하누나,

저기 벽화의 쪽무이 하나하나에도
수령님께 바치는
전설자들의 뜨거운 충성 새겨져있어
화폭들도 모두 살아 숨쉬며
그이께 아름다운 노래 드린다.

≪세계 최고봉≫의 주체예술이
만 사람의 심장을 틀어잡듯
그 누구도 상상 못할
예술의 극치를 이룬 이 지하궁전.

이는 인민을 위해서라면
세상에 아끼시는 것 없고,
미래를 사랑하시는
수령님의 위대한 사랑의 창조물.

사람들이여,
지하궁전 그 어느 하나에도
무심히 지나치지 말라,
여기에 깃든 어버이사랑을 두고,

쏟아지는 석수를 어깨 우에 맞으시며
수령님께서 찾아주신 걸음걸음 얼마이시던가,
꽃도 볼 겨를이 없을게라고
건설자들에게 보내주신 꽃핀 화분들.

때 없이 막아서는 암반을
드센 가슴으로 밀어 헤치며
가슴 가슴에 피여난 그 꽃들이
이렇듯 찬란한 지하철도를 건설했구나.

지하궁전에 어울리는 화려한 전동차
차간마다 가득한 승객들
저마다 환희와 경탄의 눈길 보내는데,
떠나보내는 손님들을 향하여
처녀차장들은 공손히 경례를 한다.

세상에서 가장 아름다운 평양지하궁전이여!
너는 영광의 세월과 더불어
길이길이 빛나리라,
수령님의 한없는 은덕을 노래하며
사람들은 흥겨운 출퇴근길에 오르리라.

≪조선문학≫, 1973.11

삼지연

리상진

맑고 푸른 조국의 못 삼지연
하늘빛에 물들어 곱게도 물들어
암운서린 땅에 봄빛을 주시며
조국으로 오신 장군님을 맞이한 삼지연

깊고 깊은 밀림 속 수천 리 행군로…
그 어느 한 때도 조국을 잊지 않으신
장군님의 환하신 영상을 반겨
설레며 술렁이며 반짝이였고

어데서도 그 어데로도
흘러들고 새여 나는 물 따로는 없노라고
오직 백두령봉에서만 물을 받아
그 정기로 살아있는 듯…

그 마음 언제 변함 있을라
못가에 한가득 진달래꽃 피워놓고서
멀리로 멀리로 솟은 백두산을
뚜렷이도 비껴 담은 조국의 못이여.

달도 네 수면에 뜨면
고운 은빛 드리우나니
영원한 아름다움을 지니고서도
숭엄한 정적을 한품에 둘렀구나

아, 위대한 태양의 사랑의 빛발아래
세상 가장 아름다움을 안고
세상 가장 맑은 물을 담아 비낀 삼지연!
천만년 길이 빛나리라
조선의 하늘처럼 영원히 푸르러 …

≪조선문학≫, 1973.12

3대혁명의 빛발이 흐른다

안창만

하늘의 해가 뿌리는 것이 아니다
이 땅을 밝히는 빛발은,
철따라 찾아오는 봄날이 주는 것이 아니다
락원의 이 강산을 비치는 빛발은,

구름도 가릴 수 없게, 눈비도 식힐 수 없게
언제나 줄기찬, 언제나 따사로운 빛발
위대한 주체의 태양에서 이 땅에 흐르는
사상, 기술, 문화, 3대혁명의 빛발이여,

그 빛발 속에 이 땅은
거창한 생활을 펼쳐들었구나
평양에서 머나먼 두메 끝까지
이 빛발 속에 조국은 새날을 맞고
우리의 생각과 로동, 기쁨의 그 모든 시간이 흐른다

례사롭던 구내길에 그 빛발은 비껴
자동화의 물결이 굽이치고
논벌에, 밭이랑에 그 빛발은 비쳐
힘든 로동의 마지막 혼적을 털어버리며

이 나라 농민들이 허리를 편다.

그 빛발 마을의 수도가에도 어리고
산언덕을 내리는
농촌뻐스의 반가운 차창 가에도 비꼈구나,
그 빛발 속에 이 나라 아이들은
배움의 나래를 활짝 펴고
새로 무은 우리의 대형 선박은
먼 바다를 향해 닻을 올린다.

새벽안개를 가르며 들에 나서는
수수한 농장처녀의 충성스런 그 마음을 생각하노라.
세월의 암벽을 헤치고 석탄산을 안아 올리는
이름 없는 착암공의 가슴에 솟는 그 불길을 생각하노라.

혁명의 빛발이 흐른다,
가슴속 깊이 또 깊이 흘러
주체시대의 새 인간
참다운 혁명의 주인들을 길러내는 사랑의 빛발이여,
이 땅에 흐르고 또 흘러

행복의 열매를 영글여주는 은혜로운 빛발이여,

그 누가 지닐 수 있었던가? …
세월의 흐름도 우리에게 주지 못하였다!
아, 어버이수령님께서 안겨주신
3대혁명의 빛발이여!

위대한 그 빛발을 누리에 뿌리며
이 땅은 세기의 령마루에 솟아올랐구나,
그 빛발 속에 우리 시대는
인류가 바라던 미래를 가슴에 안는구나,
앞으로 달려가자, 주체의 조국이여
존엄 있는 자주의 인민이여,

수령님 사상밖에 모르는
우리의 신념은
순간을 살아도 영생의 언덕으로 오르는
인간정신의 절정,
수령님께서 배워주신
우리의 기술은

하늘땅을 휘여잡은 거인의 슬기,
수령님을 우러르는
우리의 노래는
세계를 격동시키는 대해의 파도소리 …

가는 길에 준령이 막아서고 폭풍이 불어도
우리는 곧바로 가리라!
사상혁명의 나래를 창공에 펼치고
시간과 공간, 인간의 상상을 날아 넘으리라.

기계바다의 뜨거운 파도로, 황금이삭의 물결로
보수와 소극의 얼음장을 녹여버리며
신비와 침체를 남김없이 쓸어버리며
그 빛발이 비치는 곳으로만 가리라!

자연과 사회의 참다운 주인들을 길러내는
사회주의교육학의 빛나는 페지들을 넘기며
인류문명의 찬란한 봉우리 우에
주체의 문화를 활짝 꽃피우리라,

혁명의 빛발이 흐른다,
조국이여 앞으로!
그 빛발이 비쳐주는
저 장엄한 6개년의 봉우리를 향하여
결사대, 돌격대여 앞으로!

이 땅에 안아 일으킨
락원의 봄 동산과 함께
우리는 주리라,
3대혁명의 빛발 속에 살아온,
3대혁명의 빛발 속에 살아갈
우리의 이 열정, 이 기백—
아, 수령님께서 안겨주신 높은 뜻을 지니고
충성에 불타는 심장들이 이어가는 이 길
백두의 행군 길을 후손들의 앞길에 이어 주리라,
공산주의 휘황한 봉우리 우에—

≪조선문학≫, 1974.1

우리는 주체의 길을 간다

최준경

그 어데나 눈길 주고 바라보면
빛나는 내 나라, 주체의 조국
푸르른 저 하늘도 우리의 하늘,
은금의 이 강산도 우리의 강산,

가슴마다 주체의 빛발을 안고
우리는 이 땅에 건설의 기념비들을 세우며
한없는 긍지와 자부심에 넘쳐 산다
우리는 자주의 머리를 높이 들고
자기의 힘 자기의 지혜를 자랑하며
곧게 뻗은 대통로로 떳떳이 걸어간다.

바라보면 우리의 존엄으로 도도한 땅
귀 기울이면 우리의 음향으로 팽배한 땅
그 누구도 감히 건드릴 수 없는
무한대한 힘과 정신의 위력이
하늘 땅 공간에 열풍처럼 차있어라

주체여, 너의 빛발을
티 없이 맑은 눈동자에 담을 때

우리의 생각은 지혜로 빛나고
문명의 상상봉에로 끝없이 나래 치며
이 땅의 힘과 보화들을 흔들어 깨운다.

주체여, 너의 빛발을
한없이 순결한 가슴속에 안을 때
혁명의 주인 된 높은 자각으로
우리의 발걸음엔 거인의 힘이 넘치여
힘과 열정과 변혁에로 내달린다.

오, 초불 같던 수난의 목숨들을 안아
사람마다 생활과 투쟁의 창조자로
창조와 행복의 수호자로 불러준 빛발이여
노예의 철쇄와 베잠뱅이를 벗겨주고
가장 높은 자주와 창조의 상상봉에로
혁명하는 인민을 안아 올린 사상이여,

이는 일찌기,
만경대초가집의 등불 아래서 빛났고
사령부의 불빛 속에서 지펴진

자주, 자립, 자위의 찬란한 등대,
주권도 자원도 인민에게 바친
혁명과 건설의 위대한 철학.

이는 김일성동지께서 창조하신
조선의 정신이며 자세!
조선의 숨결이며 날개!
조선의 무장이며 요새!
너는 해 솟는 아세아의 동쪽반도에서
누리에 퍼져가는 혁명의 광채!

너의 빛발 비쳐가는 곳마다
식민지 사슬들은 녹아내리고
독립의 기발들은 창공에 날린다,
너의 기치 높이 들고 나가면
지구의 한 끝에도 어둠은 가시고
혁명과 투쟁의 봄은 무르익는다

오 주체 주체!
우리는 이 빛발, 이 기치로

이 시대에 태여난 자부심을 안고
무에서 유를 창조하며
세상을 다듬고 붉게 물들이며
력사의 수레바퀴를 돌려나간다

오 주체 주체!
우리는 이 빛발, 이 기치고
혁명의 열풍 속에 거센 숨 몰아쉬며
지구가 돌아가는 소리
혁명과 건설이 전진하는 소리
공산주의가 다가오는 소리를 듣는다.

≪조선문학≫, 1974.5

영광의 상상봉 우에

정영호

천년 잠들었던 서부맥을
뒤흔드는 발파소리
드바쁜 전차들의 경적소리…
천길 막장은 온통 들끓는데
아는 듯, 모르는 듯 검덕의 상정마다엔
흰 구름만 송이송이

억척같이 막아서는 암벽을
한 치 한 치 가슴으로 밀며, 안아내며
온 나라 총돌격전의 앞장에 서 있건만
검덕이여! 너는 오히려 숙연히
위훈을 지심깊이 새겨가누나!

속도전의 불 바람 날리며
막장을 떠날 줄 모르는 아버지들에게
귀여운 어린것들이 축하편지를 보내온 밤
어찌하여 착암기들은 그처럼 불을 뿜었던가!
가독들로 무어진 녀맹소대가
돌격대의 기발을 날리며 달려온
그 밤의 발파소리는 어찌하여 눈시울을 적시였던가!

폭포처럼 쏟아져 내리던 쇠들이
갑자기 천근만근으로 메워지던 그 새벽
한 이름 없는 광부가 폭약을 안고 나설 때
그 얼마나 가슴들을 쳤던가,
가슴들을 치며 온 막장이 떨쳐나섰던가,
살아도 죽어도 영광의 그 한길 우에 살자!

피 끓는 열정을 바쳐감이 없이
충성으로 받들어가는 위훈 없이 전진을 모르며
남갱의 영웅소대가 6개년계획을 두 곱이나 해내고
청년갱의 작업반들이 따라나서고
온 광산이 영웅의 대오에 들어선다!

발파소리 지심 깊이 울리며
그 모든 위훈을 말없이 간직해가는
다함없는 충성의 그 마음
어버이수령님의 심려를 덜어드리려는 그 진정을
검덕이여!
온 나라가 가슴 뜨겁게 안아본다.

수도의 한복판을 미끄러져가는 전차 안에서도
당보의 주먹 같은 글발의 너의 소식에 기뻐하고
용광로의 사품 치는 쇠물을 보며
조국은 그대에게 보낼 새 광차들을 생각하고
선반기에 소개를 물리며
그 마음 벌써 여기 막장에 와 닿아라!

세계의 하늘가에
주체예술의 찬란한 빛을 뿌리던
우리의 혁명적 예술인들이
막장의 소박한 가설무대에서
기쁨의 이슬로 눈시울 적시며
너에게 노래와 춤을 바친다
더 빛나는 승리를 축원하며

아, 10월의 대축전장을 향해
순간도 멈춤 없이
보화의 문을 열어 제껴 가는 검덕이여!
암벽을 육박해 깊이 들어갈수록
너의 모습은 불멸의 위훈으로 높이 솟아올라라!

온 나라의 맨 앞장에 세워주신
위대한 수령님과 당 중앙이 베푸시는
그 사랑, 그 믿음의 높이로, 충성의 높이로
영광의 상상봉우에
너는 아침해돋이마냥 금빛 찬란하여라!

≪조선문학≫, 1975.9

위대한 사랑의 령마루에서

김정호

무르익은 열매를 품고
강산이 노래하는 계절,
세기의 언덕을 딛고 오른
6개년의 봉우리에 떠받들리여
더 맑고 푸르러진 조선의 하늘이여.

10월의 대축전
혁명의 명절을 장식하며
웅장하게 솟아오른 대야금기지의 철탑들,
해안선 저 멀리 달려 나간
대형장거리 벨트콘베아 수송선이여
황금나락 설레이는 풍요한 대지여.

오늘의 이 승리를 위해
어버이수령님 헤치신 눈비는 얼마이시랴,
지새우신 그 밤들은 얼마이시랴
바람세찬 철탑 밑에서
눈석이의 포전 길에서.

진두에 서신 어버이수령님을 따라

친위대 결사대원들
대 건설의 하늘에 우뢰를 터치며
속도전의 불 바람 안고
얼마나 5개전선 돌파구를 넓혀갔던가
어버이수령님을 위하여,
당 중앙을 위하여

사품 치는 강물 속에 언제를 쌓았노라
하늘높이 대형용광로를 세웠노라
눈발 속에서도 풍년 싹을 키웠노라

평범한 그 이름들을
투사로, 혁명가로
위훈의 앞장에 불러주신
어버이수령님의 그 사랑에 목이 메여
당 중앙의 그 믿음에 가슴 뜨거워

대 건설, 총동원의 불길 지펴주시며
가시는 걸음걸음
인민을 안아주신

자애로운 그 사랑, 그 미소
6개년의 령마루에 빛나고 있어라,

한평생 인민을 위하시는
어버이수령님의 그 언덕 속에 솟아오르는
사랑의 령마루
행복의 령마루
여기선 세상 모든 아름다움이 빛을 뿌려라
여기선 공산주의도 가까이 보여라

오늘의 이 영광, 이 승리
래일의 투쟁으로 이으며
나가자 인민이여, 충성의 대오여
빛나는 10대전망목표를 향하여
3대혁명 붉은 기치 높이 앞으로!

다가오는 세기여 영광이 있으라
위대한 사랑을 인민 위해 바치시며
어버이수령님께서 이 땅 우에 이룩해 가시는
그 모든 령마루들 우에

공산주의 첫 해돋이가 비껴 오리라.

≪조선문학≫, 1975.11

청산리의 버드나무

배헌평

마당 한가득
푸르싱싱한 아지를 드리웠네
청산리, 영광의 땅에
깊이 뿌리내린 한 그루 버드나무

설레이네.
행복에 겨워 설레이네
눈 덮이 2월의 그 아침부터
어버이수령님 우러러 설레는 청산리의 버드나무.

봉상강기슭에서 장마비를 맞으시던
그 사연 촘촘히 푸른 잎에 맺힌 듯
종합적기계화의 구상을 펼쳐주시던
그 감격 줄줄이 아지마다 흐르는 듯

버드나무 그늘아래 허물없이 앉으시여
화학비료 내는 량도 계산해주시며
온 나라 농촌을 다 돌아보시는 듯
해가 기울어 달빛이 내리건만
자리를 못 뜨시던 어버이수령님.

벌방에, 산간에 그 어디나
청산리경험이 좋다하시며
가시는 길 들리시여 사랑을 주시고
오시는 길 들리시여 은정을 베푸시니
노래냐 춤이냐 버드나무여

감격에 넘치는 너의 설레임은
하늘땅을 흔들어가는 기계화의 동음
다시 들으며 약비 쏟아지는 소리여라.
온 나라에 퍼져가는
기쁨이여라, 행복이여라!

버드나무, 버드나무여,
봄을 맞아 너의 아지 움이 틀 때면
그 봄빛이 온 나라의 대지 우에 흘러리.
어버이 수령님의 사랑에 너의 잎새 설레여
열두 삼천 벌에서 백두고원까지
나락이 무르익고 열매가 주렁져라.

설레여라 설레여라 버드나무여!

너의 한없는 영광 속에
만풍의 파도는 끝 간데없이 물결치고
위대한 생활력으로 퍼져가는
청산리정신의 장엄한 설레임 속에
공산주의노을이 퍼져오거니.

오 청산리의 버드나무여,
너는
사랑의 아지,
그 프르싱싱한 아지를
온 나라 강산에 드리웠구나
온 나라에 한가득 드리웠구나!

≪조선문학≫, 1975.11

사랑의 법전 우에

오필천

다시 또 한 조항을 읽다가는
흐르는 눈물이 앞을 가리고
더듬어 다시 한 줄을 새기다가는
가슴속 뜨거움이 솟아
방울지는 눈물이 신문을 적시고 …

행복이 넘치는 이 땅에
또다시 만 사람의 심장을 격동시키는
경사로운 이 아침,
어린이보육교양법 새 법령을 받아 안고
감격에 목메이는 이 나라 녀인들,

눈물에 젖어 가슴은 설레인다.
왕재산기슭에서 풍덕벌 끝까지
해빛 밝은 타아소며 유치원들,
세상 행복의 한 끝이 예 닿은 줄 알았더니,
세상 기쁨의 절정이 예 있는 줄 알았더니,
어린이들을 키우는 법까지 밝히시여
끝없는 사랑의 길 다시 열어주시는
어버이수령 김일성원수님!

항일의 그날에
어린이보육의 새 구상을 무르익히시고,
해방의 그날에는
숲처럼 온 나라에 탁아소며 유치원을 세워주시고
몸소 당 중앙청사에 깔았던 주단마저
어린이들을 위해 보내주신 그 사랑,

아이들이 ≪나라의 왕≫이라 하시며
오로지 이 나라 어린이들을 위해
세상에 좋은 꽃은 다 피우시여
세상의 좋은 노래는 다 고르시여
한평생 주신 사랑 끝이 없으신데
베풀어주신 그 사랑마저 부족하신 듯
나라의 법으로 제정해주시는 어버이수령님,

아, 하늘아 땅아 네 물어보자,
동서고금 력사에 이런 사변 있었더냐,
받는 사랑도 법으로 되고
받는 은혜도 법으로 된 내 나라,
누려갈 행복도

맞이할 미래도
법속에 펼쳐지는 내 나라,

위대한 그 사랑 속에
이 땅 우엔 얼마나 큰 기쁨이
하늘 가득 떨기져 만발할 것인가,
얼마나 휘황한 미래는 세월을 앞질러
이 땅 가득 금문자로 수놓아질 것인가

아 부러워하라 사람들이여,
세계여, 자랑하라,
어버이수령님께 끝없이 충직한
주체형의 새 인간들로 피여나는
조선의 어린이들을!
녀성해방의 해밝은 웃음 속에
주체의 새 세계를 창조해가는
조선의 어머니들을!

위대한 수령님 계시여
나날이 더 밝은 해빛이 넘치고

나날이 더 큰 행복이 차 넘치는 이 땅
위대한 수령님 모시여
그 누구도 누려보지 못한
인류의 가장 큰 행복을 꽃피워가는
인민의 기쁨이여, 조선의 영광이여!

조선은 높이 들었다,
태평양의 물결도 야자수의 밀림도
부러워 물결치며 설레이며 달려오는
인류사의 상상봉우에 …
가장 밝은 웃음과
가장 아름다운 노래로
누리에 찬란히 빛을 뿌리는
사랑의 대법전,
주체의 대법전을!

《조선문학》, 1976.7

계급의 숨결을 안고

오필천

길을 가다가도
문득 발걸음 멈추고
나는 듣노라,
내 가슴속 높이 고동치는
당의 숨결을,

맑고 푸른 가을의 하늘
끝없는 행복에 취해
한껏 웃다가도
문득 심장에 손을 얹고
나는 듣노라,
내 가슴에 높이 뛰는
계급의 숨결을,

그러면 마음은 어린애같이
어머니당의 은혜에 목메이고
계급의 뜨거운 사랑에
가슴은 눈물에 젖어라,

눈물에 젖어 마음은 달린다,

지난날 그들을 당겨가던 배전에
바다의 분계선을 분별없이 넘어
총탄을 쏘아대며 달려든 원쑤 놈들…
내 계급의 자각을 비수로 갈아들고
원쑤를 요정내던 결전의 마당이여!

앞뒤에서 들여댄 일곱 개의 총창,
투항을 부르짖는 승냥이무리들—
내 눈엔 불이 있었다,
풍랑이는 배길에 아버지를 내몰아
고기밥을 만든 악귀 같은 원쑤 놈들,
내 형을 빨갱이라 사형장에 끌어가
차디찬 언 땅에 생매장한 계급의 원쑤 놈들…

몸은 사자같이 날았다,
원쑤들의 총을 뺏아 복수를 안기며…
총탁은 부서지고 또 부서지고
가슴은 찢기고 또 찢겼어도
나는 굴복을 몰랐다,
내가 놈들을 살려두면

원쑤 놈들은 나의 시체를 밟고 넘어
어머니 조국 땅을 밟을 수 있기에,

악착한 원쑤들의 일곱 개 시체 우에
총가목을 틀어쥔 채 쓰러진 이 몸,
고마워라 당은 한품에 안아
장하다 내 아들, 잘 싸웠다 내 아들
맥박도 숨결도 다 진한 이 몸에
새 생명을 주고
새 숨결을 부어주었거니,

생각하노라!
내 가슴에 계급의 숨결이 뛰지 않았던들
준엄한 날에 어떻게 원쑤를 이길 수 있었으랴,
가슴 깊은 상처를 쌌고 되살아
내 오늘 기쁨에 젖어 시상을 엮는
당의 가수로 이렇듯 행복할 수 있으랴,

고동치는 내 심장은 말한다,
높뛰는 내 숨결은 웨친다,

당이 준 계급의 숨결을 지닐 때
그 어떤 원쑤도 이겨낼 무적의 힘은 있고
창해 만 리 절해고도에서도
오로지 위대한 수령님을 위해 불타는
청춘의 불굴할 용맹은 있다고!

아, 행복이 커갈수록
기쁨이 더해갈수록
더더욱 뜨거웁게 간직하는
당의 숨결,
      계급의 숨결이여!

《조선문학》, 1976.8

은혜로운 당의 품이여

배헌평

한없이 부드러운 손길이
나의 어깨를 두드려준다.
따스한 온기로
언제나 심장을 더웁혀주며
포근히 안아주는 당의 품

첫걸음마를 떼는
아기의 발걸음을 지키듯
그렇게 세심한 보살핌으로
하나하나의 생명을 키워주고
지혜와 용기를 주어 이끌어주는 당,

자식의 미래를 사랑하는 어머니처럼
무엇인들 아낀 적 있었던가
전사의 참된 삶을 가장 귀중히 여기며
크나큰 영광,
크나큰 행복만을 안겨주나니

당이여, 위대한 사랑의 품이여,
내 가끔 잘못한 일을 두고

다정한 그 손길에 이끌릴 때마다
그대 앞에 부끄럼도 모르고
눈물 흘리던 일들을 기억한다.

기억한다.
그 음성 언제나 부드러워도

각별히 준절하던 것을,
내 때로 소심해서 어깨가 처지면
누구보다 더 가슴아파하던 것을,

당의 품이 없었더라면
내 벌써 일찌기 생명을 잃고
쓰러져 일어나지 못했으리라
오늘처럼 큰 심장으로 숨쉬며
뜻있고 보람 있는 삶을 누릴 수 없었으리.

속일 수 없는 어머니의 눈길인양
언제 어디서나 전사의 마음속을 꿰뚫어보는
다정하고 세심한 당의 보살핌—

그 웃음 바라보면 기쁨이 열배 늘어나고
그 음성 들으면 괴로움도 썻은 듯 사라지나니
아, 당이 준
주체형의 피줄이 뛰는 고귀한 생명이여!

충성을 다 바쳐 싸워 가리라.
이 한 몸 열 쪼각이 나고
이 심장 돌처럼 굳어진대도
한없이 은혜로운 당을 위하여
목숨도 서슴지 않으리라

《조선문학》, 1976.10

동해선 천리

리상건

아침에는 쇠물빛이 노을로 내려앉고
저녁에는 전야의 낟알향기 흘러넘치는
동해선 … 동해선 …
쉬임 없이 밀려오는 파도에 실려
가장 아름다운 노래가 너의 기슭으로 흐른다

행복의 굽이굽이 …
기계의 동음과 합쳐지고
환희의 굽이굽이 …
출항의 배고동소리에 이어져
구르며 내달리는 긴긴 렬차의 기적소리는
동해선의 숨결이런가, 자랑이런가

장엄하여라, 동해선 천리 …
아름다와라, 동해선 천리 …
강대한 조국의 연안으로
철을 익히는 불 구름 피여나고
황금산, 황금들이 어울려 펼쳐지는 땅—

기슭을 치며 철썩이는 검푸른 파도

천리로 설레며 기쁨을 노래하고
천리로 따라서며 행복을 노래하는
조국의 해안, 사랑의 기슭이여
가슴은 가슴은 더운 이슬로 젖는구나.

언뜻 지나스쳐도
마음속에 새겨져 사라지지 않아라
쇠물빛 노을을 이 땅 우에 얹어주시려
위대한 수령님께서 오르셨던 그날의 산언덕은 …
지상락원을 펼쳐주시려 몸소 헤치고 거니신
진펄과 사랑의 강반들은 …

아, 먼 바다로 떠난 어로공식구들과
긴긴 여름밤을 보내신 사랑의 집은 어디―
봄비에 젖으시며 오르고 내리신
구름속의 층층과원은 그 어디―

백리벌이 노래한다,
강줄기가 노래한다,
부두가 잔교의 금물결 우에도

목장초원의 지평선 한 끝에도
도시의 창문들, 휴양각의 지붕들에도
자애의 미소는 따스히 간직되고,
그 어디를 바라보아도
감격에 겨운 가슴속엔 어려 온다,
어버이수령님의 자애의 영상 …

자욱 자욱 ……
사랑을 안고 일어선 동해선이여!
굽이굽이 …
위대한 구상이 꽃 피여난 연안이여!
어데나 수령님 머무시고 다녀가신 길 …
어데나 사랑과 믿음을 안으시고 찾아오신 땅 …

어제 날엔 가랑잎 같은 쪽배가 격랑에 울고
부러진 돛대의 그림자만이 비끼고 어리던
설음의 불역, 류랑의 천리를
황금해안으로 꾸려주신 어버이수령님!

노래하노라, 자랑하노라

번영하는 조국과 더불어
사회주의경치를 누리에 떨치고
수령님의 은덕에 겨워, 은혜에 겨워
기뻐하며 노래하는 사랑의 천리 …
　　　행복의 천리 …

위대한 사랑으로 시작되여
끝없는 깊이와 폭으로써
조국의 찬란한 미래를 불러드리는구나,
동해선, 동해선
위대한 사랑의 천리 길이여!

《조선문학》, 1976.11-12

이 땅에 넘치는 기쁨의 노래

문재건

벌방에도 만풍년
산골에도 만풍년
산도 들도 하나로 어우러져
그대로 기쁨이로구나 자랑이로구나

백두라 백무고원 5호대지에서
열두라 삼천리 재령나무리까지
가득 차 넘치는 만풍의 노래, 기쁨의 노래

땅이 생겨,
하늘이 생겨 처음 보는 대풍이라
해마다 가을마다 환희의 춤 노래 높은 땅
올해에도 땅이 꺼지게 황금나락 가득 실린
자랑찬 내 조국 은혜 받은 땅이여

세세년년 기쁨 속에
해마다 만풍의 가을을 안아오며
황금의 메부리 층층이 쌓아
850만 톤 령마루에 오르는 땅

가슴 뜨거웁구나
인민의 행복 속에
자신의 기쁨을 찾으시며
바람세찬 들판의 눈길
가파로운 산비탈 이슬 길을 헤치시며

들판이랴
두메 깊은 산촌이랴
자욱 자욱 찍으시며
만풍년의 가을에로 이끌어주시는
어버이수령님의 한없는 사랑

대륙과 대륙들을 휩쓸며 달려드는
찬 서리와 무더기 비, 열풍과 왕가물을
주체농법의 위력으로 막아주시며
지새우신 그 밤은 얼마이시며
걸으신 그 길은 얼마이시랴

성에 하얀 이른 봄 들판에서
랭상모 나래를 헤쳐보시며

사랑의 해발을 펼쳐주시고
지하수혁명의 새 길을 여시여
땅속에 흐르던 물을 뽑아 올려
땅 우의 들길에 합쳐주신 그 손길

그 사랑의 생명수가 지하수가
단비가 되여 약비가 되여
산언덕에 다락밭에
황금의 바다를 이룬 것 아닌가

그 사랑
그 손길에 떠받들려
무겁게 설레이는 저 벼 바다 강냉이바다

저 한포기 강냉이그루에도
저 하나의 벼이삭에도
어버이수령님의 자애로운 사랑 깃들어
그 포기 포기 이랑을 이루고
그 포기 포기 포전을 가득 채워
이 땅에 기쁨의 바다

행복의 바다 펼쳐진 것 아닌가

아, 좋은 계절
기쁨의 가을이여라
은혜로운 사랑이 열매로 주렁진 가을이여라

불어오는 금풍에
금나락 설레이니
하늘을 기쁨에 웃고
들이 행복에 겨워 춤을 추나니
온 세상에 자랑높이
이 땅의 만풍년을 목청껏 노래하자
위대한 주체농법의 승리를 노래 부르자

《조선문학》, 1977.9

단조공의 노래

배헌평

쿵쿵, 두드린다
공기함마
쿵쿵 두드린다
이내 단 가슴

함마소리 쿵더쿵 장단에 맞춰
집채 같은 쇠덩어리 춤추며 돌아가니
단조장에 튀는 것 불꽃만이랴
이내 가슴 넘치는 것 기쁨만이랴

마음먹은 대로 척척
생각대로 척척
한 번 두드리면 기계의 본틀
다시 한 번 두드리면 갖가지 부속일세

좋구나 단조공
우리네 보배손
좋구나 형단조
우리네 일터

풍랑세찬 먼 바다엔 대형선박 띄워놓고
황금의 들판엔 벼 수확기 옮겨놓네
산을 넘고 들을 지나 조국땅 한끝까지
함마장단 맞추어 행복이 꽃 핀다네

힘껏 두드려라
공기함마
두드려라
잘 익은 쇠덩어리다

부엌일 덜어질
녀인들의 발걸음 여기서 시작되고
꽃차에 실려 탁아소 가는
아이들의 웃음소리 여기서 울려나네

함마장단 맞추어
지하천길 막장에 발파소리 높아가고
단조공의 노래 울려가는 곳
용해장의 장수들 더운 땀 식는다네

두드리면 이는 불 바람에
건설의 탑들은 키를 솟구고
조국의 재부 산처럼 떠실은
렬차들의 행렬 땅 구르며 달린다네

형단조 쿵쿵
장엄한 우레소리
어버이수령님 가르치심 따라
진군하는 조국의 발구름소리일세

풀무소리 한숨 깊던 야장간자리에
공기함마 들여놓고 기뻐했더니
오늘은 쿵쿵 형단조
기계를 척척 찍어 내네

호미 낫 벼리던 일
예말로 되었듯이
기계로 깎는 일도
옛말로 만드세

기술이 새 기술로 바뀌는 곳
사람마다 일솜씨 달라지는 곳
내 사랑하는 단조장
이하는 보람 끝없는 곳일세

쿵쿵 두드리면 기계뿐이랴
우리의 단조장
크나큰 지붕아래
조국의 새 모습 새기여지네

≪조선문학≫, 1977.10

영원한 배움의 길

리일복

오늘 비긴 공장구내에
교대고동이 정답게 울리며
즐거운 발걸음들이 이 길에 오른다
비가 오나 눈이 오나 가림 없이 …

용해공 박동무는 공장대학으로,
선반공 김동무는 전문학교로,
또 누구는
근로자고등중학교로, 도서관으로—

즐거운 로동의 하루에 이어
다시 시작되는 배움의 하루여!
로동과 배움이 한데 어울려
나날을 기적으로 수놓는
희망의 길, 혁신의 길이여!

이슬 구으는 아침
이 길 우엔 작은 꽃신 자욱들이 찍히였다
학교 가기 전부터 배움의 기쁨 맛보는
유치원 높은 반 귀염둥이들과 함께

학생들의 씩씩한 발걸음들이
우렁찬 노래 속에 이 길로 흘러갔다

활짝 열린 배움의 큰 문을 향해
아들이 걷고 아버지가 걷고
할아버지가 걷는 길,
어머니와 딸과 남편이 함께 걷는
자랑스런 길,
걷고 걸어도 끝없는
한생을 걸어도 싫증을 모르는
행복에로 뻗은 보람찬 이 길!

길은 있어도
배움의 길은 없었던 어제날
고역에 지친 발걸음만이
무겁게 흘러가던 이 길이었다.
돈과 권세에 교육이 희롱당하던 그때
먼지처럼 짓밟히던
무산자들의 한생이었다

위대한 수령님의 은혜론 해빛 아래
배움이 진정 인민을 위한 것으로,
배움이 진실로
자주적인간의 정신적 량식으로 된 그날부터
이 길 우에 넘쳐흐른 희망찬 발걸음들—

배움으로 억세여진 용해공의 손에선
용광로가 나날이 쇠물을 더 쏟았다.
배움으로 밝아진 로동자의 눈앞에선
자동화의 금빛단추가 힘든 일을 대신하고
더 빨리 미래가 앞당겨졌나니

어버이수령님 안겨주신
배움은 그대로 기쁨이며 노래,
배움은 그대로 혁신의 원천이였고
창조의 원동력,
존엄 높은 인간의 삶이였다

아! 태여나자 행복이 기다리는 땅 우에
나이 되자 반겨 맞아주는 배움의 꽃대문,

누구에게나 권리로 되고 의무로 된 배움 속에
한생을 마칠 때까지 걸어갈
위대한 수령님 열어주신 영광의 길이여!

사회주의교육테제의 휘황한 빛발아래
문명한 로동계급의 진로 우에
끝없이 펼쳐진 창조의 길,
한생을 걸으며
자주적인간의 삶을 누리고
정치적 생명을 빛내게 하는
이는 영원한 배움의 길

이 길은
주체형 인간을 키워
공산주의사회로 곧바로 넘겨주는
혁명의 지름길이여라

≪조선문학≫, 1977.11

사랑의 해비

조룡관

해비가 내린다
건재덕 강냉이밭에
가물골 콩밭에
뙤약별, 무더위 …
마른대기를 젖빛안개로 추기며

해비가 온다고
천만줄기 무지개 아롱졌다고
아이들 좋아라 환성 올려 달리고
강냉이밭머리 뜨락똘 우에서
운전수총각 벙실한 얼굴 싱글벙글
논벌한가운데서 솟아나는
농장처녀의 달덩이 얼굴에 기쁨이 함뿍

하늘이 내린 비가 아니래요
강우기가 뽑는 복비래요
노래마냥 주고받는 농장원들
목란 같은 웃음이 떨기떨기
집집은 창문도 창창—
온 농장이 환희로 설레여라

아, 해방된 다음해엔
새로 분여한 땅의 갈증을 풀어
연풍호의 새 력사를 구상하시고
불재더미에 첫 삽 박던 복구의 나날에도
관개의 푸른 물줄기를 열어주신 어버이수령님

관개수로 이랑이랑
분수비로 포전포전
협동화 꽃핀 벌도 골고루 적셔주시더니
세계가 불탄다 아우성이 왕가물도
물풍년으로 마중하라고
지하수까지 생명수로 안겨주시는 그 사랑이여!

땅 밑을 무심히 흐르던 물줄기도
수령님의 고마운 언덕에 목메여
이 땅 우에 솟구쳐 오르는 것인가
해비가 내린다
살랑살랑 나락들 춤에 맞추어
솨—솨— 풍년을 노래 부르며

해비가 내린다
자연의 변덕에 종된 땅을
위대한 사람으로 추긴다
하늘도 못 푸는 대지의 갈증을
자애로운 은덕으로 풀어준다

주체농법 꽃핀 조국의 대지 우에
하늘땅 가득 만풍년을 불러오며
해비가 내린다
아, 사랑의 해비가 내린다

≪조선문학≫, 1977.11

위대한 사랑의 테제

동기춘

우리 기쁨 넘쳐나서
저 하늘이 푸르러 끝이 없는가
우리 행복 넘쳐나서
이 강산이 바다처럼 설레이는가

위대하신 우리 수령님
크나큰 사랑을 또 주시여
사랑의 교육테제를 안겨 주시여
홍성이는 거리
홍성이는 마을
터져 오르는 광장의 만세소리

한없는 그 은덕에 목메여
한없는 그 사랑에 목메여
위대한 수령님을 우러러
뜨거운 파도 설레는 이 강산에
은은히 들려오네 학교들의 종소리
생각 많은 가슴들을 부르며 흔들며
가슴속 깊은 곳에도 울려오는 종소리 …

광야의 나지막한 지붕 밑
식민지의 짙은 어둠을 밀어내며
타오르던 한 점의 등불,
그 몇 밤 지새우셨는가 우리 수령님
먼먼 세기를 내다보시며
간고한 혁명의 년대를 내다보시며
주체교육의 첫 교재를 몸소 집필하시고
동트는 하늘가에 울려주신 고유수의 종소리

얼음 낀 설령을 넘으시며
한 자 한 자에 사랑을 고이시여
면비교육문제를 혁명의 기치에 새기신
조국광복회10대강령은
고유수의 첫 종소리가
백두의 광막한 밀림에
혁명의 메아리로 울린 것 아니던가

그 종소리
로농 대중에게 계급투쟁의 진리를 깨우치며
항일성전의 북소리 되여 울렸고

수난의 안개 걷힌 내 나라
자유의 푸른 하늘가에
해방의 만세소리 되여 울렸어라

생각의 굽이굽이에서
못 잊을 추억을 불러내는 종소리여
민주교육의 첫 터전을 잡아주시려
사회주의교육의 꽃대문을 세워주시려
깊은 두메의 어둠을 밟으시며
눈비에 옷자락 무거이 젖으시며
수령님 걸으신 현지지도의 길은 몇 천 몇 만 리

그 자욱 자욱을 따라
초등, 중등, 9년제, 11년제
의무교육의 계단을 오르며
우리 인민이 이슬 머금고 듣던 종소리
번영하는 오늘과 래일을 떠메고가는
백만 인테리대군을 길러내지 않았던가
온 세상에 그 이름 자랑 높은
배움의 나라 교육의 나라를 일떠세우지 않았던가

수령님 한평생 기울이신 로고
줄줄에 어려 있는 테제
주체교육사 반세기우에 솟아 빛나는
≪사회주의교육에 관한 테제≫—그것은
인간의 한생을 배움의 해빛 아래 세우신
위대한 수령님의 뜨거운 사랑의 노래

흘러온 인류사 백만 년에
처음으로 인류의 머리 우에 찬란히 빛발쳐 간
수령님의 교육테제—그것은
이 땅과 온 세계 수억만 인민을
자주의 인간으로 키우는 주체교육의 대전서
지구를 깨우며 누리에 울려 퍼진
공산주의 문명세계에로의 행군나팔소리

아, 강산이 끓는다
남녘땅이 일어선다
신생의 대륙들에 넘치는 환희
인간이 불을 발견한 때처럼
지구의 경도와 위도를 넘어

전파를 타고 날으는 감격의 환호성이여

들려와라 경사로운 배움의 락원에
고등의무교육의 마지막대문 열리는 소리
성인교육의 전당에 들어서는 힘찬 발걸음소리
우리 당이 주체의 교육대강을 펼쳐들고
인민을 공산주의혁명인재로 키우는 목소리

이 영광을 안고
이 행복을 안고
충성의 천만대오 굽이쳐 가리라
위대한 수령님 높이 모시고
테제의 강령이 승리의 노래 떨치는
공산주의 푸른 언덕으로

≪조선문학≫, 1977.12

탄생

김송남

담대한 생각을 쏟아 부으며
쇳물남비들 천정을 날고
장엄한 시위의 발구름인 듯,
아름드리소재를 두드리고 다듬으며
강철과 강철이 맞부딪친다.

대비약의 불 바람이 숨 쉬는 구내
문득 마주서는 그 어느 기대 곁에도
어버이수령님 모시고 걸어온
못 잊을 날들의 그 자욱은 뜨거워
가슴 끓어라
룡성땅, 룡성땅—

네가 떠나온 곳
재가루 날리던 그 기슭이 눈에 선하여,
할 바도 생각도 잊고 거기 서 있던
그 사람들의 모습이 어제런 듯 어리여
늘보아도 언제나 처음인 듯
새롭게만 보이는 이 전변인가

무너진 벽체들을 넘으시며
어버이수령님 이 기슭을 걸으시였다 …
자욱 자욱 새기시던
위대한 결심,
래일의 푸른 하늘가에
대기계기지의 기둥을 높이 세우시며 …

혁명을 하자면
대담성이 있어야 한다고
언제나 진군의 앞장에 세워주신 수령님,
아름찬 일감들을 맡겨
큰 걸음으로 이끌어주시던 그 나날에
그 누구도 알 수 없던 하나의 신념으로
벌써 이 땅의 새 모습을 그리셨거니—

맨손으로 연길폭탄을 만들어내던 그 숨결로
공업화의 새날을 불러올 때에
우리함께 두드려내지 않았으랴
자력갱생의 맥박으로 고동치는
자신의 큰 심장을,

대담한 생각을 이루어가는
삶의 무한한 기쁨을,

자주 꽃보라에 묻히우던 조립장의 새벽이여!
너를 못 잊는다,
대비날론의 설비들이 떠나가고
6천 톤 프레스가 실려 가던 그날들에 이어
오늘도 발구름 높이
새 공장들이 떠나가는 구내선이여!
그 모든 해와 달과 날들을 자랑한다 …

≪조선문학≫, 1978.1

한 줌의 흙, 한 치의 땅을 두고

김윤철

무거이 고개 숙인 황금이삭들이
끝없이 설레이는 두렁길 우에
나는 가슴 뭉클 뜨거워 서 있노라
얼마나 풍요한 이 나라 대지인가
그 얼마나 귀중한 나의 농장벌인가

이 땅의 한 치 한 치를 두고
이 벌의 한 줌 한 줌 흙을 두고
이 땅, 이 벌을 피로써 지켜낸
영웅들을 그려보는 후더운 마음이여
내 가슴 뜨겁도록 차오르는 생각이여

미제의 불아가리 가슴으로 막은 병사
팔 벌려 그러안은 피에 젖은 그 한 치
그것은 어버이수령님께서
우리 농민들에게 주신 그 땅
넘치는 고마움에 알알이 영글고
감사의 인사로 이삭들이 고개 숙인
황금의 한빛으로 설레이던 벌이였다

세기를 두고 깊숙이 박혀있던
지경돌이 없어진 들에서
관개수도 은혜로운 사랑에 넘치고
살찐 둥글황소의 영각소리로
은혜에 목메인 행복의 노래로
지평선에 은은하던 그 벌이였다

정녕 영웅의 가슴에 뜨겁던
조국 땅의 그 한 치, 그 한 줌 한 줌 흙은
백두의 준령을 넘나들던 투사들의
투쟁이며, 희망이며 청춘의 전부였던
우리의 조국강토 그대로였고
새 조선의 영원한 봄이였기에

영웅은 그 한 치 우에 붉게 피지 않았던가
영생하는 그 충성의 꽃으로!
한 줌 한 줌 그 흙을 적시지 않았던가
영원히 식지도 마르지도 않을
티 없이 맑고 깨끗한 피로!

아, 그토록 귀중한 이 땅의 한부분에
나의 충성 새겨가는 발자국 찍히거니
대지 우에 설레이는 금나락이여
너는 다만 만풍년의 기쁨을 실어서만
이토록 정답게, 이토록 뜨겁게
나를 불러주는 것이 아니구나

위대한 수령님의 크나큰 사랑으로
한 치 한 치 온 나라에 펼쳐지고
어버이수령님의 한없는 은혜로
천만이랑들이 뻗어 내린 이 땅
혁명선렬들의 피가 젖어있는 대지에
나는 진정 해마다 씨앗을 뿌려서만
만풍년을 가꾸는 것이 아니거니

준엄한 시각이 나를 부를 때는
서슴없이 피 끓는 심장도 바치여
위대한 어버이사랑, 그 은혜를 받들어
한 줌 흙에 억 만 톤의 나락을 익히고
조국의 한 치 우에 초석으로 뿌리내려

사랑하는 강토 우에 영생하리라

… 오, 무거이 고개 숙인 황금이삭들이
끝없이 물결쳐 설레이는 대지여
한 초 한 초 충성의 삶으로 빛내여 갈
사랑하는 농장벌의 한 치 한 치여
뜨거운 붉은 피로 지켜갈
목숨보다 귀중한 한 줌 한 줌 흙이여!

《조선문학》, 1978.2

세계여 창문을 열라

정동찬

안개 내린다
노예선 배고동소리 수평선너머 처량하던
아프리카대륙의 해안선 굽이굽이에
대서양의 짙은 안개 내린다
창가의 불빛 앞에 마주앉은
아프리카의 한 시인
인민에게 주고싶은 귀국의 첫 인사를 시로 적으며
잠 못 드는 밤

멀고먼 동방의 나라 조선
맑고 푸른 평양의 하늘아래 다시 서보는 것인가
주체사상에 관한 국제토론회 연단에서 읊던
송가의 구절구절을 다시 더듬어 보는 것인가
잠 못 드는 밤

날이 밝으면
찾아올 이웃들 앞에
달려올 젊은이들 앞에
쳐다볼 순박한 눈동자들 앞에
시인은 나서리라

식민주의를 저주하며 분노하던 그 얼굴에
생의 환희에 넘친
새로운 모습으로
짓밟힌 권리를 두고 가슴 치며 울던 그 얼굴에
새 삶의 노래소리 맑은
새로운 목소리로

못 견디게 부르고 싶은 노래를
가슴속에서 터쳐내듯
끝맺은 한편의 시를 소중히 안고
잠자는 어린 딸을 깨워 안아 볼을 비비며
창가에 다가설 때
아프리카의 수평선에 해돋이가 시작되고 있었다
후덥게 내리는 눈물에 젖은 그대로
시인은 운명을 두고 웨치고 싶었다

세계여, 창문을 열라!

얼마나 오랜 세월 제국주의 검은 구름장이
이 대륙의 창문들에 비바람 몰아왔더냐

한 줄기 빛도 보지 못하도록
얼마나 간고한 세월 식민주의자들의 피 묻은 흙 사태 속에
이 창문들이 파묻혀버렸던가
한 모금 공기도 마시지 못하도록 …

사람도
꽃도
문화도
빛이 없고
공기 없는
식민지 오돌막 속에서
캄캄한 뙤창아래
질식되고
시들고
죽어버렸었다

오, 억압에 눌려
꾹 닫겨 버렸던 창문들을 활짝 열라
더운 이슬 머금고 망울 터치는
꽃화분을 해빛 밝은 창가에 놓으며

아프리카여, 자주의 노래 높이 부르자
까만 눈동자 어린 것을 더 높이 추켜 안으며
주체의 태양을 우러러
평생의 축복을 받자
불러오는 열풍에 옷자락 날리며
풍겨오는 꽃향기 속에 새봄을 느끼며

세계여, 창문을 열라!

그 뉘의 집이
안데스산맥의 깊은 계속 음달 쪽에 있건
태고연한 원시림의 막바지 깊은 그늘 속에 있건
북쪽에도
남쪽에도
해빛을 보내는 태양을 우러러
창문을 열라
창문마다 뒤덮인 검은 구름 가서버리고
피로써 얼룩진 흙 사태를 밀어버리고
창문을 열라

창문을 열면
노래는
은혜로운 해발에 실려 오리라
제 나라의 버림받던 사막에 물길에 대여
아이들의 손에 쥐여 줄 열매들을 무리 익히라고

열리는 창문마다 보내오는 환호에 손 저으며
끓어오르는 격정의 파도에 실려 눈물지으며
아프리카의 시인은
귀국의 첫 인가 끝을 맺고 있어라

사람의 가슴속에 해빛을 내리신
혁명의 태양 김일성동지
위대하신 그 이름 빛나는 태양 우러러

세계여, 창문을 열라!

우리는 주체의 해빛을 온몸에 받고 싶다
우리는 주체시대의 대기를 마음껏 마시고 싶다
오, 사람이 사람답게 살기 위하여

≪조선문학≫, 1978.4

우리의 신념

오필천

아득히 먼 수평선
바다로 바다로 흐르는 대형벨트콘베아
파도를 타고 울려오는 동음소리도
이날따라 더욱 정다웁게 울리고
갈매기도 기쁨에 겨워 춤을 추는데

서해천리 … 기쁨을 안으시고
크나큰 사랑을 안으시고
몸소 조국 땅 한끝을 찾아오시여
건설자들과 이야기를 나누시는 어버이수령님

어버이수령님을 모시여
저 설레는 바다처럼
넘치는 감격은 끝이 없어라
공사에서 있었던 가지가지 사연을
수령님께 아뢰는 건설자들 …

한 번 그려서 안 되면 그 몇 번
고쳐 그리기를 다시 또 몇 차례
온 집단의 지혜를 다 모아

시련을 뚫고 성공한 설계가의 그 사연
수령님께서는 기쁘시여 미더우시여
빠짐없이 다 들어주시고

정밀한 기계를 깎아내는
전문공장 아닌 부속직장에서
수만 대의 로라를 자체를 깎아내고
수천 대의 축을 제 힘으로 벼려내던
직장장의 보고를 들으시고는
그것이 귀중하다시며
수령님께서는 치하를 보내도 주시고

울리는 한 마디 한 마디 …
갈피갈피 수첩에 적어가시며
어서 또 말하라고
수령님께서는 자애로이 웃음 지으시는데

우리 기술 우리 힘만으로는
이 큰 일을 못한다고 맞서던 사람들
신비와 보수를 부시고

기어이 해냈다는 젊은 기사장

혈기에 넘치고
신념에 찬 그의 이야기
수령님께서는 못내 기쁘시여
천천히 창가로 다가가시여라

―얼마나 장한 일이요.
우리 손으로 이렇게 하니
힘도 커지고 자신도 생기고 …
동무들은 자력갱생이란
대학졸업증을 또 하나 받았소!

막장에서 쏟아지는 박토무지로
바다 멀리 뚝을 쌓고 황금벌을 펼쳐가는
볼수록 통쾌한 바다우의 콘베아 …
시대가 알지 못한 거창한 일을
수령님께서는 어찌하여 우리에게 맡기셨던가

아, 한 장 한 장 설계를 그려간 그 나날 속에

가슴엔 드놀 줄 모르는 담이 커졌고
한 치 한 치 푸른 바다 한복판으로
철의 잔교를 세워간 그 나날 속에
빛나는 창조의 새 력사가 태여났거니

거대한 삶의 토양에
우리의 신념은 뿌리내렸다
자력갱생 ―여기에
평범한 건설자들이 영웅으로, 공학자로 되고
세인을 놀래우는 기적이 있음을!

아, 생각에 잠기시여 수평선 멀리
콘베아의 흐름을 가늠하시는 위대한 수령님
수령님의 한량없는 기쁨 속에
서해의 억만 파도는 높뛰고
갈매기는 구름처럼 잔교우를 날으는데

바다를 누르고 높이 솟은 콘베아는
제 손으로 안아 올린 조선의 힘처럼
제 발로 걸어간 시대의 발자국처럼

장쾌히 흐르고 있었다
이렇게 걸어가고 또 걸어갈
우리의 의지 우리의 신념으로
끝없이 끝없이 흐르고 있었다!

≪조선문학≫, 1978.4

불길

김우협

열풍이 몰아치는 한낮에도
강괴들이 들어찬 한밤에도
불을 머금은 구름발이
철탑들에 휘말려 날아 오른다

머리 들면 하늘도 붉고
굽어보면 땅도 붉은
환희로운 이 땅, 이 하늘에 터친
장쾌한 첫 출선의 기쁨을 노래하며
용광로여, 나는 너와 함께 있다

하늘 가득 뿜어 올린 저 불길은
새 7개년의 령마루에 비껴갈 혁명의 불길
소원이면 그 빛 그 열도로
산악도 통채로 녹여
조국의 억만 재부를 늘여갈 신념의 불길

생각하면 천리수해에 묻힌
한 점 백두의 병기창
백만의 총검을 대적하기엔

너무도 없는 것이 많았던 그 세월의 한끝에서 시작되여
이 나라의 려명을 부르며
불길은 흘러 여기로 왔다

타다 남은 로반엔 아린 재물이
우리의 가슴엔 불같은 눈물이
함께 얼어붙던 그 준엄한 세월을 넘어
자립의 터전을 닦으며
불길을 추켜들고 조선은 오늘에 왔다

하늘 나는 천리마
위대한 속도전의 열풍 속에
거창한 창조의 기념비들을 일떠세우며
불길을 추켜들고 혁명은 오늘에 왔다

아, 우리의 힘
우리의 신념으로 지펴 올린 불길!
위대한 수령님 안겨주신
이 신념의 불길로
우리는 겹치는 시련의 해들을

영광의 년대들로 바꾸지 않았던가

환희여, 기쁨이여, 혁명의 노래여
온 나라 온 인민이 떨쳐나서
재무지를 해치고 락원의 초석을 다지던 그때처럼
혁명의 복을 치며
또다시 인민은 일어서고
조국은 비약의 나래를 폈거니

아픔도, 고난도
다 씹어 삼키며
오직 하나 제 힘을 믿는 그 길
그리는 그 길이
우리의 삶과 투쟁의 법칙임을 알았기에
우리 공산주의자들의 의지이며 신념이며
혁명하는 기본자세임을 심장을 느꼈기에

심장에 이 신념의 불길이 일어
용광로의 불길은 저리도 세찬 것이 아닌가
천으로 만으로

심장에 이 신념의 불길이 일어
조선혁명의 불길을 세차게 타 번지는 것이 아닌가

아, 불길이 타 오른다
혁명의 불이 흐른다
당의 결심 당의 숨결로 후더운 심장들
자력갱생의 불 구름을 날리며 간다
우리는 이렇게 간다
혁명의 봉우리들을 넘어 조선은 이렇게 간다

황홀하다 저 화광 속에 나래치는
주체화, 현대화, 과학화의 글발
꽃으로 피여 노래로 울려
우리 인민이 그처럼 바라고바라던 공산주의 그날을
우리는 가장 가까이 바라보리라

아, 7년!
또 7년!
위대한 수령님 진두에 서계시기에
준엄한 혁명의 폭풍 속을

우리 인민은 이렇게 긍지높이 걸어간다
주체의 조선은 혁명의 대고조를 노래하며
도도히 굽이쳐간다

그 어떤 시련이 다시 앞에 있다 해도
이 불길, 자력갱생의 이 불길을 추켜들고
새 7개년의 높은 령마루에 올라
우리는 누리를 밝히리니

용광로여, 너와 함께
이 불길을 지켜, 이 불길을 이끌어
인민은 한 마음, 조선의 본때를 떨치리라

《조선문학》, 1978.5

높이 들자 자력갱생의 붉은 기치

오필천

이 땅의 아침은 아침마다
대발파의 메아리로 밝아오고
이 땅의 날과 날은
위훈의 노래로 차 흐른다

끓으며 솟구치여 내닫는
충진군의 전선마다에
끝없는 열정과 용맹을 부르며
장엄하게 나래치는
자력갱생의 붉은 기치여

백두의 설한풍을 헤쳐 넘어
복구의 준엄한 언덕을 넘어
혁명의 한 길에 휘날려온 이 기발
당중앙위원회편지를 높이 받들고
장엄한 새 7개년의 진군길 우에
힘차게 휘날린다

조선혁명의 첫기슭에서
위대한 수령님 높이 추켜드신 이 기치

간고하고 준엄했던 년대들을
승리로 아로새겨온 불멸의 기치여

혁명의 선혈이 젖어있고
창조의 땀이 젖어있어
그래서 목숨처럼 귀중하고
그래서 더욱 높이 추켜드는
영원한 혁명기치여
이 기치를 휘날리며 우리는 오늘에 왔고
이 기치 휘날리며 우리 자랐거니

해 뜨는 동해선 천리에
우리 손으로 안아 일으킨
공업화의 철탑들이 숲으로 설레이여
가슴은 이리도 긍지에 넘치고

서해선 굽이 많은 천리 길에
우리 힘으로 안아 일으킨
기계바다가 가없이 물결쳐
가슴은 혁명의 자부심으로 넘치여라

우리의 신념이
뿌리가 되고 기둥이 되여 솟아올랐기에
그 어떤 바람에도 흔들림 없이

전진하고 또 전진하는 우리의 공업이여,
지구를 말리우며 지구를 얼구며
한랭전선이 휘몰아쳐 와도
해마다 만풍년을 노래하는
우리의 주체농법이여

노래하라 조국이여
설레이라 강산이여
우리의 가슴엔 얼마나 크나큰
혁명가의 자부심이 넘치고
공산주의자의 긍지가
차고 넘치는 것인가

혁명도
건설도
그 누가 대신해 줄 수 없기에

우리 힘으로 우리 혁명을
우리 손으로 우리 조국을
떠밀며 꽃피워온
혁명가의 참된 자세로
공산주의자의 완강한 의지로
우리는 이 길을 걸어왔거니

아, 기나긴 혁명의 반세기에
투쟁과 함께 시작되고
투쟁 속에서 진리로 밝혀진
조선의 이 길!
조선의 이 신념!

혁명가의 삶으로
조선공산주의자의 신념으로
우리는 맹세한다.
조국이여, 그대 이 땅 우에 펼쳐든
웅대한 새 7개년의 설계도를 찬란히 꽃피우며
당중앙위원회편지의 힘찬 호소 따라
우리의 이 신념 이 영예를

더더욱 빛내일 것을!

행복의 열쇠를 틀어쥔 우리에게
승리의 장검을 거머쥔 우리에게
산악인들 두렵고 풍랑인들 못 넘으랴
우리의 심장엔
시련을 헤쳐 넘은 백두의 정신이 끓고
세월을 비약한 천리마의 기상이 높뛰고
대건설의 불 바람 속에 솟아오른
속도전의 기백이 나래치거니

푸른 들 푸른 바다,
석탄의 메부리 쇠돌의 메부리
새 7개년의 금빛 찬연한 10대 봉우리를
조국 땅 하늘가에 세우며
천리라도 만 리라도 뚫고 헤쳐 날으리
주체화 현대화 과학화로
내 조국을 온 누리에 다시 한 번 떨치리!

행복한 날에는

더 큰 행복을 위하여
간고한 날에는
더 빛나는 승리를 위하여
더욱 높이 추켜들고 나아가는
조선의 기치 영광의 기치

아, 승리한 우리의 노래를 안고
가야 할 창창한 미래를 안고
이 땅의 끝에서 끝까지 휘날리는
자력갱생의 붉은 기치여!

우리는 높이 추켜든다!
혁명가의 영원한 자세로
조선공산주의자의 영원한 긍지로,
이 기발 높이든 우리보다
존엄에 차고 영광에 넘친 인민은
세상에 없으리라!

《조선문학》, 1978.6

농장의 여름밤에

서진명

땡볕아래 자양분을 빨아들이더니
이 밤도 줄기를 살찌우고 잎새를 펴는가
벼포기들 아지 치며 키를 솟구고
길길이 자란 강냉이숲 스직이누나

이 밤이 좋아 중천에 달을 띄우고
터놓고 할 말이 있다 나를 부른 듯
논밭이 홍치며 설레는 소리
못 견딜 기쁨 되여 이 가슴 흔드누나

한낮에 이삭비로 안겨준 만큼
포기마다 알비료 나누어준 만큼
곡식 크는 소리 더욱 커져서
가슴에 젖어드는 이 좋은 밤

작황이 좋은 만큼 일 욕심 부푸누나
먹성이 한창 좋아진 때라
풍족히 준 비료도 모자랄 것만 같아
한낮의 불볕아래 못다 쏟은 땀
서늘한 이 밤에 흠뻑 흘리고 싶구나

논고물 돌아보며 논두렁을 걸으면
더기의 강냉이밭이 긴팔을 흔들고
구름 새로 보름달 은실금실 드리우면
푸른빛 한껏 짙은 논밭이
금시 시누런 낟알더미에 묻힐 듯

날 밝으면 포기마다 안겨줄 덧비료
포전머리에 실어낸 밤도 깊은 밤
그래도 발길을 뗄 수 없구나
곡식들이 설레니
마음도 더없이 설레이여서 …

아, 달은 벌써 하늘중천을 날으고 밤은 깊었건만
곡식 자라는 기쁨에 취해 사는 마음
고요 속에 이 한밤이 더없이 좋구나!
높아지는 낟가리에 풍장의 기쁨 떠싣고
마주 오는 가을의 발자국소리 들려와서 …

≪조선문학≫, 1978.6

백두산정 우에

박세옥

아침이면
뜨는 해를 먼저 맞고
저녁이면
솟는 달을 먼저 반기는
조선의 산
백두산

수천 년
해빛을 이고
수만 년
별빛을 이고
하늘에 높이 솟은 산정 우에
경건한 마음을 안고 오르니

여기
이끼 덮인 바위 우에
설레는 천지의 기슭에
깊으신 생각의 자욱을 옮기시던
그날의 위대한 수령님의 거룩한 자욱이
눈에 어려

뜨거워지는 마음이여

그날
수령님 모시였던
그 감격을 못 잊어
천리수해는 저리도 설레고
천 가락 만 가락
폭포소리 울리는 골짜기엔
점점이 단풍이 붉어라

생각이 깊으시여
생각이 깊으시여
수령님 바라보시던
밀림의 지 한끝엔
달빛이 비낀 되창을 여시고
조국의 밤하늘을 바라보시던
백두의 밀영

그 너머 아득히 멀리엔
갈 숲에 묻힌 오솔길 따라

총을 쥐시고 떠나시던
못 잊을 소사하

구름바다 우에
점점이 솟은 산발은
두만강 푸른 물에
군복자락 날리시며 오르시던
왕재산의 참나무숲이 아닌가

아, 백두산 백두산
이 나라 조종의 산아
눈보라 몰아치는
조선의 밤은 얼마나 길었던가
그 밤을 여기서 다 지새우시며
이 땅의 려명을 펼치신 곳

이 산에 오르실 때에는
얼음길을 오르시고
이 산을 내리실 때에는
봄을 안고 내리신 수령님

해가 가고
세월이 가도
언제나 잊지 못하시던 그 마음

동해천리 서해천리
굴뚝이 밀림처럼 일어서
현지지도의 그 길을 이어가실 때에도
눈 내리는 그 길이 험하다고 아뢰이면
백두산 눈길처럼 험하겠는가고
말씀하시고

굽이굽이 험한 령 넘어
이랑이랑
조국의 마지막 밭이랑을 밟으실 때에도
맞으시는 찬비를 걱정하면
백수단의 가을비보다 차겠는가고
말씀하시던 수령님

항일의 그날에
첫 자욱을 찍으시던

이 산정 우에서
조국산천을
감회 깊이 굽어보실 때

날리시던 그 옷자락에
천리 구름발은 흐르고
멀리 보내시는 시선을 따라
어깨를 들먹이며
조국의 억만 산발들은 솟아오르고
환하신 그 미소를 담고
이 나라 천만의 강줄기들이
소리치며 흘러내리지 않았던가

이끼 덮인 바위를
조약돌처럼 밟으시며
줄기줄기 뻗어 내린
산발 우에
한손을 얹으시고
언제나 못 잊으시는
남해의 파도소리를 들으시고

자주의 노래
투쟁의 거센 흐름이
밀려오고 밀려오는
지구의 한끝까지 굽어보시고

혁명에 나서시던 그날에 품으신
크나큰 뜻을
이 땅 우에 다 펼쳐주시며
걸으신 길 천만리에
인류의 미래를 밝혀주시건만

자신의 마음은
언제나 여기에 있고
이곳에서 싸우시던
그 마음으로
언제나 해를 맞고
언제나 해를 보내신다고 말씀하시며
백두산에 오르시여 옮기시던
거룩하신 자욱이여

아, 혁명의 성산 백두산
수령님 모시여
혁명의 첫 뿌리가 내린
줄기줄기 산발들은
수령님의 불멸의 위업으로 솟아
주체의 조국을 노래하며
천년만년 길이 솟아있으리라!

≪조선문학≫, 1979.1

공화국 기치

김상오

오랜 겨레의 갈망을 안고
찬란히 솟아오른 기폭,
높은 지향을 싣고
끝없이 나래치는
영원한 영광
공화국기발이여!

너는 반만년
거칠은 력사가 흘러간 땅 우에
처음 열린 푸른 하늘
너는 검은 바람 오래 불어간 하늘에
처음 떠오른 빛나는 별
이국광야의
만 리 흰 눈판에 스민
붉은 피 자욱에 그려졌어라
투사들은 심장 속
조국의 그리움과
불타는 열망 속에 자라났어라

아, 우리 수령님

그 간고한 혁명의 길 걸으셨음은
기치여,
오로지 너 때문이 아니였던가!

너의 그 신선한 기폭으로
우리 겨레의 수난의 력사를 가셔주시고
그 찬연한 별빛으로
이 땅의 새 운명을 열어 주시였어라

용감한 우리 전사들이
쓰러지고 또 쓰러지면서
우러러 수령님께 맹세 다지고
이 땅의 고지 우에 끝까지 지켜선 것은
너였다

오만한 성조기를
해 저무는 골짜기에 구겨 박고
재무지속에 마치를 쥐고 서서
눈부시게 우러르던 그날의 기발이여!

언제 어디서나 감동 없이는
북받치는 감동의 눈물 없이는
바라볼 수 없어라
만풍년 뒤설레는 대지 우에
창조로 불타는 천의 숲 우에
민족존엄을 안고 나래치는
공화국의 기치여!

네가 휘날리는 땅 우에
우리는 우리 자신과
나라의 주인이거니
네가 의미하는 모든 것—
조국,
근로하는 인민의 주권

자유와 행복
조국의 무궁한 번영—
이 모든 것 목숨으로 지키리라
영원히 너를 받들어나가리라

오, 수령님의 이끄심 따라
너와 함께 달려온 30년!
찬란한 새 력사의 노을 속에
온 세계가 우러러 바라보는
주체조선의 불멸의 기치여

진정
너는
어버이수령님께서 주신
우리의 삶
우리의 영광
우리의 미래여라!

≪조선문학≫, 1979.1

누리에 빛나는 언덕

유성옥

락원의 창가
은은하던 행복의 불빛들이
잠든 밤에도
낮에도 또 이른 새벽에도
밝은 빛이 넘치여 눈부신 곳—

마치 밤이 지새고
해돋이가 시작되는 동녘하늘인 듯
황홀하고 신선한
새아침의 빛나는 그 모습으로
언제나 안겨오는
만수대!
만수대!

아직도 이 세상엔
한낮에도 어둠에 짓눌려
꽃시절을 모르는
음달이 있어
해빛의 그리움에 마르고 탄 가슴들이
대륙의 숨 막히는 쟝글 속에 묻혀있어

낮과 밤, 사시절 그 언제나
희망과 소생의 밝은 빛을 뿌리시는
아, 인류의 태양
우리 수령님의 동상
여기에 높이 솟아있어라

수천수만리
혁명의 첩첩 준령들을 넘으시며
이 나라의 어둠을 가셔주시고
이 땅 우에 락원을 펼쳐주신
위대한 수령님!

그이를 모시여
조선의 만수대는
이 세상 어디서나
언제나 보여 오고
사람들은 미지의 어두운 오솔길도
밝게 거침없이 걸어가나니 …

밤을 모르고

넘쳐나는
만수대의 밝은 빛이 누리에 비끼여
이 땅 우엔
향기론 꽃과 오곡백과 설레이고
눈부신 주체의 그 빛발아래
세계는 청춘을 맞아 억세게 일어서라

오, 조국의 이 강산에
지구 우에
밝아오는 새날도 예서부터 시작되고
공산주의 아침노을도 예서부터 비껴오는가!

해 솟는 새아침의 그 모습으로
언제나 누리에 빛나는
만수대!
만수대!
태양의 언덕이여!

≪조선문학≫, 1979.4

기쁨

송명근

흥분 속에 산다
자고 깨면 또다시
새로운 환희가 찾아들 듯
울렁이는 가슴으로 창문을 열어젖히는 마음이여

진정할 길 없구나
출근 전 서둘러 당보를 펼쳐드는 순간도
달리는 렬차의 차창가에서
이름 모를 방직공처녀의 맑은 목소리에
은근히 귀 기울여도
례사로이 주고받는 말조차
눈굽 뜨거이 되새겨보는
나날이여, 즐거움이여

오늘은
그 어느 기대 곁에서나 만날 수 있어라
어버이수령님 몸소 찾아 주시여
온 강산을 잠 못 들게 한 숨은 영웅들
농장벌의 긴 밭이랑 우에서도
흙 묻은 손을 툭툭 털고 내 앞에 다가서라

한 아빠트 이웃의 젊은 기사도
엇갈리며 앞을 지나는
나이 지숙한 처녀도
남모를 큰 뜻을 품고 있는 듯
다시 또 바라보고 싶노라
아 그 언제나
온 나라가 흥성이는 나날이여!

흘러가는 그 어느 하루도
아니여라, 뜻 없이 가는 시간의 흐름이
먼 앞 세대의 신비롭던 비밀도
주체형의 인간의 신념 앞에
보화의 대문을 활짝 열어놓아라
모래알처럼 이름 없이 묻혔던 열매도
뜨거운 숨결안고 부풀어
거창한 재부로 내 앞에 안겨져라
마치 옛 전설의 이야기와도 같이 …

기뻐라!
신문을 펼쳐든 할머니의 안경너머

날마다 숨은 영웅들의 새 모습을 익히며 자라는
소녀의 구슬같이 맑은 눈빛도
손이 닳도록 쓸어 만지고 싶은 하나의 쇠덩이
가슴 대이는 조국의 그 어느 한끝에서나
묵묵히 이 땅을 안아 디웁히고 살지우는
영웅들의 숨결에 마음 뜨거워짐도…

하나의 발걸음
순간의 사색도
어버이수령님 바라시는
그곳에만 놓여지고 번뜩이고
숨은 영웅들의 심장에 심장을 잇대이며
아, 온 나라 인민의 마음도 맑아져
충성의 한 줄기로만 굽이치나니

인류 천만년
가고 온 년대와 력사여
그 언제 이렇듯
온 나라 인민이 영웅으로 자라는
열정의 시대를 맞이한 적 있었던가

오너라, 나날이여
환희여, 즐거움이여
어버이수령님 뿌리시였고
안아 가꾸신 사랑의 씨앗들이
주체의 빛발을 한껏 받아 안고
꽃으로 열매로
소리치며 설레이며 솟아오르는 명절들이여

강철의 재부와 함께
부푸는 새 열매와 함께
어버이수령님의 기쁨 된다던
청춘도 한생도
묵묵히 바쳐갈 각오와 신념이
우리 시대의 생각으로 여무나니

아―
래일엔 또 얼마나 많은 숨은 영웅들이
이 땅에 태여날 것인가
노도 치는 주체사상화의 행군길 우에
얼마나 더 강대한 조국이

얼마나 더 좋은 앞날이
오늘에 다가서고 있는 것인가!

≪조선문학≫, 1980.7

미더운 사람

황승명

지평선 저 멀리
초생달이 떠오르는 저녁
오리나무 둔덕 강냉이밭에서
그는 떠날 줄 모른다

농장마을사람들
하루일 끝내고 불 밝은 집에 들었건만
이 늦저녁도 작업반장과 함께
밭이랑 하나하나를 돌보는
우리의 3대혁명소조원

해종일 논밭에서 일하고도
아직도 그와
못다 나눈 이야기
다하지 못한 일이 있어—

길섶의 빈 포기 하나를 두고
나라의 쌀독을 책임진 본분을 다하자고
조용히 울리는
그 목소리 뜨겁구나

두툼한 배낭을 메고
이 마을에 처음 들어서던 그날에는
낯설던 고장
관리위원회사무실도 몰라
길을 묻더니

이제는 이고장의 래력도
사람들의 마음속까지도 다 알고
3대혁명의 큰 뜻을 심어주며
일깨워주는 그 마디마디

농사라면야 이 마을에서 스무 해
군에서도 소문난 작업반장
그를 따를 사람 없건만
소조원의 그 마음엔
언제나 머리 숙어져—

벌판에 나서도
마음에 들어서도
수령님 보내주신 귀한 사람이라고

온 농장 사람들이 믿고 따르며
얼마나 생활이 흥겨운 것인가

찾아오는 이들도 많아라
부모 앞에 말 못할 사연도 터놓고 싶어
허물없이 만나러 오는 젊은 친구들
모대기던 기술창안의 새 도면을 안고
제집처럼 찾아드는 사람들

아 사람들의 마음속에도 빈자리가 있을세라
제일처럼 풀어주고 함께 기뻐하며
논밭에도 한포기의 빈곳이 있을세라
때로 먼 출장길에서 오는 한밤에도
버릇처럼 논밭을 돌아보는 우리의 소조원

미덥다, 3대혁명의 전위여
위대한 수령님께 기쁨 드리는 길에
사람들의 마음을 가꾸어
들판을 가꾸며
충성의 풍년낟알로 가득 채워라

《조선문학》, 1980.7

광주의 꽃

림호권

나는 모른다
너의 이름과 지내온 경력도
다만 네가 간호원이란 것을 알 따름
거리엔 항쟁의 물결이 굽이치는데
붐비는 병원복도에서
나는 너를 처음 보았다

안타까움이 실린 그 맑은 눈동자
응급처치에 열중한 사랑의 손길
새하얀 위생복차림은
그대로 순결한 너의 마음씨런가

스물 안팎의 한창나이
도무지 너는 겁이 없어
피의 광장을 마구 뚫고 뛰여 들어
그 가슴에 부상자를 붙안아왔고
사자 같은 젊은이들 손에 돌을 섬겨주었다

자유의 화신처럼
불사의 나래 퍼덕이며

5월의 거리를 도도히 누벼간
피어린 낮과 밤은 그 얼마냐

부상자들 머리맡에서
어느 한순간인들 눈을 붙이였으랴
흐르는 눈물을 삼키며
식어가는 몸에 뜨거운 너의 피를 부어주며
모대긴 밤과 낮은 또 그 얼마냐

봉기의 불길이 터진 그 아침
늙은 어머님을 마음속으로 하직하며
어찌하여 네가 집을 뛰쳐나왔는지
나는 안다!

처녀시절의 다감한 꿈이
조국의 창창한 미래가 그토록 소중해
비발치는 총구 앞으로 내달려간
너의 불같은 열망을 나는 안다

파쑈의 광풍이 몰아치는 남녘땅 우에

자유의 푸른 하늘을 열어가려는
갸륵한 네 마음―
원쑤에 대한 증오의 일념은
복수의 불길로 삼단같이 타올랐고나

광주의 딸이여!

반듯한 너의 이마
어글어글한 그 눈매
어찌 그리 흡사히도 닮았는지
네게서 남녘에 두고 온
내 사랑하는 누이의 모습을 본다
불현듯 혈육의 정이 가슴에 젖어든다

그래서 나는 네 오빠이고
그래서 너는 내 그리운 누이가 아니냐
그래서 더욱 간절한 내 마음
지금 네 곁으로 달려가고 있다
분망한 병원복도로
결사전의 그 거리로 줄달음치고 있다

광주의 내 누이야!
어서 구급가방을 메고
하얀 위생복 정다운 그 모습으로
바람 사나운 남녘의 거리거리를 찾아다오
원쑤 미제와 파쑈의 칼부림에 찢기운
민족의 상처를 구완해다오

오, 너는 내 눈망울에 찍힌 순결의 꽃—
광주에 피여난
한 떨기 아름다운 민주의 꽃이 아닌가
그 슬기 그 용맹을 지니고
네 영원한 청춘과 미래를 위해
민족의 자립으로 붉게 붉게 피여 있어라!

≪조선문학≫, 1980.8

당을 생각하는 마음

김석주

우리 다는 몰라라. 당이여
그 사랑 그 품
그 어디서 시작되여
어디서 끝나는지

봄날의 아지랑이마냥
가슴에 피여오르는
이 행복 이 기쁨은
어디서 오는 것이냐

당을 생각할 때면
가슴에 푸근히 젖어드는
인자한 어머니 모습
그 자애로움과
한없는 따사로움

그대를 우러르는
우리의 마음은
멀리 문밖에서
어머니를 부르며 돌아서던

천진한 시절의
순결한 마음

그러하더라. 당이여
기쁜 때면 기뻐서 먼저 찾게 되고
어려운 때에도 먼저 부르게 되던
그런 어머니

깨끗한 량심으로
숨은 사연도 터놓고 싶고
꾸지람할 때조차
그 음성 다심하고 정다웁던
그런 어머니 …

무엇이라 이야기할 수 없구나
그 정다운 품
한마디로 다 이야기할 수 없어라
은혜로운 당의 품을

사람들은 비기더라

그 사랑 하늘의 넓이에
그 품을 바다의 깊이에

하지만
그 하늘
그 바다
그 땅도
다 안겨있더라
어머니당의 품에

비길 수도
헤아릴 수도 없어라
우리 모두의 운명도
조국의 오늘과 래일도
그 품이 다 안고 있기에
시작도 끝도 없는
그렇듯 위대한 것 아니던가

백두에서 안아온
노을빛 기폭에 싸여

우리 모두 첫 삶을 받아 안았고
그대의 마음을 닮고
그대의 숨결을 지닌
영원한 당의 아들

그대 아니고
우리에게 그 어떤 품이
따로 있으랴

그 품에서
가슴에 끓는 맑은 피도
영생으로 빛나는 삶도
받아 안았기에
운명도 미대로 모두 맡긴
그렇다. 우리는 위대한 당의 아들

그대 없이 우리 무엇이랴
우리가 하나의 별이라면
그대는 수 억만 별에 빛을 주는
태양

크나큰 그 품이 있어
이 땅 우에 살고 있는
천만심장들이
하나의 사상
하나의 뜻으로 뭉쳤고

그 빛발 아래
언제나 가슴에 가득한
말 없는 기쁨도
가슴속 행복이 비낀
우리의 얼굴도
이처럼 밝은 것 아닌가

언제나 봄날의
그 들길을 가듯
당의 향도 따라
밝은 앞날을 향해
우리 성스러운 위업 받들어나가고

백두 산정에 흐르는

해돋이의 노을처럼
우리 앞에 펼쳐진
아름다운 희망을 안고
날마다 당의 뜻 꽃피워가리

당이여. 향도의 해발이여
우리는 영원한 단의 아들
언제나 맑은 눈동자로 그대를 우러르고
영원히 순결한 마음으로
그대만을 따르리

위대하고 신성한 품
영원한 삶의 품
아, 한없이 귀중한
영광스러움 우리 당이여

《조선문학》, 1980.10

빛나는 전망을 안고

김희종

생각하면 생각할수록
더 깊어지는 어버이 그 사랑
우러르면 우러를수록
더 뜨거워지는 당 중앙의 빛발

걷잡을 수 없이
젖어오고 또 젖어오는 눈앞에
웅대한 10대전망이
빛나는 새 장을 펼친다

나는 지금 바라본다
노을 비낀 건설장 아슬한 철탑 우에
엎어지는 새 강철지붕아래서
태여나는 또 하나의 기계바다를

나는 또 바라본다
그 기계바다 너머
저 멀리 끝없이 설레이며 달려오는
지도에 없는 새 간석지 땅을

아, 하늘이랴, 땅속이랴, 바위산이랴
그 어디,
그 무엇을 바라보아도
이 전망 속에 빛나며
헤아릴 수 없는 기쁨을 펴내주는 강산이여

바라보면 바라볼수록
다함없는 수령님의 은혜에 목메이노라
행복한 나날에도
더 큰 행복을 주시기 위하여 걷고 걸으신
그 사랑의 자욱으로 변하고 또 변해온 땅

그 걸음으로
당 대회의 연단에 오르시여
또다시 웅대한 새 전망을 펼쳐주시며
우리 인민을 뜨겁게 안아주실 때
우리 가슴 얼마나 감격에 들먹였던가

아, 밝고 저무는 나날이
수령님의 사랑에 젖어 흐르고

바뀌는 해와 달이
당 중앙의 생각 속에 솟아오르는
조국의 나날이여

달이 밝혀준 새 전망을 빛발 속에
공산주의 해돋이를 안아 올릴
그 얼마나 장엄한 주체조국의 위용이
우리를 부르고 또 부르는 것이냐

큰 사랑으로 안겨주시고
큰 믿음으로 불러주시는
수령님의 이 전망을
우리는 기쁨으로 새겨 안고
그이의 뜻을 꽃피워가는
삶의 가장 큰 영광으로 받아 안은 인민

그 때문에 날마다 걷는 출근길은
따사로운 봄날처럼 마음 즐겁고
정다운 기대 앞에 마주설 때마다
가슴은 한없는 긍지로 차오르는 것 아니더냐

이름 없는 작은 시내물이여
이름 모를 외진 산봉우리들이여
새 전망의 휘황한 빛발 속에
새 이름을 떨치며 변하고 또 변하자

아, 이 빛나는 전망으로
우리가 일떠세우는
무수한 철탑과 언제와 새 땅은
위대한 수령님과 당 중앙의 사랑을
만대에 노래할 불멸의 기념비들이다

≪조선문학≫, 1980.11

당

김석주

당
그대를 생각하면
숭엄히 솟아오른다
백두의 흰 메부리

당
고대를 생각하면 떠오른다
광활한 누리를 덮은
크나큰 노을빛 기폭이

천만의 의지와 신념을 묶어세운
강철의 산악
하늘과 땅과 세월을 한품에 안은
비상히 크고 성스러운 봉우리마냥
당은 우리 마음속에 솟아있다

하나의 메부리에 근원을 두고
산발들이 천리에 뻗어 내리고
강줄기들이 만 리에 흘러내려
강토를 이루고 생활이 펼쳐지듯

당, 그 위대한 품에 근원을 두고
영원한 빛발 흘러내리고
온갖 생명이 태어나고
생활의 억만 흐름 펼쳐지는 것 아닌가
당은 그 모든 것을 안았다

당이여 우리는 믿지 않는다
하늘과 땅과 생명
저 우주만물을 창조했다는
그 어떤 하늘의 신비한 존재도

우리는 믿는다 당이여
신비로운 전설이 아닌
자주의 푸른 하늘과
락원의 땅을 창조한
지상의 가장 위력하고 강대한 힘을!

그대 얼마나 시련 많은 머나먼 길을 걸어
그대 얼마나 휴식 없는 긴 긴 세월을 걸쳐
오늘의 이 행복 이 기쁨을 안아왔던가

쓸쓸한 들판, 처량한 황무지
설음이 덮였던 이 땅 우에
생명으로 아름답고
삶의 노래로 아름다운
자유의 강산 행복의 푸른 숲을 펼친 그대
당은 만능의 힘을 지녔다

우리 크나큰 그 품에서
생을 받아 안았나니
인민의 힘도 재능도 노력도
그대로 하여 억세며 빛나고

그대는 수령님의 품에서 생을 받아 안고
향도의 해발로 앞길 밝히기에
그처럼 위대하고 영광 빛난다
그 기치도
그 위업도
그 력사도

조선로동당

부르면 언제나
그 이름 크나큰 메아리 되여
만민의 심장을 울리고
누리의 한끝까지 끝없이 울려간다

조선로동당
생각하면 언제나
신성하고 존엄에 넘친
위대한 량심 앞에 다가서는 듯
우리 마음 숭엄하고 깨끗해진다

당이여, 그대 없이는
생활도 웃음도 꽃도 없다
당이 없이는 너도 나도 우리도 없다
이 세상도 없다

우리의 생명이며 빛인 당이여
우리의 힘이며 슬기며 용맹인 당이여
우리의 생활과 창조의 모든 세계인 당이여!

《조선문학》, 1980.12

풍산민요

강현세

―잣나무 없는 산이 산이라던가
봇나무 없는 숲은 숲도 아니지
딸이 많은 귀틀집에 눈물도 많네 …

고사리 산나물 철도 길어서
그 옛날 처녀들이 부르던 풍산민요
이깔나무 붙안고 눈물짓던 그 노래

삼삼이로 지새던 밤도 길지만
처녀들의 한숨소리 더욱 길었네
감자로도 끼니를 에울 길 없어
분떡 같던 얼굴에 주름이 잡혀
중매군도 왔다가 도로 갔다는 …

부대농사 화전에서 치맛자락 불에 타고
이깔나무 장작불에 맘도 타더니
오늘의 풍산처녀 종다리런가

양떼를 몰고 몰아 흐르는 노래
가도 가도 밀밭천리 넘치는 노래

설음의 민요도 옛말로 되여
설레이는 더지에서 울리는 가락
수령님의 그 은덕 노래 불러라
사람도 강산도 모두 변하여
노래도 새로와진 하늘아래 첫 동네

－밀밭 없는 풍산땅이 풍산일소냐
양떼 없는 작업반이 작업반이랴
처녀분조 많은 곳엔 노래도 많죠 …

아, 산에 산에 잣나무야 키자랑 말아
봇나무 우듬지에도 노을이 탄다
딸이 있는 어머니들 자랑도 많아
어버이사랑의 해발 고원 우에 눈부시다

《조선문학》, 1980.12

제6장

현실주제문학 시기(1980~현재)

빛나라, 1980년대여

차영도

무한한 우주
끝없는 공간
그 우주, 그 공간 속에
눈부시게 빛발치는 세기의 불빛

1980년대여 그것은 너!
인류의 력사 우에
우리 당이 펼쳐놓은
새 세기의 아침!

아, 그처럼 숭엄히
그렇듯 휘황히
빛나는 년대여
10대전망의 찬란한 년대기여

너의 무수한 날과 나날 속엔
우리 당의 강철 같은 결심이 있고
그 결심 속엔
인민의 노도 같은 걸음이 있나니

위대하여라
수령님의 예지로 빛나고
우리 당의 담력으로 기세찬
너의 그 하루하루!

강철은 끓으리
석탄은 쏟아지리
발전소의 억센 타빈들은
소리치며 세월을 감으리

바다를 밀어낸 드넓은 간석지는
새봄을 맞아 씨앗을 품고
풍요한 전야엔
무르익은 이삭들이 가득히 실리우리 …

아, 이 모든 것
이 크나큰 전변
우리 수령님
세기의 한끝을 내다보신 것

80년대여, 축복의 년대기여
정녕 너는 밝아오는 새날을 마중 가는
숨은 영웅들의 수없는 자욱 우에
새싹들이 소리치며 움트는 그 봄날의 대지

너는
주체의 빛발로 타는 듯 붉은
3대혁명의 장엄한 그 기폭 우에
공산주의 밝은 려명이 비낀 하늘

그 대지에
인민의 환희는 뒤설레이고
그 하늘가에
사회주의완전승리의 봄 언덕은 가까워지리니

80년대여, 너의 그 큰 걸음은
세기의 대행진!
너의 그 섬광은
공산주의 그날을 밝게 비쳐주리

해빛파
별빛파
그 모든 우주의 빛발
한데 합쳐 엮는다 해도

1980년대여
찬란한 년대기여
너의 휘황한 그 빛발에
결코 비길 수는 없으리

아, 이 눈부신 년대기에
빛나는 삶
고귀한 로력을 바쳐간다는 것은
얼마나 자랑찬 우리의 자서전인가!

80년대는
우리의 머리 우에
구만리 하늘가에
해와 별이 찬란한 세기!

80년대는
우리의 앞길에
인류 미래의 새 리정표가 세워진
력사의 기점!

오, 여기서 시작되여라
가장 위대한 우리 조국의
더 찬란한 봄빛
새 세기의 태동기!

1980년대여
영광 빛나라!

≪조선문학≫, 1981.1

백두산의 산제비

전계승

새벽하늘 물들이며
불타는 구름바다 우에
불끈!
태양이 솟아오를 때

이 강산을 밝히는
장대한 해돋이를 안고
백두의 하늘에 산제비들이 날은다
희망에 솟구치며
기쁨에 나래 치며

노을이 비낀
천년설 우에
노란 꽃 만병초의 향기를 끄을며
장군봉을 넘나드는
너의 나래, 랑만의 끝은 어디

천길 벼랑아래
구름을 뚫고 살같이 날아내려
천지의 물에 깃을 적시고

상상봉의 하늘가에 다시 솟구쳐 올라
천리밀림을 굽어보는
백두산의 산제비야

깊고 깊은 밀영의 밤을
지새우신 장군님
아침을 맞으시며 창문을 여실 때
해빛을 기다리는
지폐의 눈물겨운 사연을 아뢰이며
그이의 품에 날아들던 제비 아니냐

짓밟힌 온 겨레를
그 한품에 안으시고
광복의 높은 뜻 밝히시는 장군님
위대한 태양의 그 빛발 안고
조국의 창공으로
날아가던 그 새들이 아니냐

너무도 아름답고
너무도 장엄한 노을이

가장 먼저 비쳐오는 절정이건만
솟는 해도 더디다고
해마중가며
부푼 가슴 솟구는 산제비

별 많은 한밤중
대양 만 리에 있어도
그리워 잠 못 이룬
이 아침을 그리며
구름 넘어 기어이 날아온 그날음
만 리런가 천만 리런가

나는 천만 리의 한순간이여도
세상 가장 아름다운
백두산의 해돋이!
해돋이 하늘높이 나래치는 거기서만
별처럼 빛나는 삶을 찾는
신념의 나래 끝 없구나

우주공간에 그 나래 작아도

온몸으로
태양을 받드는
산제비, 산제비
내 마음 날고 싶구나
백두산의 산제비 너처럼, 너처럼 …

조선문학≫, 1981.5

제6장│ 현실주제문학 시기(1980~현재) 769

아들

황승명

내 집 따뜻한 아랫목에서
눈을 떴구나
소용돌이치는 압록강에서
죽음의 고비를 넘어선 아이야

입술을 대이니
<마마>를 부르며
반기는 얼굴에
홍조가 어린다

말씨가 다르다고
낯설어 말아다오
안아주면 좋으랴
품어주면 좋으랴
어머니처럼

아직은 철부지여서
다는 모를 수 있으리
어찌하여 나이도 이름도 모르는
너의 소생에

우리가 울고 웃는지

마당가에서 뛰노는
내 아들과 무엇이 다르랴
불타는 거리에서 엄마를 부를 때
나를 품에 안아주던
지원군병사를 못 잊는 이 마음

시련의 고개길에서
전투의 불길 속에서
마음도 뜨락도
우리는 하나로 이어놓은 사이

중국을 위하는 우리의 마음
누구나 박재근이란다
조선을 위하는 중국의 마음
누구나 라성교란다

아, 중국의 아이야
나의 아들아 …

《조선문학》, 1983.10

종소리

림종근

은은히 장엄히 울리여 오는
인민대학습당의 시계종소리
어디서 어디서 울려오는가
대리석기둥들이 길길이 일어서고
은보석 무리등이 황홀경을 이룬
어느 방 어느 홀에서인가

사색의 심연 속에
과학의 대문을 열어가는 로박사도
배움의 계단을 롫아 오르듯
탐구의 책장을 번져가는 대학생도
혁명의 진리를 익혀가는 외국의 벗도
숭엄한 생각 속에 머리를 들거니

창문너머 저 멀리
대동강기슭의 주체사상탑
봉화의 첫 불씨가 타오른 백두밀림ㅡ
뜨겁게 넘치는 수령님 사랑 속에
조국의 미래가 꽃펴나던 아동단학교
태양의 행성들이 자라던 군정학습의 밀영

혁명의 그 귀틀집에서인가

수령님 우러러
온 나라의 뜨거움이 달려오는 속에
연필문제가 첫 의정에 올랐던
력사의 잊지 못할 그 회의장에서인가
돌격선의 전사들을 학원으로 불러주신
수령님의 그 사랑에 종소리도 목메이던
백송리의 그 뜨락에서인가

아! 어버이 우리 수령님
불길 속에서도 빈터 우에서도
학습을 공민의 첫 의무로 정해주시고
사람들을 나라의 기둥으로 안아 키우셨거니
위대한 그 품속에서
조국은 빈궁과 락후를 털어버리고
번영과 문명의 상상봉에 올라섰거니

≪조선문학≫, 1983.12

철산봉

송찬웅

아득히 뻗은 산발마다
층층 다락을 펼쳤는가
산우에 첩첩 산이 솟은
무산의 철산봉 철산봉아!

너에겐 무성한 푸른 숲도
흐르는 옥계수도 없건만
어찌해 너의 재빛 산악이
이다지도 내 마음 끌어당기는가

산이 온통 쇠덩이로 덮인 듯
너의 한량없는 그 무게
억만 재부의 그 깊이를
내 어이 다 헤아리랴

아, 그래서 우리 수령님
우리의 친애하는 지도자동지
몸소 너의 산정에 오르시여
철이 흐르는 산발을 바라보시며
보배산이라 불러주셨거니

못 잊을 그 산정길을 걸으며
가슴 뜨거이 새기노라
철전선의 앞장에 너를 내세워주신
어버이수령님과 당의 높은 뜻을

그 뜻을 안고
들끓는 쇠돌산아
너는 날마다 시간마다
김철에 숨결의 부어주는 생명선!

네가 끓어야 쇠물이 끓고
온 나라에 폭포 쳐 쏟아지기에
당을 받드는 우리 광부들
너를 통채로 타고 앉아
무쇠 같은 가슴으로 돌파구를 열어가거니

아, 철산봉 철산봉
너 조선의 보배산아!
활짝 열어 헤쳐라
억년 품고 있던 철의 보화를

나는 보노라
너의 메부리 한 치 한 치 낮아질수록
철옷을 떨쳐입은 강대한 내 조국이
동방의 하늘가에 높이높이 솟아오르는 것을!

≪조선문학≫, 1985.2

해돋이

오영환

오늘은 누구나 한번
스스로 가슴에 새겨보라
해마다 아이들의 설맞이에 나가시는
우리 수령님의 새해 첫 걸으심을

그렇게 시작되더라, 내 나라 설날의 해돋이는
아버지 어머니들보다 먼저
어버이수령님께서 어루만져주시는
색동저고리 아이들의 고운 두 볼에서

옛날에는
아버지 어머니들을 울리던 날이 설맞이여서
우리 수령님 먼저
아이들을 품어주시는가

아이들이 웃으면 힘이 난다고
웃는 볼에 입맞춰주시는 우리 수령님
천만 꽃 중에 아름다운 것
아이들 얼굴에 피어난 꽃이더라

그 꽃은 계절 없이 피어났더라
땅을 분여 받던 밭머리에서
장군님 안아주신 그 아이 볼에도
전화의 날에 반토굴학교에서
원수님 쓰다듬어주신 그 아이 볼에도
새 교복 타 입고 뛰놀던 운동장에서
수령님 사진 찍어주신 그 아이 볼에도

20대 청년도 그렇게 자라났고
50대 중년도 그렇게 자라났더라
아이들이 설맞이에서 시작한 걸음으로
비가 오나 눈이 오나 이어가신 길
수령님 조국 땅을 돌고 도신 길
오늘의 이 꽃을 보자하심이였구나

알아라, 우리 나이는
수령님 축복해주신 년년의 표적
먹은 나이로 력사를 깨닫고
먹을 나이로 미래를 깨달아라

나라의 힘이 거기에 숨어있고
민족의 기상이 거기서 샘솟아라
진정 우리 맞이할 행복의 년대와 년대는
그렇게 밝아와라 희망찬 해돋이같이

《조선문학》, 1985.4

인간의 도덕

오영재

사람이 사람으로 살며
지켜야 할 그 모든 것
법이 자기의 조항으로 못다 밝히고
못 미친 생활의 구석을
도덕이 환히 불을 켜고 있다

그 불빛은
자기의 량심과 사람들의 눈
그것이 때로 법보다 더 무서운 것이거니
사업에서 실패는 만회할 수 있어도
한 번 저지른 도덕의 실패는
일생을 두고 회복하기 어렵더라

안전한 대피호를 제 먼저 차지해
함께 간 전우가 희생되였을 때
그 누구도 그 사연 알 길 없고
자서전의 글줄에도 그것이 기록되지 않았어도
두고두고 량심의 회초리가 그의 가슴을 때려
그의 한 생은 아픔 속에 흘러가더라

불 뿜는 화구를 몸으로 막지 않았다고
그 전사 군법에 위반되였을 것인가
물에 빠진 아이들을 건지려
남 먼저 얼음구멍에 뛰여들지 않았다고
한 젊은이 법의 판결을 받게 될것인가

사람이 사람으로 존경을 받는 것
직위냐 권세냐
아니여라 그의 마음에서 도덕이 빛날 때
인간이 인간으로 존경을 받을 수 있고
직위 높은 일군이 멸시 당할 수도 있어라

사람이 자기를 단장한
량심의 옷— 그것이 도덕
그 옷을 벗어던진다면
사람에게 무엇이 남는 것인가

동지를 위해 도덕을 지키라
인민을 위해 도덕을 지키라
조국 앞에 후대 앞에

지닌 도덕을 지키라
이 도덕이 기초로 되지 않을 때
어려운 날에 당도 조국도 배반하지 않으리라
그 무엇으로 담보할 수 있을 것인가

아름답게 살자
빛나게 살자
젊은 날엔 사람들의 사랑을 받고
늙은 날엔 사람들의 존경을 받으며
한생을 보람높이 살고 싶지 않는 사람
이 세상에 있으랴

≪조선문학≫, 1987.9

그리움에 사무쳐

림유길

내 아직
집 떠나본 일 있다면
어머니 꾸려준 작은 배낭 지고
야영의 등산길 걷던 일뿐

내 아직
고향집 그리워 생각한적 있었다면
방학의 나날에 수도 먼 외가에서
문득 꿈결에 떠오르던 생각뿐

허나 내 오늘
수평선에서 해가 뜨고 지는 런 몇 달째
인도양의 거친 파도 해 가르며
조국을 떠나보니
례사롭게 생각되던 것마저
사무치게 이 가슴에 그리웁구나

늘쌍 정답던 거리의 웃음소리
창가마다 곱던 꽃송이들
시름없이 걷고 걷던 유보도의 시원한 바람결

아, 못 견디게 못 견디게 그리웁구나

마음은 새로워 만지는구나
내 어머니, 정다운 벗들
사랑하는 처녀에겐 노엽힌 일 없던지
있다면 몇 번이고 사죄하는 마음이여서

생각은 뜨거워 만지노라
안겨 자란 나날에 나를 위해
조국은 그 얼마나 큰 마음 기울여
오늘처럼 떳떳이 키워주었는지
마음속엔 보답해야 할 진정만이 샘솟아

아, 내가 자란
세월의 기쁨도 즐거움도 다 있는 곳
바람 눈비 가려주며 나를 키운
사랑의 태양이 누리에 빛나는 곳
대양 만 리 이역의 부두가에서도
내 떳떳이 그대의 아들임을 자부하는
긍지와 영예가 시작되는 곳

조국을 떠나보니
내 알겠구나
그리움이 이토록 사무치도록
나의 넋이 다 있는 곳
떨어져 살수 없는 나의 조국은
운명 속에 깃든 그 모든 생활임을

≪조선문학≫, 1987.11

나는 책임진다

김철

나는 이 땅의 평범한 사람
조국은 나에게
창조의 로동을 권리로 주었나니
내 그것을 영예로, 의무로 간직했노라

하나의 나사못을 죄여도
량심의 눈금이 흔들리지 않도록
거창한 구조물에 이음줄을 새겨도
먼 훗날사람들 정히 쓰다듬도록 …

책임졌노라! 일터를 가정을
쉴 참에 흥겨운 손풍금소리를
경쟁도표 붉은 줄을 발돋움해 쳐다보는
건설장 앞뜨락의 어린 은행나무를

당의 웅대한 작전도우에
내가 선 자리는 하나의 작은 점일 수도 있으리
그러나 내 만일 그 점 하나를 지키지 못한다면
거기 생긴 공백을 무엇으로 메우랴

책임지노라, 머리를 높이 들고!
책임지노라, 가슴에 방울방울 피를 끓이며!
대건설행군으로 들끓는 조국이여
내 너의 번영 너의 부강 앞에 나의 몫을 책임지노라

큰 호흡, 빠른 걸음 힘 있는 활개로
비약하자 생활이여!
대렬 맞춰 진군하자 근로하는 계급이여!
우리 아닌 그 누가 굳게 겨룬 어깨로
혁명의 표대를 떠메고 갈 것이냐

그렇다. 혼자서는 가지 못 한다
마치와 낫과 붓을 뜨겁게 껴안은
당의 성스러운 기치 우러러
하나의 생명 이룬 우리 아니냐

그대들이 나의 익측이기에
그대들이 새 200일의 저 깊은 종심까지
나와 함께 돌격할 전우들이기에
그대들이 나를 책임지듯이

나 또한 그대들 앞에 책임지나니

말하지 말라
자기 자신 하나 위한 책임이라면 …
결정의 마당에서 동지들의 신의를 저버린다면
그에게 그 무슨 전사다운 모습이 남을 것인가

보아라!
우리 함께 일떠세운 저 높은 탑들을
얼마나 좋아!
숲을 이룬 창조물 하나하나에
후두둑 뿌려진 불찌 같은 땀방울이
뉘것이였던가는 다 잊을지라도
손에 손잡고 솟는 해와 마주 웃는 이 아침은 …

진정 기쁨이여라
오늘에 숨 쉬며 래일까지 맡아 안고 산다는 것은!
하거니 우리 책임지는 것
실은 우리자신과 후대들의 행복, 그것이 아니던가

아! 높푸른 하늘
눈부신 산과 들
거리도 마을도 바다도 강줄기도
우리 아닌 다른 주인 찾지 않거니

책임진다, 영원히
그것이 조국이여 너를 위한 것이고 네 것이라면
손바닥에 따거운 한줌의 모래
그 한 알 한 알이
자갈과 세멘트, 굳은 철근과 한 몸을 이루며
거창한 탄생을 읊조리는 소리도 …

≪조선문학≫, 1989.1

북변의 기적소리

리정술

하나, 둘…
차굴과 다리를 세여 보다가
그만에야 더는 못 세고
내 차창가에 기대여 목메는 것인가

아, 뜨거운 눈물 없이는
타고 갈수 없는 기차 길이다
자갈 하나
흙 한줌이라도 떠놓은 것 없이는
편히 앉아갈수 없는 길이다

꽃나이 청춘들이
구슬땀을 바쳐
몸으로 심장으로 이어놓은
북변땅의 륙백삼십 리 새 철길
바친 땀방울 얼마나 값 높고
바친 사랑이 얼마나 뜨거운가를
순간도 잊지 말라 깨우쳐주며
저 기적소리도 고동 높이 울리거니

기적소리여, 너는
새 역전에 들어선다고 알려주는
반가운 고동소리만이 아니구나
북부철길을 건설한 청춘들의 그 이야기
온 세상에 알려주는 고고성이구나

≪조선문학≫, 1989.4

청춘과 사랑

리정술

북변땅의 새 철길—
달리는 차창에서 눈길 못 떼고
이십대의 청년돌격대원은
속삭이듯 나에게 이야기한다

저 굽인돌이를 지나면
이제 ≪오가산차굴≫이 나진다고
차굴을 지나면
≪천리 길 청년다리≫가 이어진다고 …

차굴의 길이는 얼마이고
다리의 높이는 얼마이라고
목책을 보지 않고도
스스럼없이 말한다

산의 생김새와
강물의 수심에 대하여
조용히 눈을 감고도
보는 듯이 이야기한다

아, 한 치 한 치에 더운 땀을 뿌린
추억 많은 고장들이여서
돌격대원이여 그대는
눈감고도 그렇게 잘 아는가

엄동의 설한에 교각을 세우던
그 발자취가 남아있어
폭우에 온몸이 젖으며 메나르던
그 침목들이 로반 우에 깔려있어

이 북변땅 생소하던 고장이
청춘, 그대의 생애에
그리도 사랑스러운 것인가
차창밖에 지나가는 새 역들이
제 고향 이름처럼 정다운 것인가

아, 인생에 이런 자취 없다면
그 무슨 살틀한 것
그 무슨 사랑스러운 것
그 무슨 귀중한 것이 있으랴

조국에 바친 자욱이 있어
돌격대원이여, 그대는
오가산의 바람소리도 노래로 듣고
십리길 차굴도 기쁨 속에 지나는구나

≪조선문학≫, 1989.4

학교 가는 아들을 보며

박정순

아직은 창밖에 어스름이 짙은데
너는 벌써 잠에서 깼구나
단풍잎 같은 두 손으로 책을 고르며
학교 갈 차비 서두르는구나

찬바람 부는 문 앞에 나서
학교길 재우쳐가는 너를 보노라니
대견스러운 네 모습에 앞서
이 어머니 마음에 깊어지는 생각

너처럼 걸었다, 나도 이 길을
너처럼 바래주더구나
이 어머니가 처음 학교 가던 날
너의 외할아버지, 외할머니가
떠나면 오기를, 오면 떠나길 바라며

글, 제 나라 글
새 학습장에 새겨왔을 때
어째서인지 쓸어보고 다시 더듬어보며
외할아버진 뜨거운 것을 삼키시더구나

말없이 말없이

아들아, 그날의 나처럼
너 지금
얼마나 행복한 길 걷는지
너 지금
얼마나 넓은 길 가는지
아직은 다 모르리

이 길을 그려보며
엄동설한 이역의 하늘 흘기며
안개처럼 사라진 생이 얼마인지
아, 그것을 알기엔 네 나이 너무도 어리구나

조선말을 했다고
조선옷을 입었다고
깡패들과 반동들의 발길에 채워
병신이 되고 생을 잃은 사람들의 수
아, 네가 배우는 산수로는 계산도 할 수 없으리

머리를 들고 살라고
조선사람 넋을 잃지 말라고
이역 땅에도 민족교육의 대화원을
이렇듯 펼쳐준 나라가 두 번 다시 없다는 걸
그 사랑의 깊이를 다 알기엔
아, 이 어머니의 생각도 모자라는구나

아들아 복 받은 조국의 새 세대
귀여운 내 아들아
멀어도 이 길 가까워도 이 길
찬바람 불어도, 불파도 밀려와도
이 길만 에돌면 이 길만 비껴서면
너와 나 우리 삶 한줌의 재가루보다 못한 것
이 길은 어버이수령님 펼쳐주신
사랑의 길이란다.

≪조선문학≫, 1990.5

교문

리기택

내 어린 꿈 피던
고향의 모교
너를 떠난 지 수십 년 지나
다시 이 교문 앞에 서니

지나온 인생길에 문은 많았어도
그 어디에도 없었구나
너처럼 생각깊이
내 걸음 멈추게 한 문은

처음 들어설 때엔
누구나 꼭 같은 철부지였어도
졸업한 그날로부터 세월은 흘러
다시 너를 찾으니
빛나는 위훈 없인 들어설 수 없구나
오, 모교의 교문이여

그 어느 지도에도
너는 새겨있지 않았더라
뭇사람들의 기억 속엔 더욱 없고

너를 떠난 나도
기억한 때보다
잊고 산 때 더 많았구나

우리글을 처음 익히던 그날로부터
어린 마음속에 봄싹처럼 자라난
그 정직함, 그 깨끗함

한없이 귀중하고 아름다운 그 마음으로
조국 앞에 다진 나의 첫 맹세도
여기에 어려 있나니

네가 불러준 그 노래
군모 우에 별로 새겨지고
네가 배워준 그 지식
창조의 노을로 불태우며
내 달려온 길은 멀었어도

준엄한 혁명의 그 길 우에
내 순간이나마

그날의 맹세 저버린 때는 없었던가
예서 되새겨보게 되는 마음이여

아 교문!
네게 비낀
나의 옛 담임선생님의 그 정다운 미소가
조국이 나에게 준 끝없는 사랑이였고
예서 가리켜준 그 정어린 손길이
조국이 나에게 준 미더운 당부였거니

사람들이여
머나먼 인생길, 시련도 있는 그 길에
자주 이 교문을 추억하시라
그러면 말없이 소박한 이 교문이
깨끗한 마음으로 떠나던 그날의 맹세
그대 앞에 언제나 되새겨주리

≪조선문학≫, 1992.1

좋구나, 이런 밤은!

한정현

떠들썩하던 애들의 웃음소리도 잦아들고
방송에서 울리던
귀 익은 가수의 노래소리도 이젠 그치고
별들만 반짝이며 창가에 내려앉은 이 밤

눈을 감으니
뜨끈한 구들 밑으론 더운 열이 흘러오는 소리
로동으로 땀 흘린 나에게 안겨주는
사랑의 음향인 듯 정다운데 …

문득 들려오누나
창 너머 역전 쪽에선
행복에 목멘 이 마음속 웨침인가
나와 속삭이는 다정한 음성인가
기적소리 기적소리 울리여오네

가슴 들먹이여라, 저 기적소리
이 모든 기쁨을 싣고
이 벅찬 생활의 음향들을 싣고 달림이
너를 위한 것이라고 알으켜 주는

조국의 목소리인 듯

베개머리에 찾아오는 꿈이
더 달콤해지라고
다가온 새아침이
더 명랑한 하루로 시작되라고
조국이여, 그대는 이 밤도
달리고 또 달리는구나

무슨 걱정 무슨 시름 있으랴
해빛 눈부신 아침이면 다시 마주할
우리 생활은 이 밤 사이
그 얼마나 더 넓고 풍만해지랴
그 얼마나 아름다운 노래로 울려퍼지랴.

오, 내 안겨 사는 나의 조국이여
언제나 나를 위해 수고로운
고마운 어머니품이여
이제 단잠 속에 들 우릴 위해
아아, 이 밤도 저렇게

조국은 쉼 없이 달리는구나

이런 조국이 나를 책임지고
이런 조국이 나를 보살펴준다
이런 미더운 조국이
그 너른 품에 나를 안고 있기에
내 조국에 대한 경의로 가슴 뿌듯한 이 밤이다
기적소리조차 나를 위해 울리는
이런 밤은 아, 정말 좋구나!

≪조선문학≫, 1992.5

그가 어찌 알 수 있었으랴

최병원

들뛰는 5월이 와서
연백벌에 모내는 5월이 와서
잠을 잊은 관리위원장 아바이
이 새벽 서두르며 들길에 나섰네

써레칠 뜨락또르의 대수도 꼽아보고
단계별로 키워낸 모판도 생각하며
열백 가지 일감을 마음속에 다 안고
벌을 향해 발걸음 다그치던 아바이
아바이는 그만
뒤늦은 발걸음 멈춰 세웠네

아뿔싸! … 저게 누구들이냐
떠들썩—들끝에 메아리치는
기계소리, 노래소리의 임자들은 …?!

그 모습들 안개 속에 보이지 않아도
아바이는 물젖은 두렁섶에 삽날을 박고
방금 젊은이들 써레치고 넘어간
바다같은 논판을 더듬어보네

저 멀리 모내는 기계의 고르로운 동음소리를
가슴 울렁이며 새겨듣네

언제나 솟는 해 뜨는 달을 남 먼저 이 벌에서 맞더니
이 새벽 한 걸음
발걸음만 뒤진 게 아님을 생각하며
아바이는 평생에 처음으로
제 나이를 탓하였네
벌바람에 날리는 흰 머리칼을 쓸어올리며

그리고 문득 생각했네
저애들 나이또래 때
총 메고 달리던 전선 길을
느티나무에 폭탄깍지 매달아 울리던
조합의 첫 종소리와
산을 뚫고 새 물길 끌어오던
그 간고한 겨울밤에 타오르던 우둥불
제 나이조차 잊은 듯 뛰고 달리던
이슬 젖은 논머리에서
꿈같이 어버이수령님 만나 뵈올 때

10년은 더 젊어 함께 일해보자고
뜨겁게 손잡아주시던 그날의 그 감격을 …

그럴수록
경애하는 장군님 받들어
이 벌에 한생을 젊어 살고 싶은 마음—
아바이는 못 견디게 부러웠네 저 젊은이들이
그 한창나이가 부러웠네
불타는 심장들이 부러웠네

허나 관리위원장 아바이
그가 어찌 알수 있었으랴
뜨거운 5월의 이 새벽
그가 그처럼 부러워하는 저 젊은이들이
어버이수령님의 유훈을 받들고
아바이를 따라 아바이처럼 살자고
저렇게 들뛰며 벌에 사는 줄 …

《조선문학》, 1995.5

기관사, 나의 목소리

서진명

새해의 진군
보람찬 위훈에로 부르는 목소리인가
두 줄기 은빛궤도 우에 울려
거리와 마을로 메아리쳐가는
기적소리
기적소리

정해진 승무구간을 달릴 때마다
늘쌍 울리는 기적소리건만
오늘따라 왜 이리도 이 마음 흔들어주고
이 심장 불태워주는 것인가

들끓는 공장과 농장벌로
내 몸도 내 마음도 떠싣고
달리는 기관차이기에
울리는 기적소리에도
후더운 나의 숨결
높뛰는 심장의 박동소리도 어린 듯

말해다오 기적소리여

내 나라, 내 조국을 위해
한 마음한 뜻으로 일해 나가자신
위대한 장군님의 그 뜻을 받들어
끓어오른 이 마음
네 기적소리에 뜨겁게 어려 있는 것 아니냐!

럴차몰아 그 어디를 달려가도
기적소리여
언제나 불타는 이 마음 안고
온 나라 들끓는 일터와 건설장에
전하여 다오

벌에 가거든
뜻 깊은 이해를 빛내려
더운 땀 흘리는 그 농장원들에게
탄전에 가거든
석탄증산을 위해
뛰며 내딛는 그 탄부들에게

기다리기에 앞서

비료를, 동발목을
차판이 넘치게 떠싣고
기관사 내가 간다고

달리는 뛸 수 없는 한 심장
달리는 달릴 수 없는 한 궤도우로
충성의 한길을 달려
위대한 장군님께
크나큰 만족과 기쁨을 드리자고 …

울리며 새겨듣고
들으며 생각한다
혈맥처럼 잇닿아있는
그 모든 일터
그 모든 사람들을 찾는
기적소리
기적소리

너는 기관사 나의 목소리
선행관의 궤도를 앞서 달리며

함께 가자고
따라서라고
번영하는 조국의 래일을 위해
온 나라 모든 사람들을
위훈에로 부르는 소리여라

≪조선문학≫, 1997.1

땅의 소원

리동후

고향땅아
정든 내 사랑아
발동소리 다기찬 벌에 나서니
기름진 이랑이랑 따라서며 반기며
내 발목에 휘감겨 어리광 부리누나

구슬땀 흥건히 쏟으며
수고로이 매가꾼 내 정성 고마워
해마다 풍성한 열매를 안겨주는 땅
매듭진 이 손에 한줌 흙을 쥐고
조용히 추억의 갈피를 더듬어보나니

태를 묻은 향촌이라고
논밭 이랑마다 내 숨결 슴배여
두렁길 산언덕에 내 발자욱 찍혀져
너를 품안아 가꾼다면
이다지도 내 가슴 부풀어 오르지는 않으리

축복받은 땅 한가운데
대리석 사적비문 우러러 걸음 멈추면

오늘도 삼삼히 눈앞에 어려와라
해방의 감격 속에 오셨던
자애로운 수령님의 그 영상

─땅은 영원히 농민들의 것입니다!
뜨겁게 새겨 안은 가슴의 격동
하늘땅에 영광의 환호성으로 터져 올라
분여 받은 밭머리에 표말을 박아주실 제
쿵쿵─ 강산에 울려퍼진 그날의 메아리

아, 세기를 두고 바라던 땅의 소원
농민들의 숙망을 풀어준
봄날의 서곡이여
땅의 주인을 행복의 절정 우에 세워준
위대한 선언이여

고향땅아
정든 내 사랑아
주체농법 꽃피는 오늘과 래일에도
너는 오곡을 키우는 흙이 아니라

계급의 징표임을 다시금 깨우쳐주나니

바로 이 땅은
어버이수령님 물려주신
영원한 유산
천만의 목숨과도 바꿀 수도 빼앗길 수도 없는
우리 운명과 하나로 이어진 조국이여라

≪조선문학≫, 1997.3

북바디소리

김기철

베틀입니다
만경대고향집에
소중히 놓여있는 베틀입니다

자리는 비여 있어도
금시 들어와 앉으실 듯
마음속에 안겨오는 어머님영상
그리워 불러보는 강반석 어머님!

밤은 깊어도
찌꾸덩—찌국 북바디소리
새벽에 닿던
만경대고향집의 북바디소리

귀 기울이면 들려옵니다
헐벗은 겨레를 감싸주실
어머님의 숙망을 싣고서
긴긴밤 울리던 북바디소리가

혁명에 바치신 어머님의 한생을

빛나는 생애를 속삭여줍니다
고난 속에서도 억세게 살아오신
숭고한 그 넋을 새기여 줍니다

북바디소리는
사랑이였습니다
헌신이였습니다

정녕 이 베틀에서
시작되였습니다
행복을 수놓는 내 조국의 직기바다가
필필이 늘여지는 비단의 꽃물결이

세월은 멀리 흘러갔어도
오늘도 우리 가슴에 울려옵니다
혁명의 려명을 불러온
아, 그날의 북바디소리!

≪조선문학≫, 1997.4

어머님의 모습

김응하

어머님이 떠주시는
한 그릇의 조밥은
이 세상 어느 집 진수성찬보다
달고 맛이 있었더라

상처를 싸매주시는
어머님의 그 손은
세상 그 어떤 명약보다
더 효험이 크고 살뜰하였더라

한밤중에 찾아와도
기쁘게 맞아주시고
새벽에 들어서도
웃으며 상을 차려주신 어머님

그 많은 독립운동자들과
가난한 사람들을 돌봐주실 때
어머님 바라신 것 무엇이던가

굳이 내놓는

가난한 환자의 치료비에
자신의 넉넉지 못한 살림을 보태여
의복감을 마련하여 도로 주신 그 인정

돈이 없이는 살 수 있어도
인정이 없이는 살수 없다는
만경대집의 가풍 그대로
이국땅에서 헤매는 겨레들을
사랑으로 안아주신 따사로운 그 품

어머님의 지성에
보답하자면
하늘의 별을 다 따다드려도
다 갚지 못 하리

차디찬 돈과 억압의 세상을
후더운 인정으로 녹이시며
사랑의 세계를 펼쳐가시던
강반석 어머님이시여

원쑤를 끝없이 미워하신 그만큼
겨레를 불처럼 사랑하시고
남을 위해서만 살아오신 어머님의 모습은
인정과 사랑의 화신이였나니

강반석 어머님이 펼쳐가시던
만경대집의 가풍이
오늘은 나라의 가풍이 되고
인민의 신념이 되였어라

김정일장군님을
자애로운 어버이로 모신 내 나라
남을 위해 피도 생명도 다 바치는
사랑과 의리의 대가정

아 인정과 사랑의 우리 대가정은
어머님의 품에서 태여났어라
조선의 어머니
강반석 어머님이시여

≪조선문학≫, 1997.8

나를 알려거든

김철

가까이 한구들에 손자들이 자라고
먼 다른 고장에 외손들도 커간다
이제 세월이 더 흐르면
사진첩갈피에서 나를 짚으며
이 사람은 누구냐고 묻는 애도 생기려니
그래 과연 나는 누구, 어떤 사람인가

살아온 먼 길이
인생의 첫 기슭이 떠오른다
광복된 조국, 들레이는 강산…
─민중의 기 붉은 기는…
이 노래 크게 따라 부르며
쳐다보았지
사람들 떼 지어 밀려가는 앞장에
펄펄 나붓기는 붉은 기발을

백두의 선혈이 물든 기발
위대한 수령님 들고 오신 기발
아, 그 붉은 기폭에 마치와 낫과 붓
마치와 낫과 붓이 하나 되여 안길 때

나는 정녕 자기가 가야 할
필생의 곧은길을 내다보지 않았던가

살아왔노라 그 기발 밑에서
진정 사람다운 삶을 누리였노라
전화의 나날에는
그 붉은 혈조에 나의 피도 방울방울
건설의 년대들엔
그 더운 열기에 구슬땀 아낌없이

다른 어떤 길과도 타협할 수 없고
그 누구의 배신도 허용할 수 없기에
그 기발 총대마냥 고누며
노래했노라
―비겁한자야 갈라면 가라
우리들은 붉은 기를 지키리라

오, 위대한 기수 김정일동지
그이를 우러러 다진 맹세 거기 불타고
목에 칼이 닿는대도 눈에 흙이 덮인대도

버리지 아니할 지조와 량심이 거기 있어

사노라 내 오늘
헐거워진 띠를 다시 조일지언정
흰 기발, 누런 식탁엔
결코 허리 굽히지 않는 존엄 높은 삶
제국주의련합세력의 끈질긴 포위봉쇄
그 먹구름 그 미친바람도
맞받아 물리치며 누리에 웨친다

―붉은 기는 김정일!
사회주의 만세!

오, 이 소리 이 웨침을
듣느냐 후대여 동터오는 새 세기여
지켜낸 붉은 기
승리한 사회주의
무궁번영강성할 주체의 내 조국은
네게 말해주리라

백날만이 아닌 천 날만도 아닌
반세기를 헤아리는 간고하고도 영광스러운 길을
오직 붉은 기와 더불어 끝까지 걷고 걸은
자그마한 이 사람이
바로 너의 할아버지 오늘의 나라고!

하거니
사랑하는 나의 피줄들이여
후날 너희들이 나를 알려거든
너희 머리 우에도 펄펄 나붓길
우리의 당기를 쳐다보아라
그 붉은 기폭에 내가 산다
그 큰 기발에 너희도 산다

《조선문학》, 1997.10

나의 천만 리

김은숙

내 삶이 여기에 놓였습니다
나의 꿈도 소원도
여기에 놓였습니다
천만 리 천만 리
내 가는 천만 리

돌아보면
사랑의 선물옷 입고
노래를 부르며 학교로 가던
그 정든 길도 이 길에 놓여있고
눈보라치는 백두산 천지에 올라
투사들이 걸어온 그 자욱 자욱을
청춘의 이 가슴에 뜨겁게 안아보던
잊지 못할 그날도 이 길에 새겨져있거니

이 길은
나를 키워준
장군님을 따라가는 천만리입니다
우리 당의 총비서
어버이장군님의 그 손길을 잡고

더 밝은 미래를 열어가는
성스러운 길입니다

아, 이 길은
이 땅에 태여난 첫날부터
나를 소중히 안아 내세운 사랑의 길
이 세상 가장 참된 삶이
바로 이 길에 있다는 것을 깨우쳐준
혁명의 길 보람찬 투쟁의 길

그래서 나의 넋은
이 길에서 더욱 불타고
그래서 나의 순결한 의리와 량심도
오직 이 길에만 바치며
한생을 하루같이 살고 싶은 마음이거니

내 이 길 가다 쓰러지면
백 번 천 번 다시 일어나
내 운명의 은인이신
우리 장군님의 따스한 손길을 잡고

억세게 나가렵니다

내 만일 순간이라도
이 길을 잃으면
내 삶은 수치의 천길 나락으로
굴러 떨어질 것입니다
내 운명은
갈길 몰라 헤매는
방랑아로 될 것입니다

그렇습니다
꽃처럼 아름다운 나의 삶이
이 길에 놓였습니다
별처럼 빛날 내 한생이
이 길에 놓였습니다
행복의 천만 리
영광의 천만 리
아 장군님 따라가는
영원한 전사의 길 천만리입니다.

≪조선문학≫, 1997.12

뜨거운 손길

리명근

놓고 싶지 않구나
이렇게 잡은 우리의 손과 손
그 어떤 인연인가 …
한민족이라는 그 한뜻으로
함께 모여앉아 울고 웃으며
서로서로 굳게 잡은 손

너의 손길에서
그대 피의 뜨거움 내 받아 안고
나의 손길에서
내 심장의 뜨거움 그대 느끼려니
한 번 잡아
두 번 사이 놓지 말자
뜨겁게 달아오른 이 손

혈맥이 통하는
한민족이
말이 통하고 풍습이 통하는
우리 민족이
무엇 때문에 그 무엇 때문에

헤여져 살아야 하는가

이제는 그리움도 절정
애타는 간절함도 절정
하나 될 조국을 바라는
민족의 념원이
강산의 소원이
통일 앞에 가장 가까이 다가선 때

이렇게 혈맥이 흐르는 손을
뜨겁게 마주 잡고 보니
멀지 않았음을
정녕 통일이 멀지 않았음을
툭툭 뛰는 심장으로
아니 온 몸으로 절절히 느껴 안나니

더 꽉 부여잡는 손과 손
통일을 불러 높이 흔들던 손
≪통일호≫ 기관차를 몰던 손
통일거리를 일떠세운 손…

통일과 그리도 친숙한 손이여서
잡은 손길 따라 흐르는 뜨거운 맥박
뜨겁게 오고가는 혈육의 정
마주잡은 것은 손이기전에
심장과 심장의 억센 포옹이다

오, 8월의 하늘아래서
갈라져 살아온 민족이
하나 된 모습으로 세계 앞에 나섰다
더는 갈라져 헤여져 살지 말자고
영원히 식지 않을 뜨거운 손을 잡고

≪조선문학≫, 1998.8

나의 하루, 나의 한 생

오재신

때로 내
지나온 나날 그 회억 속에
펼쳐보노라
나의 당 생활이 새겨진
보풀진 수첩들을

그러면 내 꼴머슴살이
장알 박힌 손에 먹물을 묻히며
한 자 한 자 입당청원서를 쓰던
그 시절이
그 글발 우에 우렷이 떠오르고

무명고지 바위 우에
보병삽날을 갈며
당세포회의에서 다지던 그 맹세
그 글발 우에 총알처럼 일어서고

그러면 아, 그러면
첫 불을 지핀 용선로 곁에
잠자리를 옮기고

쇠물로 당의 결정을 받들어가던
그날의 그 불같은 숨결이
이 가슴에 뜨거워라

아, 어제런듯
나의 한생이
위대한 당의 품에 안겨
세상 더없는 행복
더없는 영광의 절정에로 이어졌으니

추억 속에 돌이켜보는 그 하루하루에
젖어있구나
나의 기쁨 나의 자랑 나의 행복
젖어있구나
나의 침 나의 열정 나의 희망

정녕 나처럼 이렇게
크나큰 자랑을 지닌
그 어떤 다른 누구를 내 알 것이냐
내 걸어온 그 나날에 비길

그 어떤 좋은 시절을 알 것이냐

아, 우리 당을 받들어
변함없이 고동치는 당원의 심장
그 맥박과 숨결로 이어진
나의 하루하루는
그 무엇과도 바꿀 수 없이 소중한 것
내 한생이 끝나도 끝나지 않을
성실한 당원의 한생이 아닌가

《조선문학》, 1998.12

미나리 밭

남필현

큰길가
우리 농장 탁아소 앞에
서너 평 되나마나
푸르른 미나리 밭
우리 수령님
오래도록 자리 못 뜨시는 미나리 밭

아침해살이
다정히 빛을 뿌리고
아지 치는 논벼작황에
애들의 건강에 좋은
미나리작황이 대견해
그리도 기쁘시여
웃음 속에 거니시는 미나리 밭

새벽 비에 머리감은 파란 잎
미나리 밭 뚝가에서
보육원의 정다운 노래소리에
오래오래
시간 가는 줄 모르시고

무지개빛 해빛막이 지붕아래
뛰노는 아이들이 고와
그 넓은 한품에 안아 도주시며

언제까지라도 계시런 듯
현지지도의 길
먼먼 산촌 길
아이들만을 위해 오신 듯

싱싱한 미나리
손에 꺾어 드시고
아이들을 위해 기울이는
보육원의 정성도 헤아리시며

미나리
미나리가 좋다고
아이들을 위해
우유도 파일도 떨구지 말자고
사랑에 사랑을 거듭 베푸시며
오래도록 못 뜨시는

어랑의 미나리 밭

한여름의 상쾌한 기운에
푸르러 싱싱한 미나리 밭
미래를 위해 바치시는
수령님의 거룩한 사랑의 해빛이
영원히 감싸 안은 사랑의 미나리 밭이여

≪조선문학≫, 1999.7

뜨거운 말

리명근

─반갑습니다
─반갑습니다

오래간만에 만난 형제처럼
스스럼없는 사이의 옛친구처럼
만나는 순간에 불쑥
서로 함께 튀여나온 그 말 한마디

어제 헤어졌다 오늘 만난 듯
어디서 그 누구를 만나도
반가운 심정을 앞세운 채
첫인사도 그저 같은 말

이렇게 만나니 정말 반갑구나
한 동포라는, 한민족이라는
어찌할 수 없는 그 진정
숨길 수 없는 그 마음이 있어

천만마디 말을 대신해
넘쳐나는 기쁨을 다 담아

통일을 마중해가며
가슴마다 쌓아두었던 그 말을 다 담아

이제 통일의 날이 오면
온 민족이 서로 얼싸안고
심장으로 뜨겁게 말하리라 지금처럼
세상에서 오직 우리만이 통하는 뜨거운 말

─반갑습니다
─반갑습니다

≪조선문학≫, 1999.8

우리 큰 집 뜨락

박근원

이제는 오랜 세월 정든
당 중앙의 이 뜨락 거니느라니
조용히 가슴에 차오르는
아름다운 추억

나에게도 있었다
어릴 적 걸음마 떼고 뛰놀던
산간마을의 작은집 뜨락

봄이면
꽃향기 함뿍 날리며
쌍쌍 벌나비들 반겨 맞던
소박한 내 요람의 뜨락

그땐 미처 몰랐더라
내 꿈을 자래운
그 작은집 뜨락 지켜주는
큰집 뜨락이 또 있는 줄

내 지금 걷고 걷는

당 중앙의 이 뜨락
되새길수록 뜨거움으로
가슴 후더워라

만경대고향집 뜨락의 목란꽃
오산덕고향집 뜨락의 백살구꽃
백두고향집 뜨락의 서리꽃
당 중앙 이 뜨락에 모두 피여나
온 강산에 청신한 향기 풍기여라

나의 옛집 꽃향기는
봄 한 계절에만 풍기며
작은 내 집 뜨락을 못 넘어섰건만
3대장군 안아 오신 꽃향기는
당 중앙의 큰집 뜨락을 넘어
사계절 온 나라 집집으로 퍼져가나니

사랑의 꽃향기 혁명의 꽃향기
산간마을의 작은 나의 옛집 뜨락
이 나라 모든 뜨락을

그 언제나 포근히도 싸안아주고 있구나

아, 내 안겨살며
온 나라 인민이 안겨 사는
우리 큰집 뜨락
온 나라 인민을 한품에 안고계시는
인민의 어버이
위대한 장군님 계시는 당 중앙 뜨락이여

≪조선문학≫, 1999.10

농장원의 인사

방종옥

서느러운 마가을바람에 실려
멀리 울려가는 탈곡기소리
아마도 우리 장군님께서
분명 그 소리 들으시고
문득 찾아주신 듯

이렇게 소문도 없이
문득 농장을 찾아주시리라고는
꿈에도 생각 못한 농장원들
벼단을 섬기던 손
티 묻은 작업복이 죄스러워
인사도 못 올리고 섰는데

수고한다고
수고한다고
허물없이 우리 손 하나하나 잡아주시며
조구통에서 쏟아져 내리는 낟알을
흐뭇이 바라보시는 장군님

참으로 뜻밖에 그이를 뵈옵는

감격에 젖고 기쁨에 젖어
흥분된 마음 진정 못하는데

탈곡장 한 곁에 아슬히 솟은
낟알산우에 제대군인 그 총각
하필이면 이런 날 적재를 맡았다고
어쩔 바를 몰라 허둥지둥

이제라도 당장 뛰어내려
그이께 인사를 드릴가
이러지도 저러지도 못한 채
엉거주춤 서 있는 그의 생각은 줄곧
오늘아침 작업분공을 한
분조장에 대한 나무람

하지만 그것은 한순간
우리 장군님께서 벌써
어느새 그를 알아보시고 하시는 말씀
―동무 수고하오

손을 흔들어주시는 그 다정함
자애 깊으신 그 시선
아, 행복과 영광의 이 순간
자기만이 하늘가에 높이 선 듯
무한한 감격에 몸둘 바를 모르는데
다시금 울려오는 그이의 음성이여

─나는 이 높은 낟알산을
동무들의 인사로 고맙게 받겠소

아, 우리 장군님 그토록 기뻐하시며
흐뭇이 바라보시는 낟알산이여
한생을 바치고 한목숨 바치여도
이 땅 이 하늘 아래 높이만 쌓아올릴
진정한 농장원의 인사여!

≪조선문학≫, 1999.11

그 마음 고마워

김윤호

내 바다 넘어 이국땅에 살면서
멀리 집을 떠나 맞는 생일도 많았더라

그럴 때면
생일을 잊고 홀로 밤을 지새운 일도
한 두 번이 아니였거니

아니면
문득 생각이 나서
주막집의 문을 두드린 일도 수됐어라

그러나 내 나라, 내 조국은
어쩌면 이리도 다심한가
내 시를 짓노라고 펜을 다그치던
이른 아침
꽃다발을 안고
내가 든 숙소에 찾아온
관리원아주머니들
의아해하는 나를 보고
오늘이 내 생일이라네

꽃다발을 안겨주고
생일을 축하하는
그들을 마주볼 수 없었네
눈물이 고여 눈물이 고여
자기의 생일처럼 기뻐해주는
그들의 마음이 고마워

이제는 칠순고개를 바라보는
늙은이의 적은 눈물이
꽃잎을 적시고
조국의 사랑이 너무 뜨거워
고맙다는 인사 하나 못했거니

그 꽃다발 그리 크지는 못해도
그 마음 꽃보다도 아름답더라
나는 그날 밤
그윽한 꽃향기 속에서
좋은 잠, 좋은 꿈
조국의 꽃마음을 꿈꾸었다네

≪조선문학≫, 1999.12

이 길은

최광일

곧게만 곧게만
뻗어 갔구나
청춘로반
평양—남포고속도로는

걸음도 가벼이
마음도 가벼이
네 입구에 들어서는 이 순간
깊어지는 생각이여

시원히 뻗어 간 이 길 우에
청춘, 그대들이 흘린
땀과 더운 피가
자욱 자욱 스며 있어
무겁게 옮겨지는 내 마음의 자욱아

말해다오 길이여
어려워도 어려워도
곧게만 뚫고 가야
인생의 곧음도 잃지 않기에

고난 많은 조국도 나아가기에
산악도 허물고 강도 메우며
에돌지 아니한 위훈이여

훌렁이는 혁띠를 의지로 조여 매고
휘여지는 목고채에 어깨를 깊이 대며
힘겹게 실리는 무게로
조국의 크나큰 짐을 덜어 준 그들을
너는 소중히 새겨 안지 않았더냐

이 길을 끝까지 열어가야 했기에
굴러 내리는 바위에 한 몸을 던져
동지들을 구원한 처녀를 못 잊어
사나이들 주먹으로 훔치던 눈물을
너는 어느 갈피에 간직했느냐

오 길이여
한 치 한 치 가슴으로 열어 간 이 길이
자연과의 투쟁만이 아니여서
너는 더더욱 귀중하구나

이 길은
시련의 날
어머니조국과 함께
떳떳이 걸어 간
이 나라 아들딸들의 곧고 곧은
마음의 길이여라!

≪조선문학≫, 2000.3

첫 출근길의 아침에

리동후

송이송이 내리는 흰눈이
깨끗이도 펼친 숫눈길 우에
첫 자욱을 찍어가는 발걸음도 가벼워
활기로워

지난밤 자정이 이윽토록
떠들썩 흥겨운 노래소리, 웃음소리
아직도 거리의 창가에서 흘러넘쳐
새 해의 첫 아침 걸음걸음
가슴의 흥분 이리도 진정할 길 없는 것인가

서로 다정히 반기며 속삭이는 말속엔
새 해를 마음껏 즐기였는가
귀중한 또 한해를 어떻게 보내려는가
환희로이 주고받는 목소리
내 귀전에 샘처럼 스며들어라

아 꿈같은 세월의 경탄 속에 맞는
2천 년대의 첫 해 첫 출근길에 나서니
너는 하많은 생각을 불러내며

이 땅 이 행성 우에 평화인가 전쟁인가
준절하고 엄숙한 물음 앞에 나를 세워라

허나 나는 알고 있다 이것만은
전변의 세기 그 어느 인류사에
만민이 갈망하는 자주와 평화를
추악하고 저주로운 압제자들
단 한 번도 무료히 선사한적 없음을

바로 그 때문에 출근길의 첫 아침
신심 드높이 마음 다잡고
격동하는 력사의 흐름 앞에
평화로운 삶을 투쟁으로 안아오는
장엄한 출근의 발구름소리 기세찬 것 아니냐

보아라, 기발처럼 불타는 아침노을이
우리 앞에 눈부시게 펼쳐지고 있지 않는가
위대한 장군님 향도의 손길 따라
존엄높이 불패의 기상으로 솟아오르는
주체조국을 찬연히 물들이며

내 떳떳이 스스로 대답하노라
노래처럼 이 마음 하냥 즐거워지고
도도한 발구름소리에 이 가슴 부풀어 오름은
해빛 밝은 락원의 행군길로 달음 치는
한없는 자부와 긍지로 차 넘치기 때문

죽음을 각오한 결사의 정신으로
오직 승리만을 믿어온 이 길에서
절망과 비판을 모르며
간고하고 준엄한 나날에도
신심과 용기만을 안겨준 당을 따랐거니

가자, 은혜로운 향도의 기치 따라
20세기 영광의 년대를 넘어
21세기 첫 대문의 빗장을 남 먼저 열고
안아오자, 이 땅에 사회주의 참모습을
강성부흥의 위용을 불멸의 노래로 엮으며

벌써 자랑 넘친 승리자를 반기는
아름다운 축복의 꽃보라인가

용용한 대하처럼 굽이치며 큰 자욱 내짚는
첫 출근의 밝은 얼굴에 어깨 우에
흰 눈송이 내리며 춤추며 속삭이네

영광을 바란다고
승리를 믿는다고

≪조선문학≫, 2000.1

내 조국의 나이

김봉운

폭풍시대의 준령을 넘어
승리한 내 조국의 산과 들에
새해의 축복을 엎으며
송이송이 눈꽃 피는 이 아침

다섯 살잡이 손자 녀석
새 년력 바꾸어 달며
나에게 묻는다
우리 조국의 나이는 몇 살인가고

선뜻
대답할 수 없어라
이 땅에 생명의 씨앗이 움터
눈이 오고 비가 온 그 세월
잎 떨어 진 나무에 새 잎을 피우며
해가 뜨고 별이 솟았건만
진정한 삶의 빛이 없던
피눈물의 그 험난한 세월이
눈에 밟혀 오누나

그 세월 모두 합치면
내 조국의 나이가 될가
그 세월 지워 버리면
내 조국의 나이가 될가

아서라
삶의 꽃이 필수 없던 그 땅을
어찌 조국이라 부르랴
빼앗겼던 그 땅을
어찌 조국이라 부르랴

살아선 짐승같이
피눈물에 가슴 터지고
죽어서는 묻힐 땅
묻어 줄 손길마저 찾을 길 없던 그 세월

아, 주체1년 4월 15일
이 땅의 풍설 력사에 종지부를 찍으며
세월의 모진 진통을 헤치며
여기 만경대에 솟았다 민족의 태양

태여났다 영원한 나의 조국이

영광의 그날부터
우리 이 땅의 주인 될 담보가 생기고
우리 인민이 안겨 복락 할
위대한 품이 생겼거니

내 조국의 나이
그것은 수령님의 나이
수령님의 나이
그것은 그대로 내 조국의 나이란다
주체의 년호로 세기의 층계를 오르는
내 조국의 영원한 나이란다

≪조선문학≫, 2001.1

탄전의 저녁풍경

강성국

해가 지네
산국화 무리 지어 피여 난
밋밋한 산등성에
사뿐히 내려앉네
갱구를 나서 손에 벗어 든 안전모처럼
둥근 저녁의 붉은 해

바라보면 마치도
내 흘린 구슬땀방울에 씻겨
저리도 티 없이 맑은 듯
내 쏟은 불같은 열정에 받들려
저리도 이글이글 붉게 타는 듯

어깨가 그대로 동발이 되고
한 몸이 그대로 정날 되여 굴길 열던
그 위훈없이야
내 어이 설레이는 가슴 안고
너를 바라보랴
손 저으면 감길 듯 진한 노을을
펼펼이 풀고 풀어 석탄산을 감싸며

차마 떠나기 아쉬워
머밋머밋 지는 붉은 해

아름답구나
내 흘린 구슬땀은
집집의 창가마다
행복의 불빛 되여 밝게 웃고
내 쏟은 열정은
철의 지구 쇠물빛에 붉게 타며
창조의 새날을 안아 오려니
너무도 아름다움에 눈이 부시여
살며시 감으면
그래도 눈뿌리까지 붉은 빛 가득 차는
지는 해여

잘 가라 너는 지여도
내 마음은 더없이 즐겁구나
솟는 해 지는 해
나날이 더 아름다와지라고
노을은 더욱 짙게 이 땅을 붉게 물들이라고

나는 더 많은 구슬땀을 탄에 흘리고 싶다
나는 더 뜨거운 것을 막장에 쏟고 싶다

해가 지네
산국화 무리 지어 피여난
밋밋한 산둥성에
사뿐히 내려앉네
갱구를 나서 손에 벗어 든 안전모처럼
둥근 저녁의 붉은 해
볼수록 아름다운
오, 탄전의 저녁풍경이여!

≪조선문학≫, 2001.2

죄악의 력사를 고발한다

최창만

흘러 간 세월의 락엽 속에 묻힌
어제날의 이야기가 아니다
그것은 전설도 추억도 아닌
이 땅의 이름 없는 산천초목도
원한의 상처를 안고 몸부림치는 치욕의 력사

헤쳐 보라
암흑의 철창 속에 신음소리 흐르고
전대미문의 폭압의 철쇄
겨레의 가슴에 칭칭 감겼던 기나긴 그 세월

살아서 살 곳 없고
죽어서 묻힐 곳 없는 이 땅에
가장 잔인한 인간도살의
피가 흐르지 않는 날이 있었던가

한 강토 한 지맥을 잇고
유구한 력사와 문화를 자랑하며
의롭게 살아 온 우리 민족의 넋을
≪내선일체≫, ≪동조동근≫의 칼부림으로

그리고 무참히 짓밟고

략탈과 강권으로
땅도 재물도
온갖 금은보화 깡그리 빼앗은
섬나라 오랑캐들
강제랍치, 련행으로
죽음의 ≪보국대≫로
고역의 막장으로 끌려 간
우리의 겨레는 그 얼마였던가

10대의 꽃나이처녀들이
갓 머리를 얹은 녀인들이
젖먹이어린것을 남기고
몸부림치는 수천수만의 녀성들이
≪종군위안부≫로, ≪황군≫의 성노리개로
인간의 존엄과 청춘의 정조마저
유린당했거니

아 원한 서린 치욕의 력사를 고발한다

가증스런 인간불모지로
이 땅을 피바다로 물들이고
침략과 전쟁의 병참기지로
온 나라를 폐허로 만든
파쑈교형리 일본침략자들을

오늘도 피를 끓이며 터친 분노의 그 웨침
우리의 귀전에 들려오는 듯
울밑의 봉선화가 처량하다고
나라를 잃은 설분을 누를 길 없어
할복자결에 나섰던 항거의 그 목소리

강산은 변하고
세대는 바뀌여도
삭일 수 없어 정녕 지울 수 없는
복수의 분노가
이 땅에 노도 친다

세월은 흘러 멀리 갔어도
변함없는 아시아재패의 허황한 꿈을 안고

해외침략의 독버섯 키우며
재침과 ≪복수≫의 칼을 벼리는
침략의 무리들

제 아무리 군국주의망언들을 늘어놓고
기승을 부린대도
분별없이 날뛰는 송사리들
제가 지른 불속에 타죽으리라

피 값도 천백 배
보상도 천만 배
우리 겨레 우리 민족이 당한
옹큰 한 세기의 그 모든 것
민족의 이름으로 기어이 결산하리라
죄악의 력사를 만천하에 고발하며

≪조선문학≫, 2001.5

시인과 통일

박세일

6월의 평양에서 울려 퍼진
≪북남공동선언≫의 발표－그때로부터
이 행성을 가열시킨 그 열파를 호흡하며
시의 용광로
나의 심장도 달아올랐다
시인의 피가 설설 끓는다

못 참아
내 서둘러 붓을 드니
이 가슴 가득
서정의 바다는 출렁이며
흥분의 파도를 일으키나니

시를 써도
통일의 열망처럼 뜨거운
시의 불길을 지펴야겠다
통일의 소원처럼 절절한
시의 격정을 터쳐야겠다

하여 나의 시여

피줄처럼 뽑아 낸 너 한 줄 한 줄
겨레의 가슴 가슴 반세기나마 쌓인
불신과 오해의 빙산을 녹이는
화해의 해살로 흘러들라

넋을 부어 다스린 너 한 편 한 편
그대로 땅땅 여문 총탄이 되여
통일을 가로 막는 놈들의 염통에
정통으로 날아 가 박히라

시는 기발과도 같아
나의 시여
평양에서도 보이고
서울에서도 보이고
제주도 끝에서도 다 바라보이게
통일의 아침노을빛으로 펄럭이라

그리고 울려가라
흩어지고 갈라 진 7천만 우리 겨레
백두산 한 지붕 아래

어버이 한품으로 불러들이는
나팔소리로 랑랑히 울려 가라

환희의 불꽃인 나의 시여
감격의 폭발인 나의 시여
김정일장군님 높이 모신
통일광장의 하늘가로 날아올라
축포의 꽃보라로 황홀하게 피여 나라

사랑을 고백하듯 고백하노니
나의 얼굴인 나의 시여
내 삶의 흔적인 나의 시여
사람들 기억 속에 나의 이름이
그저 시 쓰는 시인이 아니라
분렬의 장벽에 쾅쾅—온몸을 부딪쳐
다문 몇 쪼각만이라도 내 손으로 뜯어 낸
아, 한 덩이 폭약으로 남게 해 달라!

≪조선문학≫, 2001.8

맡기고 갑니다

리진철

남에게 맡길 수 없는 것이
인간의 사랑이고 정이라지만
그 사랑, 그 정을
나는 맡기고 갑니다

눈같이 하얀 위생복이
그 사랑을 감싸 안았습니까
≪정성!≫─붉게 타는 그 글발이
그 정을 지켜 주는 것입니까

마음 놓고 어서 가보라고
나의 등을 떠미는 그대들에게
수혈대 밑에 누워 있는 아들을 맡기면서도
어이하여 나는 고맙다는 말조차 못합니까
그저 부탁한다는 그 한마디밖에는 …

어려 옵니다 눈앞에 어려 옵니다
나의 사랑, 나의 정을 지켜
이 밤을 지새울 그대들의 모습이
수술칼을 들어도 아버지의 사랑으로 들고

약을 먹여도 어머니의 정으로 먹일
그 뜨거운 마음이

봅니다 나는 봅니다
체온계의 정상눈금에서
물기가 번뜩일 그대들의 눈빛을
고르러워 진 내 아들의 숨결에서
조용히 피워 오를 땀 젖은 그 미소를…

아 나의 살붙이가
곧 그대들의 혈육이 되고
남을 위해서는
내 사랑, 네 정이 따로 없는 우리 세상
하기에 아들을 맡기고 가면서도
가슴속에 시름이 없는 이 아버지 아닙니까

뜨거움에 그만 목이 메는데
뿌옇게 흐려 진 눈앞에 또렷이 안겨 오는 글발
—우리나라 사회주의제도 만세!

이 아침 일터로 떠나는 나를

저 글발이 …저 글발이 바래워 줍니다

≪조선문학≫, 2001.12

어머니의 흰 머리를 빗어 드리며

리득규

이제는 검은 오리라군
하나도 없는 어머니의 흰 머리
내 정히 빗어 드리니
만 시름 다 놓으신 채 잠드시였네

치렁치렁 젊음은 어디 가고
어이하여 거뿐한 백발만 드리웠는가
오리 오리 흰 오리마다
뜨거운 마음이 실리는가

이 딸을 키우실 제
버드나무아래 빨래함지 옆에 놓고
가리마 곱게 빗어 넘기던 그 검은 머리
눈이 시여 다시 뜨고 바라보던 어린 시절 …
오늘은 그 머리를 제가 빗어 드리나이다

한생을 머리수건 밑에 감추고
뜨는 해 지는 달을 벌에서 맞으며
높이 쌓은 벼낟가리 우에
이 딸을 둥둥 태워

조국의 딸로 키워 주신 그 마음

그 젊디젊었던 검은 정기를
내 머리에 다 옮겨 주시고
백발마저
이 딸 위해 바치시는 그 마음

농장벌 어디에나
내 발길 닿지 않은 곳 없어도
발길 닿는 모든 것
자욱 자욱 먼저 앞서며 타이르시는 어머니

오, 어찌 보면 숭고한 넋이런듯
이 마음 죄송스런 가책이런듯
수고 많은 백발 앞에서
한 점의 티라도 앉을 가봐
내 마음을 빗고 빗는 이 딸이옵니다

어머니의 흰 머리를 빗어 드리는
이 딸만이 느낄 수 있는 뜨거움이

일 잘하는 자식을 옆에 두신
어머니만이 받을 수 있는 진정이
한데 엉켜 흐르는 뜨거운 백발이여

몸도 마음도
내 무릎에 다 맡기신 어머니
어머니 걸어 온 두렁길을 내 걸으며
어머니 가꿔 온 이 땅을 내 가꾸며
한생을 빛내갈 이 딸이
아 어머니시여
신성한 그 백발을 정히 빗어드리나이다!

≪조선문학≫, 2002.3

레루못에 대한 시
 ―새로 발굴한 신천의 59구 유해 앞에서―

김명익

내 지금토록 살아오며 몰랐더라
옥야천리, 푸른 강 지나 질풍처럼 달리는
저 렬차궤도의 레루못에조차
증오의 시가 있다는 것을

아득히 지구를 휘감으며
산업혁명의 기관차가
인류문명을 싣고 장장 이 세기로 왔거늘
저렇듯 철의 궤도를 따라

하거니 철길의 저 레루못이
차마 인간의 머리에 박혔다면
력사여
이것이 과연 산업혁명의 비극이랴

오욕하지 않으려 인간문명의 혁명을
하건만 오늘날 신천의 유골에서
철못을 뽑았을 때 분명 그 못이였으니
오, 두 세기를 이어 인간두뇌에 박힌 레루못이여

말하여 다오 신천땅아
어느 나라 어느 족속들이 무엇이 사무쳤길래
철길못까지 뽑아다 인간정수리에 쳤느냐
인류의 그 살인귀는 미제, 미제, 미제 …

생각할수록 이 나라 사람들
미국이란 땅에 돌 하나라도 던졌던가
너희들 철길에서
철못 한 개인들 뽑아 던진 적이 있다더냐

우리는 안다 자칭 ≪평화의 사도≫랍시며
그 무슨 유흥곡인 양 합주해 대며 내흔드는
≪인권옹호≫의 화려한 간판들
죄다 철길 레루못을 뽑아다 만든 것임을

오호라, 이것이 미국이거니
세상 사람들 오죽이나 저주해 왔던가
아메리카를 콜롬부스가 발견한건 좋지만
발견하지 않았더라면 얼마나 더 좋았을 것이냐고

인류의 량심이여! 이 시인이 고백하거니
이 땅의 철길못에조차
분노의 시가 있는 줄 미처 몰랐노라
미제의 조선침략사가 있는 줄을

더 말해 무엇 하리 태평양 건너
너희들 양키 떼들이 아니였다면
조선 사람들 백년에 백 살은 더 살았으니
사람머리에 철길못을 치는 살인귀가 없었다면

진정 레루못에 증오가 있다
옥야천리 푸른 강 지나 렬차는 달리는데
이 땅엔 저 철길못 하나에도
끝나지 않은 복수의 시
민족의 원한이 서려 있구나

그렇다 미제를 멸살시키지 않고는
이 하늘아래 살수 없는 우리는 조선 사람들
오, 오! 천추만대를 두고 원하노니
미제 없는 세계에 우리 살리라

≪조선문학≫, 2002.6

50년 그해 여름

문선건

포병?
땅크병? …
정말 어벌도 컸지
키는 제일 작아 꼬마로 불리우는 주제에

신병훈련 마치고
배치 받던 날
그래도 마음은 하늘을 날고
으쓱해서 들떠 있던 그날

누가 어쩌지도 않는데
키 큰 사내들만 좋은데 가는 것 같아
몸가짐도 부자연스럽던 그날
유별나게 키 작은 내 어깨에 손을 얹으며
호송군관이 물었다네
—꼬마는 어떻게 군대에 나왔나

꼬마라는 말에
언짢아도 대답할 수밖에
—훈장이 없으면 처녀들이 시집 안 온다나요

엉터리없는 나의 대답에
군관은 허허 웃으며
철없는 나의 롱담도 허물없이 받아 주었다네

―그래 훈장 타러 나왔단 말이지
―아무렴요

순간 군관은 나의 손을 덥석 잡고
―함께 가세― 했다네
아마도 나의 ≪위훈의 갈망≫
훌륭한 영웅병사의 표정으로 보았던가봐

정말 50년 그해 여름부터
내 키는 더 자라지 않았어도
전쟁 3년간의 이 많은 군공은
침략자에 대한 증오로 불타는
수호자의 심장 속에 크게 자리 잡은
그 위훈의 갈망에서부터 시작되였지

≪조선문학≫, 2002.8

태양상 미소의 그 빛발

박근원

맑은 아침의 내 나라에
해빛 찬란하니
대지에 온갖 꽃 만발하고
온 강산에 아름다운 꽃동산 펼쳤습니다

저 하늘의 해빛 받아 피는
강산의 꽃은 한 계절 폈다 지지만
우리 마음 우리 얼굴의 웃음꽃은
사계절 활짝 펴있습니다

언제나 웃으시는
어버이수령님의 태양상
밝으신 미소의 그 빛발로
낮과 밤을 가리지 않고
계절이 따로 없이
뜨겁게 포근히 안아주시니
눈바람 비바람 불바람 불어도
우리의 웃음꽃은 지지 않습니다

어버이수령님은

자애론 미소로 우리에게
밝음만을 주시려
웃음만을 주시려
태양의 빛발을 만드셨습니까

그 억만 줄기 끝없는 빛발
천만의 심장에 새겨져
우리 눈물을 모르고 삽니다
눈물 없이 넘을 수 없었던
그 시련의 언덕도
희생 없인 헤칠 수 없었던
그 준엄한 나날도
웃으며 넘었습니다
웃으며 헤쳤습니다
웃으며 승리해왔습니다

앞에 또 첩첩
험난한 준령 막아서고
엄혹한 나날이 있다 해도
어버이수령님

밝은 미소의 그 빛발 안고
웃으며 넘으렵니다
웃으며 헤치렵니다
웃으며 승리해가렵니다

날이 가고 달이 가고 해가 갈수록
더욱 환히 웃으시며
자애에 넘쳐 밝게 빛나시는
어버이수령님 태양상
그 미소의 빛발은
우리 장군님 높이 받들어갈
우리의 영원한 신념과 의지의 꽃입니다
우리의 영원한 승리의 꽃입니다
우리의 영원한 행복의 꽃입니다

≪조선문학≫, 2004.7

대학 현판 앞에서
-김형직 사범대학 친필 현판 앞에서-

김정삼

한 자 또 한 자…
우리 수령님 손수 써주신
대학현판의 저 글발
후더이 바라보는 내 눈앞에
하나 또 하나
뒤바뀌여 어려 오는 현판들이 있어라

어린 시절
꽃밭에 붕붕 꿀벌들이 날아들던
제강소 유치원마당에 들어설 때
천진한 눈동자에 비껴들었던 붉은 현판
거기엔 내 태여나기 전
우리 수령님 다녀가신 날이
밝은 빛을 뿌리고 있었어라

소년단넥타이 앞가슴에 타오르던
소학교 꽃대문우에도
정히 걸려있던 또 하나의 현판
파견장 받고 들어섰던 용해장 철대문 우에도

기다린 듯 안겨오던 현지지도 표식현판

추억의 사진처럼
내 삶의 계단마다 빛 뿌리는 현판들
첫 등교의 이 아침 대학에 들어서니
축복의 미소마냥 나를 맞아주는
아, 수령님 새기여 주신 대학현판의 글발이여!

보여오누나 저 현판 속에
무지개빛 단꿈 꾸던 유치원 요람위해
진눈까비 헤쳐 오셨던 그날의 어버이수령님 자욱
불노을 피는 철의 기지에 찾아오시여
용해공들의 건강이 첫째이라고
절절히 하시던 수령님말씀…

자장가 울리던 삶의 첫 창가에
부모 먼저 닳아진 우리 수령님 손길
오늘은 이름 없던 로동청년을 위해
위대한 한 생을 기울이시여
한 자 또 한 자

대학현관의 저 글발 새겨주셨거니

교정의 금빛현판 머리 우에 떠이고
자욱 자욱 걸어온 길 뒤돌아보는 이 순간
마음속에 새겨진 자욱 자욱은
내 닮의 계단마다에 흐르는
아, 우리 수령님 한평생이였구나!

≪조선문학≫, 2005.7

8. 15 폭풍을 불러오리라

전승일

이 웬 말이냐
바다건너 사무라이 땅에서
어지럽게 울려오는 소리는
≪독도는 일본 땅≫
≪독도사수≫

하늘가에 흐르던 구름도
소스라치며 벼락을 쏟는다
푸르청청한 나무들도
서슬 푸른 총창처럼 솟구쳐 일어선다
백두대산줄기에 넋을 둔 독도가
어찌 일본 땅이 된단 말이냐

가지고 싶으면 가지는 물건이
땅이 아니다
명줄처럼 빼앗기면 죽는 것이
바로 땅이기에
이 나라 산야마다 더운 피 뿌리며
수십 년을 백두의 선렬들이
목숨으로 되찾은 내 땅이 아니더냐

칼끝으로 꿰여든
≪을사5조약≫ 문서장에
날강도의 날조도장이 내려찍힌 그날로부터
사무친 한 세기가 흘렀거니
나라를 빼앗겨
노예처럼 울며 휘뿌려졌던 민족이
보라, 쌓이고 쌓인 원한에
불을 달고 일어섰다

죽어서도 눈감지 못한 수백만 원혼들이
하늘에 땅에 사무친 원한이
복수해다오 피의 결산을 절규하는데
또다시 독도가 일본 땅이라고
네놈들 때문에 상처 많은 민족의 가슴에
모진 칼질을 하는 것이냐

이 나라의 하늘과 땅이 무섭게 노려본다
네놈들과 결산할 것이 너무도 많은
우리 민족의 분노와 원한이
얼마나 사무친 것인지

억천만 배로
세상 앞에 보여주리라

독도가 제 땅이라고
또다시 피 묻은 칼을 쳐드는 사무라이 땅에
무서운 벼락이 되여
일본군국주의에 영원한 멸망을 안길
오, 조선은
60년 전 8. 15의 폭풍을 불러오고 있다

≪조선문학≫, 2005.8

심장에 새겨진 모습

홍철진

나의 일터
정문에 들어설 때면
엄숙한 눈빛으로
말없이 묻고 있는 사람이 있다
―동무는 공동구호정신으로 살고 있는가

어찌 붓 끝에 실려
우리 앞에 다가선 모습이랴
보아라
이미 우리와 친숙한
낯익은 모습이 아니냐

이 땅에 처음으로
천리마가 네 굽 안고 날아오를 때
동무는 천리마를 탔는가고
엄숙히 묻던
틀림없는 그 모습이다

그 눈빛
그 물음 앞에서

시대는 천리마시대가 되었고
사람들은 천리마기수가 되었나니

소극과 보수, 신비주의를
펄펄 끓는 용광로에 처넣으며
질풍같이 달리던
그날의 천리마기수
80년대에는 하루일지를 펼쳐들고
또다시 우리 앞에 나서지 않았던가
―동무는 숨은 영웅들처럼 살고 있는가

그 물음 앞에
시대가 다시
기적과 위훈으로 대답했다
숨은 영웅들을 따라 배우는 불길이
3대혁명 붉은 기 훈장으로 빛나는
기수들의 가슴으로 하여 시대가 눈부셨다

세월은 흘러
천리마기수들 머리 우에

이제는 흰서리 내렸어도
그날의 천리마기수
오늘은 선군룡마 타고
우리에게 또다시 묻지 않는가
—동무는 공동구호정신으로 살고 있는가

어머니당 창건 60돐을 향하여
구보로 달리는 천만군민을
선군혁명총진군의 새로운 앙양에로
말없이 떠밀어주는
저 낯익은 모습 앞에서
시대는 또 얼마나 변모될 것인가
인간들은 또 얼마나 아름다울 것인가

아, 이제 또 강산이 변하고
세대가 바뀌여도
언제나 변함없을
심장에 새겨진 모습이여!
영원히 함께 갈 저 모습 속에
나도 있다, 너도 있다

《조선문학》, 2005.9

아무도 모를 겁니다

김선화

달빛은
강물 우에 고요히 흐르는데
내 마음
강물 우에 가만히 실어보며

빨래를 합니다
빨래를 합니다

어쩌면 무뚝뚝한
그 성미 같을가
혼합물에 꽛꽛해진
1중대장 작업복
달리는 대오의 앞장에서
청년돌격대기발처럼 펄럭이던 그 옷자락

살풋이 뺨을 대이여보니
다짐봉 틀어잡고
≪백두산≫ 시를 읊던
그 밤의 우등불 내음새
슴배여 있는 듯

이글이글 열정에
불타는 심장은
이 옷섶에 가리워
보일 듯 말듯

이른 봄 산골 물에
새빨개진 손끝을 거쳐
이 가슴에 쪼르르
흐르는 것 무얼가

아 달빛에 반짝이는
하얀 비누거품 우에
그 모습 떠올리며 그려보며
비비고 헹구는 내 마음의 끝은 어디

아무도 모를 겁니다
아무도 모를 겁니다

1중대장 그 동무의 작업복은
승벽을 다투는 처녀중대장

바로 제가 꼭 빨고 싶은 걸
바로 제가 매번 빨아주는 줄

아무도 모를 겁니다
아무도 모를 겁니다

높아가는 발전소 언제와 함께
나도 몰래 가슴속에 돌기돌기 쌓여지는
이 작은 언제
내 사랑의 언제를

≪조선문학≫, 2006.1

숲은 애국으로 푸르다

장명길

최전연 초소를 찾아
먼 길을 달려오신 장군님
먼저 찾아가신 곳은
병사들이 소문 없이 꾸린
부대의 양묘장이였다

철의 전선에 무성하게 설레는
애국의 마음을 헤아려보시며
초소에 걸어놓은 산림 조성도를
기쁨에 넘쳐 바라보실 때
바쁘신 걸음 멈추시고
병사들과 함께 나무를 심으실 때

조국산천의 푸르른 숲은
전선길 따라서는 마음과 마음들에
애국의 푸르름 가득 채워주었나니
봄을 맞아 나무를 심을 때면
그리움 속에 어려 오는 그날의 장군님모습
흘러간 세월의 기슭에
이 마음도 세워주누나

어딜 가나 빼앗겼던 흔적이 력력한
조국의 모습 비낀 모란봉에 오르시여
우리 수령님과 김정숙 어머님
다시는 빼앗길 수 없는 이 땅에서
헐벗던 수난의 력사를 끝장내리며
몸소 나무를 심으신 그 봄날에서
푸른 숲의 새 력사 시작되였거니

풍치수려한 조국강산
그것은 수령님과 어머님의 념원이여서
언제나 장군님 마음속에 있어
전선길에 푸르른 산천을 지나실 때면
달리던 차를 멈추고 눈여겨 살펴보시며
소중한 마음들을 기쁨 속에 안아 보시였나니

문수봉과 장자산, 장산을 지나
오늘도 전선길에 이어지는 자욱 우에서
이 강산엔 새소리 유정하고 록음 우거졌나니
날로 무성해가는 푸른 숲의 력사에는
어려 있다 우리 장군님의 위대한 애국

후손만대 번영할 래일을 당겨주시며 바치시는 애국이

심고 가꾸어야
나무는 거목이 되고 숲을 이루리
애국을 심어 찬란한 미래를 자래우는
그 마음들에 해빛을 뿌려주시며
장군님은 오늘도 앞장서 걸으신다
걸음걸음 애국의 길 승리를 낳는 길

아, 이 봄날
봄빛으로 스며드는 장군님의 뜻이여
그 뜻에 받들려 그 애국으로 가꿔져
사회주의 이 강산에 무릉도원 꽃펴나리
푸르른 숲과 함께
인생도 애국으로 더욱 푸르러지리라!

≪조선문학≫, 2006.3

보천보는 잠들지 않는다

서봉제

여기선 밤이라도
어둠을 모른다
여기선 낮이라도
그 밤의 홰불을 안고 산다

아 보천보
력사의 땅이여
꺼져가던 겨레의 가슴에
식어가던 민족의 심장에
재생의 더운 피를 안겨준
그날의 화광 오늘도 꺼지지 않았거니

한껏 무성한 신록
고요와 정적 속에 잠겼어도
황철나무아래 옛 지휘처는
아직도 격전전야의 그 우뢰를 품었는가

살아서 지지리도 밟히우고
숨을 쉬여도 깊은 한숨 속에 잦아들던
암흑의 그 두터운 장막을 불태우며

저 하늘에 충천하던
너 보천보의 불길이여

백두장설을 녹이며 다져온 복수의 장약에
멸적의 불을 달아주신
빨찌산 김대장의 그 총성 아니였다면
오늘의 내 조국, 오늘의 우리의 삶이
어찌 꽃펴날 수 있으랴

우리 수령님
총대의 불로
조선의 정신을 떨치였듯이
우리 장군님 번개를 치면
일심단결 된 군민은 우뢰를 터치며
황황 하늘을 태우던 보천보의 그 밤처럼
제국주의아성 잿더미 속에 파묻으리니

아 오늘도 보천보는 잠들지 않는다
암흑천지의 밤은 끝장나고
조선의 넋이 살아난 그날의 밤 10시는

강성번영의 내 조국에
흐르고 흐르리라
백승의 분과 초를 가리키며
무궁세월을 선군승리로 새겨 가리라!

≪조선문학≫, 2006.6

벌의 공상

리진협

긴 긴 세월 공상으로만 있었다
땅의 주인이 되는 농민 …
하루에 열흘갈이 하는 ≪무쇠소≫ …
소박했어도 실현되기까지는 실로 수천 년
혁명과 함께
위대한 수령의 손길아래 현실로 온 공상

현실로 오기 시작해서는
빠르기도 하다 반세기우에
수리화 기계화 전기화 …
종자혁명 감자농사혁명 두벌농사 …
미처 공상할 수도 없던 일들을
변혁과 비약으로 이루며 어느덧
강성대국 그 현실 눈앞에 펼치였다

폭우에 옷 젖고
가뭄에 땀 젖는 일들이 없으리라
저절로 여닫기는 관개물길 수문들
지휘안테나의 지령에 따라
김매고 거름내고 가을하는 지능농기계 출근길

또 새 종자 새 기계 생겨나
더욱 흥할 농사일을 공상하는

바쁘리라 혁명이 주는 그 흥에
어절씨구 노래춤이 즐거운 포전
날마다 경사들이 겹치고 겹쳐
발명권에 학사 박사
잔치날 맞듯 하루건너 경사가 나고
정보당 수십 톤이 례사로 입에 올라
그 기쁨 분배하는 가을이 바쁘고

나라와 인민 위한 혁명이 아니면
또 긴 세월 공상으로만 있을지 모를 그 공상
누구나 변혁과 비약에 몸 바쳐
이 공상이 실현된 그날에는
≪학사농민≫ ≪박사분조장≫ ≪수재실농군≫
오늘의 감나무집 배나무집들이
박사집 영웅집으로 불리우리라 …

오, 순간에도 천년을 가는 첨단과학시대

오늘의 공상은
장군님 펼치시는
강성대국 원대한 미래도 지척에 당겨오는
일대 비약이다! 혁명이다!
가슴 부푸는 이 투쟁 속에서
내 또한 농민영웅이 되리니

벌이여!
마음껏 아름답게 공상을 펼치라

《조선문학》, 2006.7

백두의 이깔단풍

정성환

이깔나무 초리 끝에 들린 하늘은
금시 물들 듯 파아란데
깊은 명상 속에 장군님은 거니시네
단풍든 이깔숲 금빛세계를

추억도 많은 고향의 이깔숲
해빛에 무르익어 금빛인가
그리움에 불타올라 그 모습 금빛인가
아침이슬 반짝이는 이깔단풍은
금싸락이 내리는 듯 내리네 내려앉네
잎잎에 휘감았던 하많은 사연을
줄줄이 풀며 또 풀며

백두의 아들은 해빛에 빛나는 수림의
아름다운 절경에 밝은 미소 보내시네
원쑤칠 구상을 무르익히시며
그날의 귀틀집에 켜시였던
빨찌산 김대장의 등불빛이 어리여
이깔은 금빛으로 타는 듯 싶네

어머님의 정 깊은 그 목소리
나무마다 잎잎마다
스미고 스미여
지금도 귀전에 들리는 듯 싶네

어린 시절 룡마바위 우에서
오늘의 그 조선을 그려보신 우리 장군님
또다시 오시기를 기다려 기다려
금빛으로 불타는 이깔단풍

선군의 천만리길
가시는 장군님께
전선길에 쌓인 피로 잠시나마 푸시라고
잎잎을 떨구어 금빛주단 펼쳐드리나니

그 길을 거니시네 우리 장군님
끝없이 아름다운 래일을 안고 거니시네
투사들의 념원 꽃핀 내 조국에
강성대국 일떠세울 구상을 안고
사색깊이 거니시네 이깔숲을 거니시네

백두산을 무궁토록 받들어갈
인민의 그 마음 담아
천하절경 황홀하게 펼치며
장군님 우러러 불타는 이깔숲
이 조선에 안아 오실 휘황한 미래를
그려주네
아, 그려주네

≪조선문학≫, 2006.10

그들은 11명이 아니였다

박현철

잊을 수 없구나
억수로 퍼붓던 그날의 굳은비
비발 속을 달리던 우리 선수들
기어이 승리의 단상에 오른
녀자축구선수들, 그 11명

머나먼 이국으로
출전의 길에 오르던 그 시작부터
온 나라가 지켜보고 있었다
승자가 되느냐
패자가 되느냐, 그것은
그대들의 명예와 수치만이 아니였거니

크지 않은 경기장을
선군주로에 잇대여 놓고
한 차례 또 한 차례 …
결사의 각오로 승리를 향해 돌진해갈 때
온 나라가 땀을 쥐고 지켜보았다

비물에 미끄러져 넘어질 때면

우리의 마음도 함께 딩굴었다
통쾌한 득점으로 승리를 새길 때면
그대들을 붙안고 얼굴을 맞부비며
아, 온 나라가 함께 울고 웃었다

언제나 그 언제나 승리만을 떨치자
마을과 거리마다 공장과 일터마다
11명은 달리며 열풍을 일으켰나니
하여 이 땅의 오곡은 더 무르익고
쇠물빛 노을은 더 붉게 타올랐다
세계를 향하여 선군조선은
또 한 번 움씰 솟구쳐 올랐다

정녕 11명 그들의 마음속엔
장군님모습으로 빛나는 조국이 있었고
조국에는 장한 딸 11명이 있었나니
하여 출전의 길에 오를 때부터
그대들은 11명만이 아니였다
고난과 시련을 박차며 나가는 조선인민이였다
아 위대한 선군조국이였다

≪조선문학≫, 2006.12

북한문학 연구자료총서 II

겨울밤의 평양

북한의 시

| **초판 1쇄 인쇄일** | | 2012년 6월 14일 |
| **초판 1쇄 발행일** | | 2012년 6월 15일 |

엮은이		김종회
펴낸이		정구형
출판이사		김성달
편집이사		박지연
책임편집		정유진
본문편집		이하나 이원숙
디자인		유정현 장정옥 조수연
마케팅		정찬용
영업관리		김정훈 권준기 정용현 천수정
인쇄처		월드문화사
펴낸곳		**국학자료원**

등록일 2006 11 02 제2007-12호
서울시 강동구 성내동 447-11 현영빌딩 2층
Tel 442-4623 Fax 442-4625
www.kookhak.co.kr
kookhak2001@hanmail.net

| ISBN | | 978-89-279-0170-9 *94800 |
| 가격 | | 88,000원 |

* 저자와의 협의하에 인지는 생략합니다.
  잘못된 책은 구입하신 곳에서 교환하여 드립니다.